Newton Compton Editores

Título original: *Don't Wake Up*

© 2017, Liz Lawler. Originalmente publicado en Reino Unido
  por Twenty7 Books, un sello de Bonnier Books UK Limited.
© 2023, de la traducción por Gemma Deza Guil
© 2023, de esta edición por Antonio Vallardi Editore S.u.r.l., Milán

Todos los derechos reservados

Primera edición: junio de 2023

Newton Compton Editores es un sello de Antonio Vallardi Editore S.u.r.l.
Av. de la Riera de Cassoles, 20. 3.º B. Barcelona, 08012 (España)
www.newtoncomptoneditores.com
Gruppo editoriale Mauri Spagnol S.p.A.
www.maurispagnol.it

ISBN: 978-84-19620-04-0
Código IBIC: FA
DL: B 2.015-2023

Diseño de interiores:
David Pablo

Composición:
Grafime Digital S.L.

Diseño de cubierta:
Sebastiano Barcaroli

Impreso en junio de 2023 en Puntoweb s.r.l., Ariccia (Roma), en Italia.

Liz Lawler

No te despiertes

Traducción de Gemma Deza Guil

Newton Compton Editores
Barcelona, 2023

Capítulo 1

La despertaron unos sonidos familiares. Le resultaban extrañamente reconfortantes, si bien su primer instinto fue incorporarse presa del pánico para comprobar qué estaban haciendo sus colegas. Oyó colocar instrumental sobre una bandeja de acero. Los monitores emitían pitidos regulares, había paquetes de vendas estériles abiertos y, al fondo, se escuchaba el siseo omnipresente del oxígeno.

Veía claramente la escena en su mente y sabía que tenía de levantarse, pero el sueño aún la vencía y le pesaban demasiado las extremidades para moverse. No recordaba haberse tumbado en una de las camillas desocupadas, debió de hacerlo en algún momento durante la noche para dormir un par de horas. Normalmente, la habría despertado un timbrazo del teléfono rojo o la crepitación persistente del transceptor. Normalmente, esas llamadas urgentes la habrían obligado a ponerse en pie y salir pitando antes de abrir siquiera los ojos. Pero aquel sueño la había dejado aletargada y le pesaban tanto los párpados que abrirlos era como desplegar piel endurecida.

Una luz intensa la cegó, se le anegaron los ojos de lágrimas y tuvo que entrecerrarlos para no deslumbrarse. Era una luz castigadora, dura, apenas distinguía el contorno de la lámpara. Una mezcla de confusión y alarma la puso en alerta y miró a su alrededor. No estaba en un cubículo. En su departamento no había focos como aquel; lo que tenían era pequeñas lámparas cenitales que podían taparse con la palma de la mano. No estaba en su departamento; estaba en un quirófano. ¿Qué diantres hacía allí? Lo que estaba claro es que no había entrado a echar una cabezadita. Piensa. ¿Había ayudado en alguna intervención de urgencia? ¿Había tenido que echar una mano? Era bastante improbable, pero no inconcebible. Miró hacia abajo y se quedó helada. Tembló violentamente al ver su cuerpo cubierto con paños quirúrgicos verdes. Los ruidos de la sala se acallaron, el torrente de sangre en sus oídos era demasiado estridente para permitirle oír nada más. Tenía los brazos estirados y sujetados con velcro a los reposabrazos tapizados. Tenía un tensiómetro enrollado al brazo, justo por encima del codo derecho, y una sonda de pulsioximetría acoplada al dedo corazón. Sin embargo, fue la visión de dos grandes vías intravenosas insertadas en sendos antebrazos lo que más la asustó. Las agujas naranjas implicaban una restauración de fluidos agresiva, lo cual, en su mundo, era sinónimo de conmoción.

Tubos de goteros serpenteaban alrededor de postes metálicos de medicación intravenosa hasta perderse en bolsas de fluidos. Veía los pesados fondos de las bolsas transparentes colgadas sobre ella, pero únicamente podía especular acerca de qué líquido le estaban transfundiendo.

Descendió la vista más allá de los paños verdes de su pecho y abdomen y volvió a entrar en pánico al ver sus uñas de los pies pintadas de rosa elevadas en el aire. Comprobó que tenía los muslos separados, las pantorrillas apoyadas en los reposapiernas y los tobillos sostenidos en estribos: estaba tumbada en una mesa de quirófano con las piernas en alto. Por la sequedad de boca y la nebulosa mental supuso que no acababa de despertarse de un sueño natural, sino de uno inducido por la anestesia.

–¿Hola? –llamó intentando atraer la atención de la persona que manejaba los instrumentos.

El estrépito del acero continuó ininterrumpido; sin perder la calma, llamó más fuerte:

–¿Hola? Estoy despierta.

Dadas las circunstancias, le sorprendía lo tranquila que se sentía. Estaba asustada y nerviosa, pero sus conocimientos profesionales le permitían pensar en qué podía haber sucedido mientras permanecía tumbada a la espera de una explicación.

Había acabado su turno nocturno. Su memoria recuperó su último pensamiento consciente… Caminaba a través de la zona de estacionamiento del personal con su nuevo vestido vaporoso y sus zapatos rosas para encontrarse con Patrick. De ese recuerdo infirió que debía de haber tenido un accidente. «Champán y rosas», pensó. Era lo que él le había prometido tras su larga jornada laboral. Champán y rosas y, si lo había interpretado bien, una propuesta de matrimonio.

¿Dónde estaba Patrick ahora? Debía de estar fuera, en el pasillo, caminando nervioso de un lado para otro a la espera de saber cómo se encontraba. Listo para abalanzarse sobre cualquiera que pudiera darle una respuesta. «¿Me habrán atropellado?», se preguntó. ¿Tal vez un coche que salía del aparcamiento demasiado aprisa y que ella no había visto mientras buscaba emocionada el coche de Patrick?

Le vino un vago recuerdo de ella tambaleándose sobre sus taconazos imposibles, con el pecho erguido y la barriga metida hacia dentro para lucir figura en su nuevo vestido. Y luego una ola de aturdimiento, las piernas flaqueándole y sus rodillas impactando contra el pavimento, un dolor en la nuca, una presión en la boca, falta de aire, asfixia y luego… nada.

Le invadió un temor que le retorcía las entrañas y se le entrecortó la respiración mientras intentaba ahuyentar el pánico. ¿Serían graves sus heridas? ¿Se estaría muriendo? ¿Era ese el motivo por el que no había nadie a su alrededor? ¿La habrían dejado allí para que muriera?

Su formación y sus instintos se activaron. Reconocimiento básico. Haz las comprobaciones. Técnica de primeros auxilios ABCDE. No, primero haz solo el ABC. Sus vías respiratorias estaban despejadas. No tenía mascarilla de oxígeno ni ninguna cánula nasal puesta. Respiraba de manera espontánea y, al tomar respiraciones profundas, no notaba molestias. ¿Circulación? El corazón le latía con fuerza, alto. Lo escuchaba en un monitor cercano. Pero ¿por qué tenía las piernas separadas? ¿Sangraba? Las fracturas pélvicas pueden ser lesiones muy serias. Pueden producir pérdidas de sangre incontrolables. Pero, si tal era el caso, ¿dónde estaban los cirujanos preocupados? ¿Por qué no le habían vendado la pelvis y se la habían estabilizado?

–¿Hola? ¿Me oye? –preguntó ahora en tono menos agradable.

El tintineo de los instrumentos cesó. Movió la cabeza con cautela y no la sorprendió descubrir unos bloques y un collarín que la mantenían inmovilizada. Todavía tenían que descartar una posible lesión en la columna vertebral cervical. Empezó a irritarse. ¿Quién diablos estaba cuidando de ella? Le iba a echar una buena reprimenda. Si dejar que despertara sola ya era bastante feo, permitir que descubriera que tenía la cabeza inmovilizada, los brazos atados con correas y las piernas alzadas en el aire era una atrocidad. Podría haber entrado en pánico y haberse hecho una lesión gravísima o haber arrancado los chismes que la mantenían sujeta.

Escuchó el repiqueteo de unos zuecos en el pavimento acercándose. Y entonces, flotando en su visión periférica, vio una tela verde azulada, alguien vestido con una bata quirúrgica. Alcanzó a ver un cuello pálido y el borde de una mascarilla blanca, pero el resto del rostro, la nariz y los ojos, quedaban por encima de las intensas luces y le impedían distinguirlos con claridad.

Notó que los ojos se le llenaban súbitamente de lágrimas y rio con aspereza.

—Detesto los hospitales.

Su visitante permaneció en silencio, lo cual solo atemorizó más a su ya hiperactiva mente.

—Perdone por las lágrimas. Estoy bien… Solo dígame qué me pasa. ¿Riesgo vital? ¿Me cambiará la vida? Doy por sentado que sabe que trabajo aquí, que soy médico, así que, por favor, no me explique una versión suavizada. Prefiero saber la verdad.

—No le ha pasado nada.

La voz la sobresaltó, parecía salir de un altavoz. Pestañeó confusa. ¿Le hablaba la persona que tenía al lado o le hablaba alguien desde detrás de un pantalla de observación? ¿Estaba en la sala de tomografías y no en un quirófano? Era una voz masculina, pero de nadie que ella reconociera. No pertenecía a ninguno de los cirujanos a quienes conocía. Entrecerró los ojos para intentar distinguir mejor aquella cara con mascarilla.

—¿Es usted el médico o están en otra sala? ¿Estamos en la sala de diagnóstico por imagen?

—Yo soy el médico.

Ostras, le fallaba la audición. Aquel hombre parecía estar a su lado, pero su voz sonaba distante, como una voz a través del teléfono. ¿Por qué no apagaba las puñeteras luces y se quitaba la mascarilla para hablarle como era debido? ¿Por qué no le cogía la mano al menos? Suspiró agitada.

—Entonces ¿no ha detectado que me pase nada malo?

—No le pasa nada malo.

Alzó la voz, impaciente.

—Escuche, ¿podríamos rebobinar? Exactamente, ¿por qué estoy aquí tumbada y por qué me han ingresado? ¿Qué dice mi parte de urgencias?

—Mire, no debería alterarse tanto. El corazón le late muy rápido. Tiene la respiración errática y sus niveles de oxígeno son solo del noventa y cuatro por ciento. ¿Fuma?

Desvió la mirada hacia el monitor cardíaco que había en un carrito a su lado. Vio cables sueltos y supo que estaban conectados a electrodos en su pecho.

—Escuche, no quiero ser maleducada. Probablemente haya tenido usted un día muy largo, pero me molesta un poco haberme despertado sola y haber descubierto de este modo el estado en el que me hallaba. Quiero dejar claro que no voy a poner ninguna queja, pero quiero saber quién es usted. Quiero que me diga su nombre y quiero saber qué sucede, y lo quiero saber ahora mismo.

—Bien, Alex —dijo él levantando en el aire sus manos con guantes de color lila, en las que sujetaba una grapadora quirúrgica—, para que quede bien claro, si no moderas tu lenguaje, voy a tener que sellarte los labios. Y tienes una boca bonita. Sería una pena estropearla.

Una ola de terror le dejó un vacío instantáneo en el estómago. Músculos rígidos, ojos abiertos, sus pensamientos, su ira y su voz quedaron paralizados.

—El mal genio no te va a ayudar —continuó él con voz serena.

«Champán y rosas —pensó ella—. Piensa en eso. Patrick. Piensa en él».

—Así está mejor. —Percibió la sonrisa en la voz de él—. No puedo trabajar con ruido.

Distintas situaciones se reprodujeron en la mente de Alex como una película en avance rápido. Estaba en el hospital, en alguna parte. Alguien la encontraría. Alguien la oiría gritar. Aquel hombre era un loco. ¿Sería un paciente que se había escapado? ¿Un médico? ¿O alguien haciéndose pasar por médico? Era evidente que se había apoderado de uno de los quirófanos y ella... ella de algún modo se había cruzado en su camino. Su boca, la presión que había notado. Las asfixia tras caer de rodillas en el aparcamiento... Él la había llevado hasta allí. La había golpeado y luego la había asfixiado con un pañuelo. Seguramente la había anestesiado. Con cloroformo o éter...

—Te ruego que no grites —le advirtió él, leyéndole el pensamiento—. Aquí estamos solos y no me apetece tener que silenciarte. Tengo dolor de cabeza. El viento frío siempre me da dolor de cabeza. Me sorprende que a ti no, yendo tan ligera de ropa en una noche gélida como esta.

Alex fue al instante consciente de su desnudez bajo los paños verdes. De sus pechos y vagina expuestos, de su pelvis ligeramente elevada en el aire y de sus pantorrillas, donde empezaba a tener calambres debido a la posición forzada.

«Patrick. Piensa en él o en cualquier otra cosa salvo en que estás aquí. Piensa en mamá, en el trabajo, en el paciente que ha fallecido hoy. En la gente que te cuidaría. Piensa, Alex. Razona con él. Conecta con su mente. Dile quién eres. Quién eras. Humanízate a sus ojos. ¿No es eso lo que se enseña en los libros de texto?». Había puesto en práctica muchas veces lo que había aprendido en ellos. Primera regla: reconocer la ira del paciente. Segunda regla: desactivarla.

—Me llamo Alex y soy doctora.

Él respondió con calma:

—¿Eres consciente de que tienes el útero en retroversión? He tenido que utilizar un espéculo curvo para extraerte el DIU.

Se lo quedó mirando perpleja, incapaz de articular palabra. Ya la había intervenido. Mientras estaba inconsciente, había estado hurgando en su interior.

«Piensa —se ordenó—. Piénsatelo con calma antes de que sea

demasiado tarde o todo esto acabe. Sé amable con él. Intenta caerle bien. Inténtalo, ¡joder!», se repitió con severidad mientras notaba la lengua gruesa y pesada en la boca.

—Gra-gracias por hacerlo. No todo el mundo sería tan considerado.

—De nada.

Su respuesta le infundió una brizna de esperanza. Estaba funcionando. Estaban hablando. Alex no había podido verle el rostro y probablemente él fuera consciente de ello. Podía decirle que no sabía qué aspecto tenía y que estaba dispuesta a olvidar lo que fuera que le hubiera hecho. Que no pasaba nada. Que podía marcharse.

—Me pregunto —tanteó con cautela— si me permitiría ir al lavabo.

—No es necesario. —Sus manos enguantadas desaparecieron bajo los paños verdes y le tocaron la piel desnuda. Se estremeció—. No te muevas —le dijo, mientras le palpaba el abdomen inferior—. Tienes la vejiga vacía. Te he sondado. Y la producción es buena.

—¿Por qué lo ha hecho?

—Cirugía mayor, Alex —respondió él, utilizando su nombre con la familiaridad de dos colegas que trabajan codo con codo—. Notarás dolor al orinar de forma normal durante un tiempo.

A su pesar, un hondo sollozo le agitó el pecho y el sonido de su llanto desesperado llenó la estancia.

—¿Qué me ha hecho?

—Ya te lo he dicho. No te ha pasado nada. Todavía. La decisión es tuya. Lo único que tienes que hacer es responder a esta sencilla pregunta: ¿qué significa «no»?

Sus pensamientos se dispersaron mientras intentaba entender el sentido de aquella pregunta. ¿«No» qué? ¿Acaso lo conocía? ¿Qué narices le estaba preguntando?

—Esto, por ejemplo. —Sostuvo en alto sus sandalias de color rosa pálido con tacón de aguja y delicadas tiras que ella sabía que excitarían a Patrick aunque fuera un calvario caminar con ellas—. ¿Significa esto «no»? ¿Y qué me dices de esto? —Le agitó sus medias sobre el rostro—. Está claro que esto no significa «no».

Cuando te he desnudado, no llevabas sujetador y con la tela de tus braguitas no podría hacerse ni un pequeño pañuelo de mano.

Notó sus tobillos tensar los estribos de cuero, que se ciñeron más al intentar juntar las rodillas. Entendía perfectamente lo que le estaba preguntando.

—Por favor —le suplicó—. No.

—Es una pregunta sencilla, Alex. Y creo que ambos sabemos lo que quieres decir cuando dices «no», ¿verdad?

El odio se impuso a su miedo y, por un momento, se sintió libre y valiente. Farfulló enfadada:

—No entiendo la pregunta, capullo. Y mis niveles de oxígeno están bajos por lo que me has dado. Tendrías que repasarte la lección en el libro. ¿Qué eres, un curandero fracasado? ¿Es eso lo que te pasa, imbécil?

Lo escuchó tomar aire, oyó el leve chasquido de contrariedad bajo la mascarilla.

—¡Menudo mal genio! Pues que sepas que no te va a servir de nada. Acabas de conseguir que me decida.

Se giró hacia un lado y acercó un carrito de acero inoxidable resplandeciente que contenía un abanico de instrumentos que Alex conocía bien. Gancho extractor de DIU, tijeras uterinas, un espéculo vaginal Cusco y, junto a ellos, una máscara anestésica. Se le puso el cuerpo rígido de miedo al ver que la agarraba. Era una Schimmelbusch. La única vez que Alex había visto una de aquellas máscaras había sido en una vitrina en el estudio de un anestesista jubilado. Le recordó al tipo de máscaras que se utilizan en esgrima, un dispositivo protector que cubría la nariz y la boca. Solo que aquella era una versión más cruda: del tamaño de un pomelo, consistía en una base de malla de alambre muy fina con gasa tejida en medio que el líquido anestésico impregnaba antes de que el usuario lo inhalara.

—Circuito abierto —dijo él con calma—. No hay nada que supere al método antiguo. Sin vías aéreas que insertar. Sin máquina anestésica que monitorizar. Simplemente, gasa y una máscara. Y gas, por supuesto, para dejarte las manos libres y poder ocuparte de otras cosas.

La valentía de Alex se había esfumado. Su control se había desmoronado. Era imposible razonar. No tenía escapatoria. Podía hacerle lo que quisiera y ella no podría hacer nada por detenerlo. Se preguntó fugazmente si sería mejor morir en aquella mesa. Al menos así dejaría su vida atrás sin saber siquiera cómo había acabado.

–Por otro lado, si te dejo inconsciente, tú y yo no podemos hablar. Y nunca se sabe, tal vez podría necesitar tu ayuda si la cosa se pone peliaguda. Podría darte un espejo y tú podrías darme indicaciones si encuentro algún problema. Una vulvectomía puede ser un estropicio.

La respiración de Alex era demasiado rápida y demasiado superficial. Empezó a notar un hormigueo en la cabeza mientras mantenía la vista clavada en la máscara que aquel hombre tenía en la mano. No podía respirar. No podía hablar…

–Última oportunidad, Alex. Puedo hacértelo fácil. Un sueñecito, mientras yo hago aquello a lo que ambos sabemos que te gustaría decir que sí, y después a casa a soñar con los angelitos. Así que te lo preguntaré una vez más: ¿qué significa «no»?

Le empezó a temblar todo el cuerpo. Los músculos grandes de su pecho, sus nalgas y sus muslos se contraían sin cesar. Los bloques para sostenerle la cabeza y el collarín, las correas de los brazos y los estribos de los tobillos empezaron a agitarse visiblemente. Las lágrimas caían por su rostro, mezcladas con mocos y babas, y durante todo el tiempo ella gritó un tácito «no» mientras se obligaba a decir lo contrario en voz alta.

–Lo siento, no te he oído bien. –Le estaba poniendo difícil oír su voz. Había cambiado de opinión y la máscara ya le cubría la mitad del rostro y el líquido empezaba a hacer efecto.

–He dicho que sí –susurró ella adormilada–. «No» significa sí.

Capítulo 2

Alex abrió los ojos. Estaba tumbada sobre una camilla, con una sábana blanca echada por encima y dos de sus colegas de pie a su lado, mirándola tranquilamente. Eran Fiona Woods, su mejor amiga y la enfermera jefe del área de urgencias, y Caroline Cowan, médico especialista jefe del mismo departamento. Ambas tenían una expresión similar, serena, y enseguida le sonrieron con ternura. Sabía exactamente dónde estaba, incluso el número del cubículo en el que se encontraba: el 9.

Vio en el reloj de bolsillo de Fiona que eran casi las dos de la madrugada. Ella había estado trabajando en aquel mismo departamento cinco horas antes, se había duchado aprisa en los vestuarios del personal, con el vestido colgado de una percha, listo para ponérselo, se había maquillado y se había perfumado. Hacía tan poco tiempo y todo había cambiado tanto… Su vida había pendido de un hilo. Si hubiera dicho que no, si se hubiera negado, si hubiera sido más valiente…

Cerró los ojos con fuerza, respiró honda y lentamente y, cuando estuvo lista, volvió a abrirlos.

—Hola, cielo —la saludó Caroline con voz afectuosa—. ¿Me puedes explicar qué ha ocurrido? Dime qué día es y dónde crees que estás.

Alex todavía no era capaz de responder a la primera pregunta. Se concentró en contestar la segunda y la tercera.

—Es domingo, 30 de octubre, y estoy en la ciudad de Bath, en mi propio hospital y en mi propio departamento.

Caroline volvió a sonreír.

—Así es, cielo, solo que es 31. Nos has dado un buen susto con esta tormenta tan espantosa. No ha parado de diluviar ni de soplar el viento. Nos has dado un susto de muerte. —Asintió de modo tranquilizador–. Pero estás bien. Un par de rasguños en las rodillas y un chichón en la nuca, pero, por lo demás, estás bien. Menos mal que Patrick insistió en seguir buscando; de lo contrario, tal vez te estaríamos tratando de hipotermia. Yo te sugeriría que te quedes a pasar la noche. Te haremos un par de pruebas neurológicas. Estás un poco ausente. De aquí a un momento mandaré venir a alguien para que te chequee. Por ahora, quédate aquí tranquila. En menos que canta un gallo te habrás librado de ese collarín.

Lágrimas de alivio brotaron de los ojos de Alex; pestañeó para aclararse la visión. Las cejas rubias de Caroline se juntaron frunciendo el ceño. Parecía mayor de lo que era, con su robusto cuerpo y sus antebrazos fuertes y tonificados, no por el trabajo en la clínica, sino por los años que había pasado ayudando a su marido en la granja que tenían.

–Vamos, cielo, no llores. En un abrir y cerrar de ojos estarás sentada con una taza de té en las manos. Fiona, ve a buscar refuerzos. Vamos a acomodar a nuestra doctora preferida enseguida. Pero nada de hombres –advirtió Caroline a Fiona en tono amigable–. Estoy segura de que Alex no quiere que vean su precioso trasero.

Alex permaneció tumbada, completamente inmóvil. Se sentía exhausta y agradecía el pragmatismo y la cháchara despreocupada de Caroline. Ya gritaría luego. Ya aullaría hasta que le reventara la cabeza y se desplomara en el suelo. Por ahora, era mejor mantener la calma. Tenía que mantener la calma si quería ser de ayuda a la policía.

Fiona Woods regresó al cubículo acompañada de tres enfermeras.

–Yo le sujeto la cabeza –le dijo Fiona a Caroline.

Las otras enfermeras se colocaron a un lado de Alex y cada una colocó las manos sobre una parte de su cuerpo. La sujetaron con fuerza por el hombro, por la cadera y por la pierna. De pie, en la cabecera de la camilla, Fiona situó las manos a ambos lados de la cabeza de Alex mientras Caroline le aflojaba el collarín y retiraba los bloques de contención de la cabeza. La especialista jefe colocó con cuidado su mano en la nuca de Alex y, empezando por la base del cráneo, fue revisando la columna vertebral en busca de algún indicio de sensibilidad o deformidad.

Notó a Alex hacer una mueca de dolor.

–¿Te duele aquí?

Alex hizo ademán de asentir, pero Fiona le ordenó que permaneciera quieta.

–¡Pero bueno…! ¡Sabes perfectamente que no tienes que moverte!

Le hablaba con la cara a pocos centímetros de la de Alex y el aliento le olía a tabaco. Era evidente que Fiona había recaído. Era una pena, porque le estaba yendo bien con los parches.

En los pocos minutos que siguieron, mientras la giraban sobre un lado y la colocaban en posición de inmovilización alineada, con la cabeza apoyada en las fuertes manos de Fiona, le comprobaron con cuidado el resto de la columna. Y, para acabar, en un momento humillante, sobre todo porque Alex conocía a todas aquellas personas, Caroline le introdujo un dedo en el recto para evaluar su esfínter. Y entonces todo acabó y una sonrisa de oreja a oreja cubrió el rostro de Caroline mientras volvían a tumbar a Alex.

–Estás bien, Alex. No necesitas usar el collarín. Voy a incorporarte un poco y te traeré esa taza de té. –Miró a Fiona–. Un par de paracetamoles no le harán ningún daño.

No cabía duda, Caroline Cowan era una maestra manteniendo la calma en una situación de crisis, el ritmo de sus acciones y el tono de su voz eran idóneos para mantener la histeria a raya. Estaba concediéndole a Alex tiempo para ajustarse a su situación, normalizándolo todo en la medida de lo posible para que pudiera afrontar mejor las situaciones desagradables que la aguardaban. Alex siempre la había admirado, y ahora la admiraba más que nunca. Se estaba asegurando de que Alex estuviera preparada.

Mientras las enfermeras que habían acudido a ayudar se marchaban del cubículo, Caroline se lavó las manos el lavabo. Le salpicó agua en la blusa y los pantalones verdes y bromeó, riendo, mientras cogía unas cuantas toallitas de papel del dispensador de la pared. Incluso entonces, su risa le indicó a Alex que se comportaba con naturalidad. Paso a paso. No había prisa. Estaba segura, y nadie iba a saltarse a Caroline.

–Dime, cielo, ¿tienes alguna pregunta?

Alex se mordió con fuerza el labio inferior para reprimir el torrente de lágrimas que pugnaba por salir de sus ojos. «Luego», se prometió. Lloraría después, en brazos de Patrick, solo en los suyos.

–La policía. ¿Ya habéis llamado a la policía? Tienen que bloquear todas las salidas. Y lo primero que hay que hacer es comprobar todos los quirófanos. Quiero que me hagan todo tipo de análisis: de VIH, de sífilis, de gonorrea, de embarazo, todos. Me da igual si les lleva toda la noche. Necesito saber qué me ha hecho.

La expresión de serenidad se había evaporado del rostro de Caroline, dejando paso a un gesto ceñudo, de preocupación.

–Pero ¿qué dices, Alex? ¿Por qué tengo que llamar a la policía?

Alex notó una sensación de fuerte latido bajo el esternón. Se le aceleró la respiración. Respiraba más fuerte. Y el temblor en sus extremidades hizo que la sábana con la que estaba cubierta cayera al suelo.

Su voz, según supo luego, se oyó en toda la planta. Por encima de todos los ruidos, de los gritos de dolor, confusión y miedo, del estrépito de los carritos en los que transportaban los tratamientos a los cubículos, de los veintitantos monitores que pitaban sonoramente en momentos distintos. Su voz, sus palabras, se impusieron a todo eso.

–Porque me ha violado.

Capítulo 3

Cualquier caso de violación que se presenta en el área de urgencias se trata en la más estricta privacidad. En torno a la situación, se despliega todo un protocolo de silencio y dignidad. La enfermera encargada de atender a la paciente, el médico y la policía realizan su trabajo sin que ninguna otra persona del departamento tenga conocimiento de lo sucedido.

En el caso de Alex Taylor, no había ninguna persona en urgencias que no supiera lo que había ocurrido o que no hubiera oído lo que supuestamente había ocurrido. Incluso antes de concluir la exploración, había empezado a especularse acerca de qué había sucedido realmente. La mayoría se inclinaba por pensar que había sufrido un traumatismo craneal, confusión o una conmoción cerebral, quizá.

En la sala de reconocimiento, el médico forense y la detective no desconfiaban de aquella mujer desconsolada, ni ponían en duda que la hubieran violado, pero les costaba más dar crédito al resto de sus alegaciones. Solo Maggie Fielding se mantuvo neutral y objetiva y la atendió con profesionalidad mientras concluía el examen y escuchaba el largo relato de Alex Taylor. Y respondió enseguida a todas las preguntas de Alex.

–El DIU está en su sitio, Alex. No hay indicios de que te lo hayan extraído. Veo los hilos, todo parece normal.

Maggie Fielding aguardó al siguiente comentario de Alex. Mantuvo el contacto visual y no parecía tener prisa. Maggie era una mujer asombrosa, alta, esbelta y con fuertes extremidades. Tenía una espectacular cabellera de color chocolate que le llegaba hasta la cintura cuando la llevaba suelta.

El médico forense, que también era médico generalista, un

neozelandés llamado Tom Collins, la miró en todo momento con compasión. Abandonó la habitación mientras le realizaban el examen.

La hicieron despegar la pelvis de la camilla para poner debajo una toalla de papel y le peinaron el vello púbico en busca de posibles pruebas. Luego metieron la toalla, el peine y el vello en una bolsa de pruebas, la cerraron herméticamente, la firmaron, la fecharon y se la entregaron a la agente de policía. Le cortaron las uñas de las manos y las rasparon en una bolsa aparte. También le arrancaron cabellos de la cabeza. Escupió en un pote para esputos, y le tomaron un frotis interno de la boca, el ano y la vagina. Le extrajeron sangre. Alex observó a Maggie frotar una torunda en un portamuestras de vidrio, consciente de que lo examinarían en busca de esperma. Y, para acabar, le revisaron hasta el último centímetro del cuerpo en busca de posibles lesiones. Morados. Desgarros. Mordiscos o marcas de dientes que ayudaran a identificar a su agresor.

Maggie Fielding se apartó de ella y volvieron a hacer entrar a Tom Collins. Hacía apenas unas semanas, Alex había estado en el mismo lugar que ocupaba ahora Maggie, al lado del mismo hombre mientras este le sacaba sangre a una mujer a quien había agredido su novio. Entonces compartían el mismo estatus: ambos eran profesionales que cumplían con su deber, documentando y fotografiando los múltiples cardenales. En esta ocasión, al menos por lo que a él concernía, ella era la víctima y él era el profesional que desempeñaba su trabajo e intentaba disimular lo mejor que podía que la conocía personalmente.

–¿Le importa que repasemos lo ocurrido una vez más? –le preguntó la agente de policía.

Se había identificado con delicadeza como Laura Best y le había dicho a Alex que sentía lo sucedido y que podía prescindir de formalismos para dirigirse a ella, aunque ella sí le hablara de usted. No obstante, ahora Laura no parecía tan empática. Su rostro pecoso resultaba menos amigable. Y parecía un poco impaciente. Los cuatro llevaban en esa sala de exploración privada más de una hora y el calor y el aire viciado empezaba a hacer mella en ellos.

Laura retrocedió varias páginas de su cuaderno de notas y empezó a leer.

–Recuerda caminar por el aparcamiento, notar un golpe en la nuca y luego una mordaza en la boca y posiblemente olor a gas. Después se despertó en un quirófano, atada y con las piernas en alto en unos estribos, con un hombre que fingía ser cirujano.

–No sé si fingía ser cirujano –le espetó Alex enfadada–. He dicho que iba vestido de cirujano.

Laura frunció brevemente los labios antes de continuar.

–Entonces ese hombre la amenazó con graparle los labios para que se callara, le enseñó una bandeja para instrumental médico y le dijo que le había extraído el DIU, que le había insertado un catéter y añadió que pretendía hacerle una operación, una vulvec… –No atinaba a decir la palabra.

–Una vulvectomía –respondió Alex impaciente–. Sí y sí y sí, a todo.

–A continuación le formuló una pregunta que le hizo pensar que tenía la intención de violarla, tras lo cual la anestesió.

–Sí.

–Y lo siguiente que recuerda es despertarse aquí, en su propio departamento.

–Sí.

–Y no puede describirlo ni reconocer su voz.

–No. Ya le he dicho que las luces del quirófano me cegaban. Vi una máscara de cirujano y también logré ver que llevaba puesta una bata quirúrgica. Pero su voz… era como si hablara a través de un sistema de megafonía, como si no estuviera a mi lado. Hablaba en inglés, pero tenía un leve acento estadounidense.

–Entonces ¿ese médico inglés y estadounidense le hizo todas estas cosas? Humm… Perdóneme, doctora Taylor, si sueno dura de mollera o quizá insensible, pero usted salió de aquí a las 21:30 h y la encontraron en el aparcamiento a las 01:30 h.

–¿Y eso qué importa?

–Pues que esas grandes agujas que describe, las agujas naranjas que le insertaron en ambos brazos… deberían haber dejado alguna señal de punción, ¿no es cierto?

–No me está escuchando. No ha escuchado lo que he dicho. Estaban ahí. Las vi. Es evidente que formaban parte de su plan para convencerme de que me había lesionado, para convencerme de que era incapaz de moverme. Todo eso estaba diseñado para que yo creyera que estaba indefensa y… accediera a dejarle hacerme lo que se proponía.

Una leve sonrisa curvó los labios de la agente. Miró a Tom Collins y a Maggie Fielding. Alex los vio intercambiarse rápidas miradas entre sí. Se enviaban mensajes con los ojos, excluyéndola. Aquel era un club privado donde solo se permitía el acceso a los profesionales, no a las víctimas.

–Si fuera una película, me daría bastante miedo –comentó Laura Best a punto de soltar una risita.

La ira hizo que Alex se levantara de la mullida camilla y se plantara, con los pies descalzos y una bata de hospital, a quince centímetros de la agente Best.

–¡Pues no es ninguna película, joder! Así que bórrese esa sonrisita de la cara. ¡No lo he soñado! Me han agredido. Me han secuestrado y, si no hubiera accedido a que me hiciera lo que quería, en este momento sería un cadáver en una morgue.

–Siento haberla disgustado. No negamos que haya ocurrido lo que cuenta –contestó, incluyendo a Tom Collins y Maggie Fielding en su afirmación–. Solo intentamos entenderlo. Tenía la ropa interior y los zapatos puestos. Y llevaba el vestido perfectamente abotonado. –Y luego dijo lo que de verdad pensaba y lo que era evidente que le había ocupado la mente durante toda aquella entrevista–. Sus colegas me han contado que ayer tuvo usted un día difícil.

Alex movió la cabeza con brusquedad al notar su tono cauteloso.

–No más de lo habitual. En urgencias todos los días son difíciles ¿o acaso no se ha dado cuenta todavía?

–Más de lo habitual, según tengo entendido. A menos, claro está, que cada día se le muera un bebé.

–Yo… yo… Ya estaba muerta cuando la trajo la ambulancia. ¡No había nada que pudiéramos hacer por esa niña!

–Creo que Alex ya ha tenido suficiente –intervino Maggie

Fielding–. Necesita descansar. Y, agente Best, la próxima vez que se presente un caso como este, opino que sería conveniente que la acompañara un agente más experimentado o, al menos, uno formado en delitos sexuales, como estoy segura de que le dirán cuando presente su informe.

Maggie Fielding no era la persona favorita de Alex cuando soplaban vientos favorables. Era una ginecóloga brillante, pero solía ser brusca en el trato. Pero en aquel momento Alex se alegró de su presencia.

–Quiero ver a Patrick. ¿Dónde está Patrick? ¡Necesito verlo!

Maggie Fielding asintió con la cabeza.

–Está aquí. Está esperando fuera.

–¡Pues quiero verlo! ¡Patrick! –gritó–. ¡Patrick!

Y finalmente, en brazos de Patrick, lloró.

Entre gritos incoherentes, le explicó la noche que había vivido. Ante el impacto de la noticia, Patrick reaccionó de manera explosiva y le exigió a Laura Best que encontraran a aquel hombre. Le exigió que solicitara refuerzos y le preguntó por qué no había visto a un pelotón de agentes registrando el hospital todavía. Fue la propia Alex quien lo frenó de salir corriendo él mismo, en plena noche, en busca de aquel hombre, agarrándolo con fuerza de las manos para que no se fuera y dejándole claro que necesitaba que se quedara con ella. En sus brazos volvió a sentirse lo bastante segura y serena como para quedarse finalmente dormida.

Capítulo 4

Laura Best estaba de pie junto a Patrick Ford. A pesar de haber pasado la noche velando la cama de su novia, Patrick seguía bien peinado y lucía un aspecto lozano. Y, a juzgar por la intensidad de su mirada, estaba listo para volver a interrogarla. Pero tendría que esperar, porque era el turno de Laura. Entre la presión para que encontrara a aquel hombre disfrazado de cirujano y la voluntad de consolar a su novia, la noche previa la agente no había tenido oportunidad de tomarle declaración.

Acababan de recorrer el aparcamiento y le había indicado dónde él y el guardia de seguridad habían hallado a Alex y dónde tenía él estacionado el coche. Estaba a apenas unos vehículos de distancia y, pese a ello, no la había visto. Su explicación para ello era comprensible. Había llegado, la había esperado un rato, había entrado en urgencias a buscarla y allí le habían dicho que Alex se había marchado quince minutos antes. Él pensó que habría ido a su casa en taxi porque había llegado tarde a recogerla, así que había regresado para comprobarlo y luego había vuelto al hospital para iniciar la búsqueda.

—¿Por qué se retrasó? –le preguntó Laura.

Patrick Ford se encogió de hombros.

—En realidad, no lo hice. Me refiero a que no llegué tarde si tenemos en cuenta cuánto tengo que esperarla normalmente. Nunca sale del hospital a la hora que le toca. Acabé una operación un poco tarde, unos cinco o diez minutos, soy veterinario, pero no me preocupé demasiado porque, como le he dicho, Alex siempre sale tarde. Llegué aquí hacia las nueve y cuarenta o diez menos cuarto.

—¿Y a qué hora regresó para empezar a buscarla?

–Debían de ser las once. Se tardan unos veinte minutos de aquí a mi casa y otros veinte de vuelta. Y me quedé en casa un cuarto de hora, más o menos, esperando a ver si aparecía.

Laura pareció sorprendida.

–¿Y cómo puede ser que tardaran tanto en encontrarla?

–Supongo que un buen término para describirlo sería «ineptitud» –respondió él irritado–. Al principio solo miramos entre los vehículos. Luego pasamos un rato buscándola por el hospital, comprobando las consultas para ver si estaba atendiendo a algún paciente. Y, de hecho, cuando la encontramos, no resultaba fácil verla, porque estaba tumbada bajo los árboles y era noche cerrada.

–¿Cómo se encuentra esta mañana? ¿Ha contado algo más?

Él negó con la cabeza.

–Aún está dormida.

–¿Tiene alguna idea de qué sucedió?

Patrick levantó la cabeza sorprendido.

–¿A qué se refiere?

Laura se encogió levemente de hombros.

–A si ha pensado algo acerca de anoche…

–¿Pretende decirme que no la cree? –preguntó él con tono desafiante.

–No sé qué pensar. Me sorprende mucho lo que he oído. Pero no he dudado ni por un instante de lo que Alex me ha explicado.

Patrick la perforó con la mirada.

–Doy por supuesto que han empezado a buscar a ese hombre, ¿no es así? Que al menos han comprobado la historia que cuenta Alex.

Laura asintió con la cabeza con determinación.

–Por supuesto. Hemos buscado en todos los quirófanos, en las instalaciones y hemos hablado con el personal de quirófano. Y, por supuesto, acaba usted de acompañarme al sitio donde la hallaron. El viento agitó con fuerza las ramas que había sobre ella. Hay restos de tierra y trozos de ramas, algunos bastante pesados, todo alrededor. Es probable que recibiera un golpe en la cabeza y perdiera el conocimiento.

–¿Pretende decirme que pudo dejarla inconsciente una rama

de un árbol? –preguntó él sin rodeos–. No es lo que ella dice que ocurrió, ¿no es cierto?

Laura apretó los labios un instante.

–¿Y si tuvo un día traumático? Según me han explicado, ayer falleció un bebé. ¿No puede ser que eso afectara a su estado mental?

Patrick Ford entrecerró los ojos.

–¡Su estado mental! Espero de veras que no esté insinuando usted que la doctora Taylor es una desequilibrada, porque le aseguro que no es así. Paso mucho tiempo con ella, no vaya por ahí. Si hay alguna otra explicación, será una causa física. Conmoción cerebral, probablemente. Y, sí, posiblemente una rama le golpeara la cabeza. –Evaluó con la mirada fríamente a la detective–. Pero hasta que no hayan agotado todas las posibilidades de localizar a ese hombre, espero que acepte lo que le ha explicado como la verdad. Y si no tenemos nada más de lo que hablar, estoy impaciente por saber cómo se encuentra.

Laura sonrió con satisfacción mientras él se alejaba, dándole la espalda. Un poco engreído para su gusto. Guapo y bien vestido, aunque más para las finanzas que para el trabajo que hacía, y muy seguro de sí mismo. Pero no era alguien que a ella pudiera gustarle. Con todo, su reunión había ido bien y ella había conseguido hacerse una composición mental de quién estaba dónde y cuándo en el momento del supuesto secuestro. La doctora Taylor obviamente había estado mucho rato en el aparcamiento. Si su novio hubiera llegado a tiempo, nada de aquello habría ocurrido. Y Laura Best no se habría pasado la noche poniendo patas arriba el hospital. No permitiría que dijeran que no se había tomado el asunto con seriedad; ella era una profesional.

Al mirar a Patrick a los ojos la mañana siguiente, a Alex le preocupó lo que él pudiera pensar. Lo encontró sentado junto a su cama al despertarse. Patrick le agarró una mano entre las suyas. En sus iris de color azul intenso, Alex vio su amor, su comprensión, su preocupación por lo que sabía que ella debía de estar pasando… y algo más. Escindida de todas las demás emocionas, sola al margen de todo, entrevió duda.

Al principio se limitó mirarla en silencio. La miró a los ojos, se inclinó hacia delante y le dio un beso en los labios. Una presión suave, un segundo de calidez y consuelo, y acto seguido se enderezó en su silla y esperó a que fuera ella quien hablara.

—Al final no nos bebimos el champán –dijo ella.

Él sonrió brevemente.

—Está en la cubitera.

—A estas alturas, los cubitos de hielo se habrán de derretido. Y la etiqueta se habrá empapado y se habrá despegado.

—Pero seguirá sabiendo igual de bien. Y, además, puedo comprar otra botella.

Ella entrelazó sus dedos con los de él y los presionó suavemente.

—¿Cómo está mi madre?

—Probablemente preguntándose si vamos a ir a comer. Estará desesperada por hablar sobre los últimos detalles de la boda.

Alex hizo un mohín de dolor. Era la boda planificada con más antelación de la historia. Su hermana, Pamela, finalmente se había decidido por un sitio, un vestido, un fotógrafo, las flores y su única dama de honor. Alex había dejado en sus manos la elección del vestido de dama de honor. Tras probarse más de una docena y escuchar las exclamaciones varias de Pamela y su indecisión, porque todos eran tan bonitos, Alex había tirado la toalla. No podía invertir todos sus días de fiesta en ir de compras.

—Me refiero a cómo ha encajado esto.

Patrick le soltó las manos y juntó las yemas de sus dedos.

—No lo sabe. He creído que era mejor que se lo explicaras tú. A plena luz del día. Bueno…

Alex se sentó de golpe, escrutando con atención la expresión de él.

—¿Bueno qué, Patrick?

Él movió la cabeza a lado y lado.

—Nada, solo que quizá hoy te sientas distinta, que tengas otra perspectiva de las cosas. Anoche me diste un susto de muerte, cariño. Nunca he sentido más alivio que cuando te encontramos. Hacía un tiempo inclemente… Podían haberte atropellado, o podrías haberte muerto ahí fuera de frío.

Volvió a notar el temblor con el que ya se estaba familiarizando. Ahora Alex ya identificaba qué se lo producía. El pánico. Pánico no solo por lo que había ocurrido, sino por no ser creída. Se clavó las uñas recién cortadas en las palmas de las manos y se esforzó por permanecer quieta.

–¿Dónde me encontrasteis?

–En el aparcamiento.

–Pero ¿en qué zona del aparcamiento?

–En la zona de atrás. El guardia de seguridad y yo te encontramos tumbada en la hierba, bajo unos árboles. Habían caído un par de ramas cerca y creemos que una de ellas tal vez te golpeara en la nuca.

–Entiendo. Así que eso es lo que creéis, ¿eh?

Patrick guardó silencio un momento.

–No. Bueno… sí, es posible que una rama te golpeara en la cabeza, pero eso no significa que no me crea el resto de lo que pasó. Mira, Caroline Cowan te ha reservado una cita para hacerte un TAC cerebral. Creo que es buena idea. No sabemos la fuerza con la que te golpearon en la cabeza. Pero creemos que estuviste inconsciente durante más de tres horas, y eso es mucho rato para estar ahí fuera, con el frío que hace.

–¿Qué piensan los demás, Patrick? ¿Qué está haciendo la policía?

–Lo han buscado, pero aún no hay rastro de él. Si quieres que te diga la verdad, cariño, los he visto más hablando con tus colegas que buscando activamente a ese hombre. No creo que den mucha credibilidad a lo que has contado que sucedió. Todo el mundo está preocupado, por supuesto, pero no creo que la policía te crea.

Dicho lo cual, se detuvo, despejándole a Alex toda duda acerca de lo que se rumoreaba: o tenía daño cerebral o había perdido la cabeza.

–¿Y tú? ¿Tú me crees?

Patrick se levantó de la silla, se apoyó en el borde del colchón, la abrazó y le susurró al oído:

–Por supuesto que te creo.

Retrocedió para que le viera la cara y a Alex le pareció que la duda que creía haber divisado antes había desaparecido de sus ojos.

—No tengo motivos para no creerte. ¿Cuándo me has mentido tú?

Alex volvió a descansar en sus brazos. Se había acostumbrado a sentirse segura con aquel hombre. La intrigaba y la desafiaba en igual medida. Su pasión por la cirugía veterinaria era equiparable a la que ella sentía por la medicina humana. Era ambicioso y determinado, una potente combinación en alguien que, además, tenía el aspecto de un modelo. Se habían conocido gracias a la pasión de él por el *rugby*. Durante un partido, Patrick había acabado en urgencias con una sospecha de fractura en el tobillo. No fue amor a primera vista. De hecho, a ella le había parecido un incordio al principio. Tenía unos conocimientos en medicina equiparables a los de ella y había dictaminado los términos de su tratamiento al detalle, hasta que Alex lo había puesto en su sitio y le había dicho que la doctora era ella y que sería ella quien decidiera si usaba muletas o no. Al día siguiente llegó al departamento un ramo de flores no demasiado imaginativas para ella, y luego la invitó a tomar una copa.

Al abrazarlo de nuevo, sintió ansiedad. Sentía muchísimo dolor y nunca se había sentido tan sola. Le costaba digerir que no la creyeran. Sobre todo la policía. El balón de helio que flotaba a su lado le deseaba «Recupérate pronto» en una nota adhesiva pegada a la cuerda, y la reconfortó pensar que seguramente Fiona se lo había birlado a un paciente mientras dormía. Pero ¿recuperarse de qué? ¿De un golpe en la cabeza? ¿De un día duro en el trabajo? ¿De verdad creían que se había inventado algo así?

Volvió a separarse de él, lo miró fijamente a los ojos y le dijo sin rodeos:

—Hay un asesino suelto. No es solo un violador. Ese tipo es un sádico, un enfermo. Necesito que creas que lo que ocurrió anoche no es producto de mi imaginación ni me lo provocó un golpe en la cabeza. Me raptaron, Patrick, y me ataron a una mesa de quirófano, y lo único que me ayudó a no perder la cordura fue pensar en ti. Te digo que no estuve varias horas inconsciente en el aparcamiento. Caí en las manos del malnacido más aterrador que hayas podido imaginar. ¿Y sabes qué es lo que más me duele? Que la policía no lo esté investigando como es debido, que no admitan que algo así haya podido ocurrir. Pero me haré ese TAC cerebral y así podremos llegar a la conclusión más evidente: que he perdido la chaveta.

Insistió en quedarse con ella mientras le hacían el TAC. Protegido por el delantal de plomo, le había sonreído mientras desaparecía en el túnel.

Patrick había bombardeado a preguntas al radiólogo, convencido de que un traumatismo reciente en el cerebro podía resultar indetectable transcurrido tan poco tiempo tras el incidente. «Un accidente vascular cerebral no siempre se muestra, a menos que haya habido una hemorragia», argumentó. «Repetir la prueba al cabo de unos días sería lo indicado», sugirió. El radiólogo respondió pacientemente a todas sus preguntas. Señaló que el escáner de Alex no solo era normal, sino que el TAC no detectaba ni siquiera un pequeño morado en el cerebro. Alex estuvo a punto de soltar una carcajada al ver la decepción en el rostro de Patrick. Era evidente que quería que hubiera una causa distinta a lo que en realidad había ocurrido. Pero ¿quién podía culparlo por ello? Sería mucho más fácil de aceptar.

Patrick tenía los hombros tensos y el radiólogo enseguida se dio cuenta de ello. Alex le tenía aprecio a Edward Downing; lamentaría cuando se jubilara a finales de año. Era de la vieja escuela, un hombre encantador y alegre, muy educado siempre, y probablemente uno de los mejores radiólogos del país. Rio con cordialidad y le guiñó el ojo a Alex.

—Por supuesto, esto no descarta que haya perdido la cabeza.

—Por supuesto que no —respondió Patrick secamente, antes de ver la consternación de Alex—. Lo digo en broma.

Ella le apretó la mano como gesto de agradecimiento, incapaz de reunir las fuerzas para hablar. Lo superaría. Tenía a Patrick y a Fiona, y a Caroline, por supuesto. No estaba sola en aquella pesadilla.

Al salir del hospital acompañada de Patrick a primera hora de la tarde, él le explicó su plan. Ya tenía el visto bueno de Caroline Cowan y se había despejado la agenda en el trabajo contratando a un interino. Se irían de vacaciones. Una semana. A algún lugar

donde hiciera calor y pudieran tumbarse en la playa, beber cócteles hasta morir y comer comida deliciosa hasta reventar. Un
lugar donde ella pudiera recargar las pilas. En su frágil estado, a
Alex le costaba entender por qué todo el mundo tenía tanta prisa
por quitársela de en medio. ¿No tenía que estar localizable por
si la policía quería interrogarla nuevamente o por si arrestaban a
aquel individuo? En circunstancias normales, cuando se cometía
un delito, las víctimas no se iban de vacaciones, ¿no? Y ese, sospechaba, era precisamente el motivo por el que todo el mundo
se mostraba tan complaciente: porque no creían que se hubiera
cometido ningún delito. No creían que fuera una víctima.

Capítulo 5

Diez días más tarde aterrizaban en el aeropuerto de Gatwick procedentes de las Barbados con Virgin Atlantic, ambos ligeramente bronceados y Patrick con algún kilito más. Él tenía un ánimo jovial, pero ella estaba un poco melancólica. Patrick se había dejado puestos los calcetines amarillo fluorescente que les habían dado para ponerse durante el vuelo y la tripulación de cabina le había sonreído divertida cuando había pasado por delante de ellos con sus sandalias de tiras de cuero.

–Son los calcetines más cómodos que he llevado nunca –dijo.

Caminaba por la terminal varios pasos por delante de Alex, rebosante de energía, mientras estudiaba las pantallas para averiguar en qué cinta transportadora tenían que recoger su equipaje.

Alex sabía por qué estaba de buen humor. La noche anterior habían tenido sexo. No podía llamarlo hacer el amor, porque no se había sentido amada. Patrick había sido generoso con sus caricias. Había prestado atención a todo su cuerpo. Y había esperado a penetrarla mucho más de lo habitual, hasta que ella había estado casi preparada, con la piel y los músculos relajados y sus huesos derritiéndose. Se había sentido preparada incluso mientras la penetraba, hasta que él le había susurrado:

–No está tan mal, ¿verdad? No parece que te hayan… –Luego había respirado con aspereza, conteniéndose todavía–. ¿El DIU está en su sitio, verdad? ¿Puedo correrme sin problemas?

Tan pocas palabras y un dolor tan profundo. Alex les había dado vueltas y más vueltas. ¿A qué se refería con aquel «No está tan mal»? ¿Quería decir en comparación con su violador imaginario? Sus palabras le habían revelado lo que pensaba de verdad: «No parece que te hayan…».

«¡Acaba la frase! –habría querido gritarle–. ¡Acaba la maldita frase! "No parece que te hayan violado"».

La noche anterior había sido la única vez que habían mantenido relaciones sexuales en las siete noches que habían pasado fuera. El resto de los días, ella había achacado su falta de estímulo e interés a la botella de vino que habían compartido en la cena y a los varios cócteles que habían seguido. Tapándose rápidamente con la sábana de una de las amplias camas dobles, había fingido quedarse dormida por la borrachera cada noche hasta escuchar los sonoros ronquidos de él. Luego se había deslizado en silencio hasta las escaleras posteriores del hotel colonial y había descendido a la playa privada reservada para los huéspedes. La había recorrido de punta a punta, una y otra vez, bajo la atenta mirada del guardia de seguridad del hotel, deseando que los días pasaran para poder dejar de fingir que aquellas eran unas vacaciones normales y que ella era otra turista más.

Patrick empujaba un carrito con sus maletas. Se detuvo en una tienda del *duty free* y dijo:

–Compremos una limonada o una coca-cola para acabarnos el ron. Tenemos que ponerle la guinda a las vacaciones como es debido.

–Ya la compraremos de camino –contestó ella con sequedad, intentando disimular lo molesta que estaba.

Aunque habían ido hasta el aeropuerto en el Land Rover de él, era evidente que no sería Patrick quien se sentaría al volante. Se había bebido varias copas de vino a bordo y entre las comidas había pedido cerveza.

Se pasó dormido gran parte del trayecto, con el asiento en posición reclinada y los pies con los calcetines amarillos apoyados en su lado del salpicadero. Se despertó cuando Alex se detuvo en la gasolinera de Chippenham y, mientras ella se dirigía al edificio aprisa para ir al baño, le gritó:

–No te olvides de comprar la coca-cola.

Mientras esperaba para pagar, con el refresco y la leche para la mañana siguiente en los brazos, Alex intentó desesperadamente zafarse de la ola de depresión que la abrumaba. Le había resultado más fácil lidiar con él bajo el sol, pero, a medida que se aproximaban a casa, se acrecentaba su pavor. A Patrick no le había costado olvidar el motivo por el que habían ido de vacaciones. Parecía que, por lo que a él concernía, el asunto estaba muerto y enterrado. Tal vez fuera su manera de afrontarlo, pero a Alex, la jovialidad desbordada con la que se había comportado en el aeropuerto y aquella petición estúpida de comprar un refresco, se le clavaron como puñales.

Respiró hondo, procurando relajarse. Al acercarse al mostrador, echó una ojeada rápida a la prensa. La portada del *Western Daily Press* le llamó la atención:

La enfermera de Bath sigue desaparecida

Se inclinó hacia delante para leer la noticia:

Se acrecientan los temores con relación a Amy Abbott, de 23 años. La enfermera lleva desaparecida cuatro días. Fue vista por última vez el domingo por la tarde en la plaza de Kingsmead. Vestía pantalones tejanos azules, una camisa verde claro y una chaqueta de cuero marrón…

La interrumpieron unos pitidos, seguidos por la voz de la dependienta:

–Dos libras y ochenta y nueve centavos, por favor.

Tras pagarle, se dirigió desanimada al coche.

Durante la última parte del trayecto tomó una decisión. Zarandeó a Patrick para despertarlo al llegar frente a la puerta de su casa y le dijo que era mejor que aquella noche durmieran separados. Necesitaba descansar porque la noche siguiente estaba de guardia y él tenía que reincorporarse al trabajo por la mañana, así que beberse el ron seguramente no fuera la mejor idea. Le devolvería el coche al día siguiente. Se lo dijo como si tal cosa y le alivió que él no opusiera demasiada resistencia. Se dieron un beso rápido y él se despidió con la mano, despreocupado, lo cual a ella le pareció perfecto.

Al llegar a su apartamento, encendió todas las luces, comprobó que todas las ventanas estuvieran bien cerradas y echó el doble pestillo en la puerta principal. Había escogido aquel lugar para vivir porque le proporcionaba paz mental y seguridad. El sistema de interfono de la entrada estaba vinculado con la puerta de entrada principal, lo cual había sido un importante punto a favor.

Con una gran botella de ron en la mano, se sentó con la espalda apoyada en la pared del salón y el teléfono a su lado y escuchó los mensajes del contestador. Había tres de su madre, todos acerca de los preparativos finales para la boda de la semana siguiente. Uno de Caroline, alegre, optimista, deseándole que hubiera pasado unas buenas vacaciones y diciéndole que tenía ganas de verla.

Y un último mensaje, grabado a las cinco y media de la tarde.

—Hola, este es un mensaje para la doctora Taylor. Soy Maggie Fielding. Tengo sus resultados. Normalmente no los doy por teléfono, pero estoy segura de que tendrá ganas de saberlos. Está todo bien, doctora Taylor, así que ya puede dejar de tomar los antibióticos. —Una pausa de un par de segundos—. Si lo necesita, estoy aquí para escuchar… Cuando quiera. Ya conoce mi extensión, pero le doy también mi número de móvil y el del teléfono fijo de mi casa, por si acaso.

Alex no anotó los números. Lo que hizo fue guardar el mensaje. Tras un tercer ron, alargó la mano, cogió un cojín del sofá y se tumbó en el suelo. Con la cabeza apoyada en el cojín y la espalda alineada con la pared del salón, contempló la estancia iluminada con los ojos abiertos como platos.

Patrick no había dicho que no la creyera, pero el mero hecho de no sacar a relucir el tema en ningún momento, salvo la noche anterior, era revelador. Se preguntaba si creía que había experimentado algún tipo de psicosis o si a él le resultaría una opción más fácil llegar a esa conclusión. Y se preguntó también si sus colegas pensarían algo similar. Su madre y su hermana aún no sabían nada de lo ocurrido.

Y Maggie Fielding le estaba ofreciendo la posibilidad de hablar.

Alex sabía que un psicólogo profesional la ayudaría a distinguir la fantasía de los hechos, los sueños de la realidad, que la ayudaría a establecer si había tenido una crisis nerviosa o si se lo había imaginado todo.

Pero ella sabía que no era así. Su vestido… recordaba cuánto le había sorprendido volver a vérselo puesto. Cuando había apartado la sábana blanca, después de que Caroline la hubiera sentado en la camilla, se lo había quedado mirando incrédula. Laura Best había señalado que tenía todos los botones abotonados. Y así era… todos y cada uno de ellos. A pesar de su forma de corazón y lo complicados que eran de abrochar, todos estaban en el ojal que les correspondía. Nadie parecía haber advertido lo limpio que estaba. Según decían, había yacido inconsciente sobre la hierba más de tres horas, a la intemperie, bajo los árboles. Todos habían comentado que hacía un tiempo de perros, que hacía frío y llovía y, sin embargo, nadie parecía haberse percatado de que ella estaba completamente seca.

Capítulo 6

Alex se agachó y se ató los cordones de sus zapatillas deportivas Nike. Se guardó en el bolsillo su estetoscopio y su torniquete, se colocó el imperdible de la chapa con su nombre, se enganchó un par de bolígrafos en el escote y luego se colocó delante del espejo de cuerpo entero. Bajo la camisa verde, la cinturilla de los pantalones también verdes le quedaba holgada. Siempre había estado delgada y tonificada, gracias a que solía correr. Había quedado segunda en la carrera de 100 metros durante dos años consecutivos en la universidad y había caído al tercer puesto cuando una chica de dieciséis años había saltado a la pista por primera vez un frío día de verano y había marcado un récord en el campus. Desde entonces, Alex había leído varios artículos sobre ella en la prensa y había seguido el ascenso meteórico de la atleta hasta convertirse en campeona del mundo tras ganar la medalla de oro en las Olimpiadas de 2016.

Con su ligero bronceado y su pelo rubio oscuro recién lavado y recogido en una coleta baja, Alex tenía buen aspecto y parecía llena de vitalidad… al menos a simple vista. Sin embargo, si la observaba con detenimiento, bajo la capa de maquillaje se vislumbraban sus ojeras. Se había echado colirio en los ojos y le brillaban, pero solo porque se había puesto una máscara de alegría sobre el rostro. Le dolían las mejillas de tanto practicar la sonrisa.

Se había pasado todo el día lidiando con la tentación de tomarse una bebida fuerte y, en el último momento, cuando ya tenía el abrigo puesto y estaba a punto de salir de casa, había sucumbido y se había tomado un trago de Absolut Vodka para tragarse los dos miligramos de diazepam. Si no se andaba con cuidado, corría el riesgo de acostumbrarse. Desde la noche de su secuestro, había bebido cada día. Y las vacaciones ofrecían una excusa para beber, pero aquel trago antes de ir a trabajar no podía volver a suceder. Era la última vez que recurría al alcohol para armarse de valor. No se repetiría.

Respiró hondo, y sintiéndose todo lo preparada que podía sentirse, salió del vestuario y se dirigió a la planta de su departamento.

Era viernes por la noche y el lugar era un hervidero. Nadie la miró dos veces. En la gran pizarra blanca, donde se anotaban los pacientes «graves», había escrito un nombre en cada cubículo. Al final del pasillo, los técnicos sanitarios de la ambulancia esperaban a descargar a sus pacientes. Un vistazo rápido al ordenador le reveló que el apartado de «leves» estaba igual de concurrido. Vio a Nathan Bell a través del vidrio de las alargadas ventanas de la sala de médicos comiendo Doritos y tecleando en su ordenador, y entró para comprobar si estaba preparado para hacerle el traspaso.

Nathan Bell estaba en los huesos, era altísimo y absolutamente incapaz de estar quieto, ni siquiera sentado. Repiqueteaba sin parar con el pie derecho en el suelo, por efecto de lo cual su rodilla y muslo se agitaban. Probablemente fuera así como quemaba toda la comida basura que consumía. Llevaba un año en el departamento y había demostrado ser un buen médico, pero a los pacientes les asustaba. La mancha de nacimiento de color vino de Oporto que le cubría el lado izquierdo del rostro era inquietante. Alex se había preguntado si algún momento se habría planteado someterse a un tratamiento láser para atenuar el intenso color rojo.

—En un minuto estoy contigo, pero no hay prisa. Voy a quedarme hasta medianoche.

—¿Por qué? —preguntó ella—. ¿Hay alguien de baja por enfermedad?

Él negó con la cabeza, sin apartar los ojos de la pantalla mientras estudiaba los resultados de un análisis de sangre.

—No. Caroline ha pensado que te iría bien tener un poco de ayuda en tu primer día tras reincorporarte.

Lo dijo sin rodeos, aunque Caroline, sospechaba Alex, seguramente no habría querido que lo supiera. De hecho, era probable que le hubiera dicho a Nathan que encontrara un pretexto plausible para quedarse a hacer horas extra. Y él podría haber alegado que era viernes por la noche, que el hospital estaba a rebosar y que podía alargar la jornada. Pero a Nathan Bell no se le daba bien mentir. Era directo y sincero.

Alex estaba a punto de decirle que no había necesidad de que se quedara cuando el transceptor emitió un chirrido agudo que perforó el aire.

—Enseguida estoy contigo —dijo Nathan—. Dame dos minutos.

Fiona Woods estaba en la base de control con el transceptor en una mano y un bolígrafo en la otra, preparada para anotar los detalles que le daba el paramédico. Pidió silencio a los colegas que la rodeaban para oír a su interlocutor con más claridad, y algunos de los pacientes y visitantes también se detuvieron en seco para escuchar.

—Área de urgencias al habla —dijo Fiona con voz serena y clara.

Llevaba un peinado nuevo que parecía una tortura: una trenza de raíz tensada muy prieta que le estiraba de la piel en las sienes. Siempre andaba batallando con su cabello, que de naturaleza era crespo, y Alex apostaba lo que fuera a que, con aquel nuevo intento, cuando acabara el turno tendría dolor de cabeza.

—Mujer joven; sin respuesta en la escena. Escala de coma de Glasgow: en estos momentos, 12. Presión sistólica: 85. Frecuencia cardíaca: 110. Frecuencia respiratoria: 26. Saturación: 99 por ciento. Tiene sangre en los tejanos, rectal o vaginal. Cambio y corto.

Fiona presionó el botón de transmisión.

—¿Sabemos si está embarazada? Cambio y corto.

—Sin determinar. Tenemos respuesta verbal, pero incoherente. No consta en el historial. Cambio y corto.

—¿Hora prevista de llegada? Cambio y corto.

—En cuatro minutos. Estamos en el perímetro del hospital. Ha conseguido llegar hasta aquí.

—Gracias, 534. Estamos a la espera.

Alex se dirigió directamente al box de reanimación, con Fiona pisándole los talones. Mientras entraban en la zona, Fiona informó a las enfermeras sobre la paciente que iba a llegar. Alex se alegró de que estuviera de guardia; Fiona era una magnífica profesional y, tras siete años en este área de enfermería, prácticamente lo sabía todo sobre medicina intensiva. Con el piloto automático puesto, Alex se puso los guantes, un delantal de plástico verde y se dirigió al box 2 para comprobar el equipo. Era el box que quedaba más cerca de la zona de descarga de las ambulancias y, por consiguiente, el que más se utilizaba. Y precisamente por eso era esencial comprobar todo el material antes y después de atender a cada paciente.

En la pared de detrás de la camilla había un armario con material. A simple vista, a Alex le pareció que todo estaba en su sitio, pero aun así revisó a conciencia cada artículo. Hizo todas las comprobaciones en menos de un minuto y luego repasó al equipo: el suministro de oxígeno y el balón de reanimación que se utilizaban para asistir en la ventilación, junto con una máscara ajustable. Pulsó botones y accionó interruptores y las pantallas del monitor cardíaco se encendieron; las alarmas pitaron mientras buscaban una fuente.

Al otro lado del biombo que separaba los boxes, Nathan estaba sacando jeringuillas y colocándolas sobre el mostrador, llenando algunas con solución salina y preparando otras para extraer sangre. Fiona Woods y otra enfermera colgaron dos bolsas de un litro de fluidos templados. Con una alerta de prioridad 2, los laboratorios de patología y radiología estaban a la espera. Los preparativos eran esenciales. Estar listos, en guardia, preparados para cualquier imprevisto.

La sangre había empapado la sábana blanca y había dejado una gran mancha de color granate. También había goteado por el lateral de la camilla, sobre las ruedas, y ahora caía en el suelo. Tenía el rostro blanco como la cera bajo la máscara de oxígeno. Se le movían rápidamente los párpados y emitía pequeños gemidos, como susurros. En los pocos minutos que les había llevado trasladarla hasta allí, su estado se había deteriorado gravemente. Se desangraba a cada minuto que pasaba.

Mientras la colocaban en la camilla, Nathan Bell le había sostenido el brazo izquierdo, le había colocado un torniquete y le estaba insertando una aguja. Le pusieron una bolsa de un litro de suero y una bolsa de presión alrededor de esta para que bombeara más rápido.

–¿Sabemos algo de su historial? ¿Algún traumatismo? ¿Algo? –preguntó Alex apresuradamente, mientras revisaba con los ojos el cuerpo de la mujer para hacer una evaluación rápida.

La pérdida de sangre era importante, y el rostro cenizo y sus dedos blancos, señal de alarma.

–Han llamado a emergencias –respondió el paramédico–. La han encontrado dentro del perímetro del hospital. Claramente, intentaba buscar ayuda. La pareja que la ha encontrado dice que gemía y que se desplomó sobre ellos. Al principio, cuando hemos llegado, no respondía, pero luego, en la ambulancia, ha emitido algún quejido.

–¿Sabemos cómo se llama?

–No le hemos comprobado los bolsillos. No llevaba bolso, pero podría tener alguna identificación en la chaqueta.

La mujer emitía sonidos guturales, un zumbido profundo, y a Alex no le daba buena espina. Era demasiado interno, y su escala de coma de Glasgow, la herramienta para evaluar la función neurológica y el nivel de conciencia de la paciente, estaba cayendo.

Fiona Woods sacó sus tijeras mientras la otra enfermera retiraba a la paciente la manta manchada de sangre. Tenía los vaqueros azules empapados en la entrepierna, pero la mancha llegaba hasta las rodillas y la sangre había empezado a extenderse también por la camisa verde pálido.

Fiona le cortó la ropa para quitársela con facilidad.

–Se está desangrando –dijo con tono de apremio–. No voy a poder ponerle el catéter. Y tiene coágulos en los pantalones.

Alex se apartó de la cabecera de la camilla e hizo una inspección ocular. Sangre coagulada oscura mezclada con volutas blancas.

–Parece materia fecal. Ponla en una palangana. Y llama a obstetricia y ginecología. Los necesitamos aquí con urgencia.

Con la llamada vendrían también otros médicos: un anestesista y un cirujano general.

–Pérdida de sangre de nivel 3 avanzando rápidamente a nivel 4. ¡Quiero refuerzos aquí ahora mismo!

En los veinte minutos que siguieron, le bombearon fluidos y sangre a la joven y el quirófano se mantuvo a la espera. La ayuda solicitada con urgencia había llegado y, en un frenesí controlado de actividad precisa, se hizo todo lo posible por estabilizar a la paciente y proporcionarle un tratamiento agresivo.

El anestesista estaba preparado para dormirla. Todos los asistentes estaban tensos por la necesidad de sacar a aquella mujer de urgencias enseguida para establecer qué provocaba la hemorragia, para pinzarle las venas o lo que fuera que estuviera causándola.

Alex estaba de pie a un lado, en la cabecera de la camilla, preparando el ventilador respiratorio, cuando vio que los labios de la mujer se movían bajo la máscara de oxígeno. Se inclinó para acercarse al rostro de la paciente y, por encima del siseo del oxígeno, le habló con voz serena, usando palabras similares a las que Caroline le había dicho a ella.

–Hola, cielo. Me llamo Alex y soy doctora. Estás en un hospital y estás a salvo. Voy a ayudarte. ¿Puedes decirme tu nombre?

Los párpados de la mujer se agitaron y luego sus azules ojos se la quedaron mirando fijamente. Alex detectó un foco natural en ellos, una conciencia, y sonrió cálidamente a aquella mujer en estado crítico.

–Hola, cielo, ¿me estás hablando?

Tenía la voz débil y le costaba respirar, y Alex tuvo el presentimiento de que su paciente no conseguiría vivir. Aquel podía ser el último momento que aquella joven tuviera para hablar, y Alex ignoró al anestesista que le indicaba que se apartara para poder proceder. Iba a concederle a la paciente su tiempo.

–Dígale a mi madre que lo siento. Dígale que la quiero. Soy tan tonta… soy…

Jadeaba y Alex volvió a colocarle enseguida la máscara de oxígeno

Fiona se plantó al lado de Alex y, sonriendo a la paciente, le dijo con tono amable pero firme:

–Hay que sacarla de aquí ahora mismo, Alex.

Alex le acarició la frente a la mujer.

–Se lo diré, cielo, pero vas a ponerte bien y podrás decírselo tú misma.

–¡Alex! –le ordenó Fiona a regañadientes.

–Doctora Taylor, tiene que dejar trabajar al anestesista –dijo Maggie Fielding con voz tranquila, pero transmitiéndole finalmente la urgencia de la situación a Alex.

Alex se quedó mirando al equipo médico que la rodeaba y vio la impaciencia reflejada en sus rostros.

–¡Doctora Taylor, tenemos que ayudarla! –exclamó Maggie en nombre de todos ellos.

La mujer abrió más los párpados y sus ojos transmitieron terror.

–Dijo que me ayudaría. Usted, usted… –Se le pusieron los ojos en blanco. Y entonces murmuró sus últimas palabras–: Debería haber dicho que sí…

Capítulo 7

Aún tenía que reconocerla la familia, pero en una cartera que llevaba en la chaqueta de piel, una tarjeta de débito de NatWest y una Barclaycard la identificaban como Amy Abbott.

La habían declarado muerta hacía dos horas y todavía tenían que llevársela de reanimación. Amy Abbott no bajaría en camilla por los pasillos hasta la morgue. En lugar de ello, la ambulancia negra privada de investigación forense la aguardaba, a punto para llevársela de allí. Se había guardado su ropa en bolsas, se habían fotocopiado sus informes médicos y su cuerpo se había inspeccionado por encima. Un agente de policía permanecía de pie cerca de la camilla, velándola hasta que acudieran a recogerla.

A Alex le habría gustado cepillarle el oscuro cabello, lavarle las manos manchadas de sangre y quitarle la espantosa vía de respiración laríngea que le salía de la boca, pero no lo hizo. Amy Abbott ya no era su paciente. Ahora estaba al cuidado del equipo forense. La abrirían en canal, le extraerían los órganos del cuerpo, diseccionarían cada uno de ellos y lo examinarían al microscopio hasta dar con la causa de su muerte.

Alex parecía haber echado raíces en el lugar donde había permanecido de pie la última hora. Se había apartado para no molestar a la policía, pero seguía lo bastante cerca como para ver el rostro de Amy. Sus facciones no transmitían paz. Tenía los ojos abiertos de par en par, con un gesto de sorpresa, y los labios separados por un plástico rígido.

Llegó un agente de paisano y Alex lo vio hablar con Nathan Bell, Maggie Fielding y el anestesista, que estaban en un rincón. Miró hacia ella e hizo un breve gesto de asentimiento, indicándole que sabía quién era. Fue el anestesista quien más habló y, a juzgar por los gestos de sus manos, con las que señaló en dirección de Alex en dos ocasiones, y por su expresión tensa, parecía culparla de la situación.

Justo después de las últimas palabra de Amy Abbott, el anestesista había apartado a Alex de un empujón, sin ningún cuidado, y se había hecho cargo de la situación. Había intentado reanimar a la mujer durante treinta minutos, encargándose de la ventilación mientras Nathan Bell le efectuaba compresiones torácicas. Cuando Alex indicó que había que llamar al forense, el anestesista había dado su acuerdo tácito. Cualquier muerte repentina por causa desconocida debe ser comunicada. Pero cuando Alex comentó que creía que Amy había sido asesinada, el anestesista arqueó las cejas y lo oyó decir claramente, entre dientes:

–¡Vaya por Dios! Así que eres esa…

Sus palabras dejaron a Alex pocas dudas de que se había corrido la voz sobre ella, de que aquel hombre había tenido noticia de su secuestro y, a juzgar por su tono, era escéptico al respecto.

Fiona Woods y el resto de las enfermeras habían apartado la mirada abochornadas. Nathan Bell había repiqueteado en el suelo con el pie mientras toqueteaba el material que había sobre el mostrador. Pero Maggie Fielding la había sorprendido. Con el pretexto de apagar el oxígeno que había a espaldas de Alex, le había dado un reconfortante apretón en el hombro y había pronunciado unas palabras de ánimo.

–Has hecho todo lo que podías hacer –le dijo.

–¿Doctora Taylor? Me llamo Greg Turner. Soy inspector de policía. ¿Podríamos buscar un lugar tranquilo para hablar?

Alex detectó una mancha brillante en su corbata estampada y vio que los picos del cuello de su camisa blanca se doblaban hacia arriba. Debía de tener treinta y pocos años, pero ya tenía canas entre el pelo moreno y ondulado y patas de gallo en las comisuras de sus cansados ojos verdes.

Mientras se quitaba los guantes de látex y se los guardaba en el bolsillo, Alex se encaminó a la sala de espera para familiares. Se desplomó en uno de los sillones cuadrados de baja altura y él hizo lo propio. Sus rodillas quedaron a solo unos centímetros de distancia.

El inspector apoyó las manos en el regazo.

–¿Por qué ha decidido llamarnos? ¿Sabía usted que esa joven estaba desaparecida? ¿Que era Amy Abbott? ¿Una enfermera que trabajaba en este hospital?

Alex carraspeó mientras buscaba las palabras adecuadas para parecer una profesional que intentaba ayudar.

–No he sabido quién era hasta después de la muerte. De hecho, lo he sabido después de telefonearles. Me han dicho que trabajaba aquí, pero no la conocía. Los he llamado por lo que dijo antes de morir.

Su silencio impulsó al inspector a hacerle la pregunta obvia:

–¿Y qué dijo?

–No pudo hablar demasiado. Nos estábamos preparando para anestesiarla cuando vi que intentaba decir algo. Me pidió que le dijera a su madre que lo sentía, que había sido una tonta. Y luego dijo: «Debería haber dicho que sí».

Greg Turner la miró con expresión inescrutable. Sus ojos no delataban sus pensamientos, ni tampoco lo hizo su pregunta siguiente:

–¿Y le pareció motivo suficiente para llamarnos?

–Sí.

–¿Por qué?

Alex se recostó en el respaldo del sillón, deseando que aquella estancia fuera más grande para poderse poner de pie y caminar de un lado para otro. Le resultaría más fácil hablar estando de pie y no tan cerca de aquel hombre.

–Hace dos semanas me ocurrió algo, algo que creo que su agente no se creyó. Había quedado con mi novio, Patrick, en el aparcamiento. Acababa de terminar mi turno de noche. Me dejaron inconsciente y, cuando recuperé el sentido, me encontré en manos de un hombre. Estaba… Escuche, sería mejor que hablara usted con la detective Best. Ella le dará todos los destalles. Yo… esto… no es que me resulte difícil hablar de ello. Es solo que… Bueno, si le soy sincera, no estoy segura de que usted me vaya a creer.

Y, de repente, empezaron a resbalarle lágrimas por el rostro.

Greg Turner sacó unos pañuelos de una caja que había cerca y se los tendió.

—Bueno, parece evidente que usted sí lo cree. Si no le importa, preferiría escuchar su versión primero.

En la media hora que siguió, Alex se lo contó todo, incluido lo del TAC cerebral y las vacaciones en Barbados.

—¿Y este ha sido su primer turno al regresar? —fue su primera reacción.

—Sí.

—¿Cree que quizá se ha reincorporado demasiado pronto?

Alex cerró los ojos frustrada y suspiró con resignación.

—Doctora Taylor, tanto si lo que explica sucedió realmente como si no, es usted médico. ¿Le recomendaría usted a cualquiera reincorporarse al trabajo tan pronto? Ha vivido usted una experiencia extremadamente perturbadora.

Alex se enderezó en su asiento, con los hombros bajos e irguió más la barbilla.

—Es por lo que dijo esa mujer. Aquel hombre me dijo lo mismo a mí.

—Sus palabras podrían significar cualquier cosa, doctora Taylor. Su «sí» podría significar mil cosas. Por la mañana le efectuarán el análisis forense. En esta fase, es mejor esperar a tener los resultados. Los padres de Amy Abbott ya van a sufrir bastante cuando sepan que su hija ha muerto. Queda descartado decirles que podrían haberla asesinado. Cuando regrese a la comisaría revisaré la declaración que hizo usted con la agente Best y comprobaré qué progresos se han hecho hasta el momento. La telefonearé cuando sepa algo. Mientras tanto, me gustaría sugerirle que no difunda rumores respecto a lo ocurrido esta noche. No les hará ningún bien a los padres de Amy y, si le soy sincero, no creo que le hagan ningún bien a usted tampoco.

—Pero ¿usted me cree?

Alex reunió el valor para preguntárselo.

El inspector se puso en pie, se alisó la chaqueta del traje y se abrochó el segundo botón.

–Ha estado usted sometida a mucho estrés, doctora Taylor. Quizá se haya reincorporado al trabajo demasiado pronto. Estoy seguro de que sus colegas entenderían que necesite más tiempo. –Le sonrió educadamente–. Tiene usted un trabajo difícil. Estoy seguro de que ver tanto dolor pasa factura. Debería concederse un poco más de tiempo, ¿no cree?

Capítulo 8

Se le había enrojecido la piel de las manos y notaba los dedos hinchados y pesados. Había estado sentada en la ducha, con las rodillas contra el pecho, abrazadas, desde que había llegado a casa. Tenía la ropa del trabajo empapada, pegada a su tembloroso cuerpo, y le escocían los ojos de tanto llorar.

Escuchó sonar teléfono varias veces por encima del ruido del agua. Sabía que serían Fiona o Caroline porque, a aquella alturas, Caroline ya se habría enterado de lo sucedido en su departamento. Pero todavía no estaba preparada para hablar con ellas. No la creerían, así que ¿qué sentido tenía hacerlo? Nathan Bell había intentado frenarla de salir corriendo en plena noche, pero Alex estaba decidida a marcharse de allí. Mirara donde mirase veía preocupación y confusión en los rostros del personal. Fiona Woods la había abrazado con fuerza, pero incluso ella, tras su preocupación inicial, se había exasperado cuando Alex había intentado explicarse, y la poca confianza que le quedaba se había hecho añicos.

Era su mejor amiga, no eran simples colegas; las dos se habían consolado mutuamente en momentos de estrés y se habían prestado un hombro en el que llorar cuando había sido necesario. Habían derramado lágrimas juntas por los peores casos, sobre todo por las muertes de pacientes de poca edad, y habían ahogado sus penas emborrachándose. Fiona era una de las pocas personas que sabían lo que le había sucedido trece meses antes. Pero parecía haberlo olvidado todo. ¿Y quién podía culparla por ello?

Había visto a Alex perturbando una noche sumamente ajetreada en urgencias y provocando enormes retrasos a todo el mundo. Cuando Nathan Bell había sugerido llamar a Caroline, Alex había estallado. Su ira parecía no conocer límites mientras gritaba obscenidades entre las paredes de la sala del personal.

Nathan, conmocionado, se había alejado mirándola con recelo mientras Fiona impedía que nadie más entrara en la sala. La mancha de color remolacha en el rostro de Nathan, de un morado más intenso que nunca, había llamado la atención a Alex, hasta que la imagen la había asqueado lo suficiente para salir disparada hacia la puerta.

En su indigna salida, había derribado una maceta con una yuca y había volcado una bandeja de té, dejando más caos y gritos ahogados de incredulidad en su estela.

Se preguntaba qué había pasado en su vida para llegar a aquel extremo. Había recogido los trozos rotos, los había recompuesto, había seguido adelante y había dejado atrás aquella situación traumática. A medida que habían transcurrido los meses, había notado la garra de su alarma personal aferrándola con menos fuerza y había dejado de comprobar las sombras continuamente. Había conocido a Patrick y, poco a poco, su temor había ido amortiguándose, y, conforme fue pasando el año, se alegró de haber tomado la decisión de quedarse en Bath, en lugar de achicarse y regresar al Hospital Queen Mary. Aquello se había convertido en un recuerdo lejano, un recuerdo que no se repetiría. Y, sin embargo, allí estaba ahora, trece meses después, luchando con algo mil veces peor.

Esto era diferente. Este hombre no se daba por satisfecho poseyendo a una mujer en contra de su voluntad. Quería notar la sangre en sus manos, saborearla. Andaba suelto, merodeando por alguna parte, quién sabe si eligiendo a su próxima víctima en aquellos momentos, y la policía se negaba a creer siquiera que existía. ¿Cómo era posible? ¿De verdad era ella una víctima con tan poca credibilidad? Se burlaban de ella a sus espaldas, en todo el hospital se la conocía como «esa», a juzgar por la frase que había utilizado el anestesista. «Esa que había perdido el juicio», sospechaba Alex.

Ojalá lo hubiera hecho. Ojalá todo aquello fuera una crisis nerviosa, porque entonces existiría alguna posibilidad de recuperarse, de volver a ser ella, de seguir adelante con su vida en lugar de preguntarse por qué la había dejado vivir, por qué la había dejado con la duda de si la había violado o no. No le habían encontrado indicios físicos; no tenía moratones internos ni marcas en los muslos, pero ella tampoco había opuesto ninguna resistencia que pudiera provocarlos. La había sedado y ella no tenía manera de detener a aquel hombre ni de saber qué le había hecho. Tal vez ese fuera su jueguecito. Tal vez eso fuera lo que pretendía desde el principio. Hacerla creer que iba a morir, que iba a violarla. Generarle paranoia. Un sádico en toda regla.

Fueran cuales fuesen los motivos de él, le había arrebatado su vida normal, que había quedado sustituida por algo que no volvería a parecerse a la normalidad. Cada día revivía los acontecimientos, volvía a escuchar sus patéticos intentos de hacerlo razonar. Y todo aquel tiempo había estado tumbada en aquella mesa de quirófano, convencida de que estaba atrapada, herida, indefensa.

Ella, más que la mayoría de las mujeres, había imaginado cómo reaccionaría si alguna vez se topaba con un hombre como aquel, los gritos que proferiría, los arañazos y mordiscos que le infligiría, cómo lucharía para zafarse de él. Y en la última escena siempre se veía corriendo, viendo una luz, a una persona dispuesta a ayudarla, y luego sintiéndose consolada, derramando lágrimas de alivio mientras los demás se le acercaban para rodearla, para protegerla… y la creían.

Había sido valiente. Una superviviente. Una mujer que podía y haría cualquier cosa frente a lo imaginable.

Pero ya no.

Agarró la botella de vodka y le dio otro trago. Aquella noche no tenía que volver al trabajo, así que ¿qué sentido tenía estar sobria? Al menos el alcohol la ayudaría a olvidar.

Capítulo 9

Llevaba unos zuecos de piel azul y una bata quirúrgica sobre el chándal. No se había cruzado con nadie en recepción, pero no la sorprendió. Todavía era plena noche y no había recepcionista de guardia.

Había tomado la decisión de dejar de beber y regresar al hospital tras salir a cuatro patas de la ducha cuando el agua se había quedado fría, antes de que el valor le flaqueara y de que la decisión de no volver jamás se apoderara de ella.

Se había encaminado directamente a los quirófanos. Quería echarles un vistazo de noche, cuando había menos gente entrando y saliendo de allí, y demostrar que habían podido transportarla allí aquella noche sin que nadie se percatara.

Hasta el momento, parecía bastante posible.

Junto a cada entrada al edificio había sillas de ruedas de libre disposición y, en el pasillo de la planta inferior, tras el quirófano principal, había alineadas unas cuantas camillas abandonadas. Si alguien vestido con uniforme quirúrgico la hubiera colocado en una de ellas, tapada con una manta y la hubiera empujado por la zona, nadie habría tenido motivo para detener a esa persona e interrogarla.

Si la sorprendían merodeando por allí tendría que inventarse un pretexto. Así vestida, como el personal del quirófano, si alguien la paraba y le preguntaba, podía decir que había bajado a buscar algo.

En el quirófano 2, el de traumatología, estaban llevando a cabo una intervención. La señal luminosa que anunciaba «En uso» sobre la doble puerta estaba iluminada y, sintiéndose culpable, se preguntó si habrían trasladado allí corriendo al paciente desde urgencias y si Nathan Bell se habría quedado el resto de la noche o habría llamado a alguien, posiblemente a Caroline, para que acudiera a echarle una mano.

Había dieciocho quirófanos en el hospital: ocho en el edificio principal, cinco en cirugía ambulatoria, tres en maternidad y dos ahora en desuso. Los quirófanos cerrados eran los que antiguamente se utilizaban para cirugía ambulatoria y ahora como zona de evaluación de los pacientes externos. Corría el rumor de que había más quirófanos cerrados, quirófanos de la era victoriana que ella no había visto nunca, en el sótano, inaccesibles y cerrados no solo al público, sino también al personal hospitalario. También corría el rumor de que se habían inundado hacía varios siglos y, en lugar de restaurarlos, se habían construido nuevos edificios por encima del nivel rasante. Se preguntó brevemente si merecía la pena explorarlos, comprobar si eran tan inaccesibles como se decía y a quién debería pedirle autorización para hacerlo. El quirófano en el que ella había estado era moderno, se oían pitidos de monitores y maquinaria y el siseo del oxígeno. Buscaría primero en el ala moderna.

Avanzó por el pasillo, asomándose rápidamente y en silencio a cada sala de quirófano, escrudiñando los techos y el entorno, pero no vio lo que buscaba. Al aproximarse al quirófano 8 escuchó el ruido de una camilla y se apresuró a esconderse. Aguzó los oídos para oír adónde se dirigía y clavó la mirada en la placa de latón de la pared del pasillo. Era una placa conmemorativa del departamento, y la inscripción parecía burlarse del apuro que vivía ella en aquellos momentos: LA LUZ DE TODOS LOS BUENOS ACTOS ES ETERNA.

¿Y qué pasaba con la oscuridad de todos los malos actos? ¿También era eterna? ¿O era algo que había que perdonar para poder atravesar las puertas del cielo? «Perdona a quienes te infligen mal y obtendrás un pase directo al paraíso».

Se arriesgó a asomarse al pasillo. Al no ver a nadie, salió de su escondite y se dirigió hacia el quirófano 8. Abrió de un empujón la doble puerta y se coló en la sala de los anestesistas. Era relativamente pequeña, con el espacio y el material justo para que un anestesista hiciera la primera parte de su trabajo. A ambos lados de una camilla había armarios con medicamentos cerrados bajo llave y una pequeña máquina de anestesia.

Abrió un segundo par de puertas dobles y entró en el quirófano.

Una de las paredes estaba recubierta por chapa de acero, una consola con docenas de interruptores, enchufes y pantallas de luz verticales para ver radiografías. A oscuras, Alex se dirigió hacia la mesa de operaciones. La luz que se filtraba a través de los paneles esmerilados de la sala de anestesia le bastó para orientarse y pudo distinguir claramente el contorno de la lámpara cenital redonda. Aquella no era la mesa en la que ella había yacido.

Pese a ser circular, aquella lámpara tenía un diámetro mucho más ancho y siete bombillas. En uno de los lados sobresalía un asa para posicionarla, como una antena fija. Cuando las luces estaban encendidas, si uno se hallaba bajo la influencia de la medicación, podía perdonársele que pensara que un insecto robótico gigante con siete ojos lo estaba observando.

El sentido común hizo que se le desplomaran los hombros. Aquello era una pérdida de tiempo. ¿Cómo iba a poder determinar con exactitud bajo qué lámparas había estado tumbada? ¿Qué había visto, en realidad? ¿La forma de una gran lámpara redonda, quizá un poco más pequeña que las que acababa de inspeccionar? De hecho, podía ser cualquiera de los focos que acababa de ver, ya que el resplandor la cegaba.

Escuchó la doble puerta exterior abrirse de golpe y se tensó. Inmóvil y en silencio, oculta en la penumbra, vio la silueta de una persona a través de los vidrios esmerilados. Era alguien alto, vestido de azul. Hombre o mujer. Un cirujano o un anestesista. Lo supo por el gorro rosa vivo, que para algunos era solo una moda, pero que otros llevaban porque querían que los identificaran rápidamente como médicos entre los gorros azules que usaba el resto del personal.

Esperó a que la descubrieran, con el corazón palpitándole desbocado. Escuchó el tintineo de unas llaves y cómo abrían la puerta de un armario. Un momento después oyó la puerta metálica cerrarse de un portazo y, a continuación, la doble puerta exterior que daba al pasillo volviéndose a abrir de un empujón. Y luego silencio.

Temblando de alivio, respiró más tranquila. Tenía que volver a casa, alejarse de aquel lugar y de los recuerdos que le traía. Cerrar la puerta con llave, beber vodka y sentir menos miedo de las sombras oscuras. No tenía el valor suficiente para proseguir aquella búsqueda sola.

Capítulo 10

Greg Turner se desabrochó el botón superior de la camisa y se aflojó la corbata. Le llegó una vaharada de sudor de su axila e hizo una mueca. Sacaría una muda y se daría una ducha en la sala del personal en breve. La noche anterior había visto los ojos de la doctora Taylor posarse en la mancha que tenía en la corbata y había sentido el impulso de cruzar los brazos para tapársela. No acostumbraba a cohibirse, pero había algo en ella, una frescura, su cabello limpio o quizá su mirada vulnerable, que le hizo sentir ganas de poner distancia hasta haberse lavado y afeitado y llevar una corbata que no tuviera que esconder.

Suspiró. Dormir en la butaca del despacho no había sido buena idea, pero le había parecido que no merecía la pena regresar a casa tras acabar la jornada a las tantas de la madrugada. La sobrecarga de trabajo que tenía en aquellos momentos lo estaba llevando al límite y podría haberse ahorrado el último viaje al hospital. Suponía más papeleo y horas que no podía permitirse robar a sus otros casos. Y tras su visita a los padres de Amy Abbott, otros llantos desconsolados de otra familia retumbaban en su cabeza.

No sabía qué pensar de la doctora Taylor. Parecía estar cuerda, pero ¡menuda historia! Era una locura.

Oyó el ruido previsible de unos nudillos en la puerta y Laura Best entró en su despacho. Llevaba el cabello rubio cortado a la altura de las mandíbulas, en una melenita lisa y brillante. Vestía una camisa blanca sin cuello entallada inmaculada. Impecable como siempre y lista para un nuevo día, Laura Best era una mujer que causaba buena impresión.

Llevaba dieciocho meses en el Departamento de Investigación Criminal y Greg sabía que era ambiciosa. Se decía que siempre estaba pendiente del reloj, pero no por el motivo habitual. A Laura Best no le molestaba hacer horas extras. De hecho, no parecía darse cuenta del paso del tiempo.

No, se había ganado aquella fama en secreto porque sus colegas sabían que estaba pendiente del reloj de su futuro. Había dejado caer que quería ser inspectora antes de cumplir los veintiocho y no cabía duda de que ponía todo su empeño en ello. Estaba resuelta a dejar su impronta en el departamento. No solo había resuelto con éxito los casos que le habían asignado hasta la fecha, sino que había redactado todo el papeleo por duplicado y lo había hecho llegar a las manos adecuadas antes de que se oyera el portazo en las celdas de los detenidos. El motivo de su éxito era, en gran medida, el examen previo que hacía de cada caso. Solo codiciaba los que eran un éxito asegurado y con resultados rápidos, mientras que relegaba a los demás los casos que consumían mucho tiempo.

Era una caradura admirada por la mayoría de los agentes, pero Greg recelaba de ella. Y no porque medrara hacia su rango; no tenía nada que ver con el trabajo. Era algo personal.

–Estás ojeroso –fue lo primero que le dijo ella–. Y llevas la misma ropa que anoche.

Si no fuera algo personal, no habría podido hablarle con tanta informalidad.

–En cambio tú, Laura, pareces fresca como una rosa, como siempre.

–Quizá sea porque hago deporte, no bebo y no fumo –replicó ella, mirando con ojos acusadores una lata vacía de coca-cola que había en el alféizar de la ventana del despacho y que sabía que Greg usaba como cenicero.

En la comisaría estaba estrictamente prohibido fumar y, la mayoría del tiempo, Greg cumplía la normativa, pero a veces se la saltaba, sobre todo si llovía a cántaros de madrugada, tal y como había sucedido aquella noche. O tras mantener un encuentro sexual, lo cual solo había ocurrido en una ocasión en su despacho. Con Laura Best.

–Y, dime, ¿cómo estaba la doctora chiflada? –preguntó ella–. ¿Has leído ya mi informe?

Él asintió con la cabeza. Se lo había pedido al regresar a la comisaría la noche anterior y, de no haber conocido en persona a la doctora Taylor, seguramente habría coincidido con la conclusión de Laura. No parecía estar chiflada. Nerviosa y sensible, quizá, pero chiflada no. Se zafó de aquel pensamiento incómodo con un encogimiento de hombros.

–Entonces ¿no crees que exista ni siquiera la más mínima posibilidad de que ese secuestro se produjera? ¿Se realizó una búsqueda exhaustiva?

–Está todo en mi informe. Los uniformados fueron meticulosos. De haber sido por él, el sargento McIntyre habría ordenado mirar incluso bajo las sábanas de los pacientes. Se peinaron íntegramente las instalaciones, todas las plantas y el perímetro. –Rio con sorna–. Pero, por supuesto, todo es posible, Greg. Estas cosas pasan todo el tiempo, ¿no? Igual que si miras por la ventana, ves pasar un elefante volando. –Laura confundió el silencio de Greg con aprobación y continuó, ya sin reír, desgranando la personalidad de la doctora–. Esa mujer está trastornada. Ni siquiera sus colegas creen que ocurriera lo que cuenta. En su opinión, ha tenido una conmoción cerebral. Pero ¿quieres saber la mía? –Tomó aire, sin esperar una respuesta–. Aquel día había perdido a un paciente. Un bebé, ni más ni menos. Creo que la doctora Taylor perdió la cabeza. Son demasiadas cosas desagradables con las que lidiar y, sencillamente, se le fue la cabeza. O… –Y entonces hizo una pausa–. O se lo ha inventado todo por un motivo completamente distinto.

Greg la miró con dureza. Al margen de si sus argumentos eran válidos o no, su forma de expresarlos lo había ofendido.

–Laura, no te cargues a esa mujer. Ten un poco de compasión, ¿quieres?

Laura abrió los ojos y la boca, sorprendida.

–¡Compasión! Si se ha inventado esta historia, está para que la encierren. Como mínimo, deberían inhabilitarla. No olvides que hay vidas de personas en sus manos. ¿Te gustaría que tuviera que ocuparse de ti?

Greg deseó haber redactado él mismo el informe, en lugar de solicitarle a Laura que lo hiciera ella. En los confines de su despacho, cuando estaban los dos a solas, la familiaridad desmedida de ella lo enervaba. Le resultaba más fácil tratar con ella fuera, entre otros agentes, porque Laura medía más sus palabras, pero nunca bajaba la guardia, porque temía que ella se fuera de la lengua y explicara lo que había sucedido en aquel mismo despacho.

No debería haberse acostado con ella, pero Laura lo había pillado en un momento vulnerable. La sentencia definitiva de su divorcio había llegado la mañana del día de autos y una sensación de fracaso combinada con una ingesta excesiva de alcohol lo habían abocado a buscar la calidez y el consuelo de otra mujer. Seis semanas antes, Greg le había entregado un arma poderosa, un arma que podía poner fácilmente fin a su carrera, si Laura decidía contarle a alguien lo sucedido.

—Está afrontando cosas que ni tú ni yo somos capaces de imaginar —le dijo, intentando razonar con ella—. Lo más cerca que tú y yo podemos estar de entender su situación es cuando manejamos un caso en el que una vida pende de un hilo. Pero ella es quien los salva… o quien no.

—Precisamente a eso es a lo que me refiero —respondió ella de manera brusca—. Se enfrenta a tantos traumas y tan duros que se ha imaginado que le ha sucedido algo espeluznante. —Se dio media vuelta para marcharse, pero luego se giró despacio hacia él y repasó de arriba abajo su aspecto desaliñado con la mirada: su rostro, al que le hacía falta un buen afeitado, su pelo, que necesitaba un buen corte, y la mugrienta corbata que colgaba alrededor de su cuello—. ¿Y ahora nos llama para denunciar un supuesto asesinato? De ser tú, yo me plantearía presentar cargos contra ella por hacerle perder el tiempo a la policía.

Su visita dejó un regusto amargo a Greg. Permaneció de pie junto a la ventana de su despacho, contemplando la ciudad donde había nacido: Bath, una ciudad tan bella y única que había sido declarada Patrimonio de la Humanidad, hogar de gente rica y refinada durante dos mil años. Jane Austen, Thomas Gainsborough y Beau Nash habían bebido o se habían relajado en sus aguas curativas. Con un nuevo día perfilándose en el horizonte, el contorno de los edificios georgianos le resultaba tan familiar como su mano derecha, pero ya no le transmitía sensación de pertenencia.

Su hogar ya no parecía su hogar. La presencia de Laura Best era una espina clavada en su costado y antes de Año Nuevo debería tomar una decisión. O se marchaba ella o lo hacía él.

Greg le sacaba una década y tenía sus propias ambiciones. Pero aquella situación estaba empezando a minarle las fuerzas. No debería haberse acostado con ella, eso estaba claro.

Estaba cansado y darle vueltas y más vueltas a aquella clase de pensamientos en aquel momento no era saludable. Tenía que encargarse de la burocracia del caso de Amy Abbott y, además, tenía que acudir al examen forense. Se alejó de la ventana y se concentró en el trabajo.

De nuevo sentada a su mesa, Laura todavía estaba resentida por el reproche que le había hecho Greg; no podía evitar preguntarse si habría defendido tanto a la doctora Taylor de haber sido gorda y vieja. A veces Greg la enervaba tanto que escupía fuego. Tenía la habilidad de sacar lo mejor y lo peor de ella y, con frecuencia, le sacaba las malas pulgas. Suspiró con amargura. No debería haberse acostado con él. En el mismo momento en que acabaron supo que él se arrepentía. Ni siquiera se atrevía a mirarla a los ojos. Y ella lo había vivido como algo más que una simple humillación, porque Greg le gustaba de verdad. En los últimos seis meses se había esforzado por demostrarle que no importaba, que no esperaba nada de aquel encuentro, que no anhelaba un final romántico; le habría bastado con que él hubiera tenido al menos la decencia de admitir que había pasado.

Laura respiró hondo, intentando serenarse. La había utilizado para su gratificación sexual y era algo que se había esforzado por olvidar. Pero eso se había acabado. Estaba harta de intentar impresionarlo. Estaba decidida a demostrarle de lo que era capaz. Como mínimo, demostraría que la doctora Taylor estaba trastornada. Y luego continuaría con su vida. Notó que se le tensaba la garganta al recordar sus besos y cómo se le había revuelto el estómago cuando Greg le había esquivado la mirada después.

Era una boba. Pero había aprendido bien la lección. No volvería a bajar la guardia. Era una lección valiosa. Daba las gracias a los astros por que Greg fuera totalmente ajeno a lo cerca que había estado de declararle sus sentimientos, que, por suerte, ya habían desaparecido. Lo único que le importaba ahora era su carrera.

Capítulo 11

El aporreo en la puerta la sacó de su sueño inducido por el alcohol. Levantó como pudo la cabeza del cojín y rezó por que sus tozudos párpados se abrieran. Ya era de día, pero las lámparas de su salón seguían encendidas. Su ropa empapada seguía diseminada por la moqueta, donde la había dejado, y una botella vacía de vodka rodó por su barriga y cayó al suelo mientras salía a gatas de la cama improvisada.

–¡Voy! –gritó, mientras recogía la almohada y el edredón del suelo y los escondía detrás del sofá.

Vio en el espejo del pasillo su deteriorado rostro. Unos ojos de panda le devolvieron la mirada: tenía el rímel corrido por la ducha de la noche anterior. Estaba hecha unos zorros y probablemente habría resultado irreconocible incluso a quienes la conocían mejor.

Entreabrió la puerta y se asomó por la rendija.

El agente de policía de la noche anterior estaba allí de pie, vestido con el mismo traje, pero con una camisa distinta y una corbata limpia.

–¿Me permite pasar?

Se apartó de la puerta y lo dejó seguirla hasta el salón. Ni siquiera se molestó en recoger la ropa mojada ni en esconder las pruebas de que había estado bebiendo. Que pensara lo que quisiera. «Es lo que hacía todo el mundo», se dijo. ¿Por qué iba a ser él distinto?

–¿Le apetece un café? –le preguntó.

–Por favor.

Lo dejó solo y, mientras la cafetera hervía, se lavó la cara y se peinó. Al regresar, él estaba junto a la ventana, de espaldas a ella, y Alex se dio cuenta de que su cabello castaño tenía un tono más rojizo a la luz del día. Muy pocos hombres la visitaban en su apartamento y se preguntó si debía de resultarle demasiado austero.

—¡Caray, menuda ubicación! —exclamó él—. Prácticamente podría salir de casa y remar por el río Avon. La envidio.

—Suelo correr por la orilla, lo cual ya es bastante especial, supongo.

El apartamento de Alex estaba situado en la ribera sur del Avon, el otro motivo por el cual se había decidido a comprarlo, junto con el hecho de que el acceso a las instalaciones estuviera restringido al resto de los residentes y se aplicaran medidas de seguridad estrictas. Si él había conseguido llegar hasta su puerta principal era únicamente porque era policía.

Una alfombra de pelo negro y una mesa de centro de vidrio y metal cromado separaban unos sofás idénticos de cuero marrón. Lámparas de pie con pantalla plateada ascendían rectas antes de curvarse con elegancia sobre cada uno de los sofás, y en un rincón había una tercera lámpara con pantalla de hilo granate. No había decoración, salvo dos jarrones de cristal de Waterford, sin flores, en el delgado aparador, separados por un gran trozo de madera de deriva que al secarse había adquirido un tono gris plateado.

Había dejado que Patrick la ayudara a elegir la decoración y había acabado gustándole la austeridad del salón hasta que vio a Greg Turner de pie junto a los muebles de limpias líneas. Había algo terrenal en aquel hombre que sugería que se sentiría más cómodo rodeado de objetos de madera y materiales agradables al tacto. Mentalmente, Alex lo vio con las manos sucias, preparando un gran fuego de carbón, con un perro dormitando junto a la chimenea, levantando adormilado la cabeza, a la espera de que lo acariciaran.

Sacudió la cabeza para ahuyentar aquellos pensamientos fantasiosos. Era un policía que estaba en su casa, vestido de paisano, con un traje y una corbata normales, y ella lo había ubicado en otro sitio por el color de su cabello y por el hecho de que no encajaba en aquella estancia. A decir verdad, muy pocas personas lo harían, salvo que llevaran trajes elegantes o vestidos de cóctel. Súbitamente, se le antojó un lugar frío, calculadoramente chic, un lugar donde no caían migas al suelo ni se dejaban los zapatos tirados en cualquier parte al descalzarse.

–¿Cómo se encuentra hoy? –le preguntó él, al tiempo que se volvía para mirarla.

–Pues tengo la sensación de que me han metido el cerebro en una batidora. Me duele incluso al mover la cabeza.

Le sonrió con compasión.

–Tómese un ibuprofeno, yo he descubierto que es el mejor remedio. Aunque, siendo usted doctora, estoy seguro de que sabe qué va mejor.

–Lo que yo les pongo a mis pacientes es un buen gota a gota con suero. Y a mí con un par de paracetamoles me basta. ¿Ha trabajado usted toda la noche?

–Y toda la mañana, y la tarde también –respondió él. Al ver su expresión sorprendida, aclaró–: Son las cuatro menos cuarto.

Alex pareció desconcertada. Había dormido en su cama improvisada durante casi diez horas. Había regresado a casa tras recorrer los quirófanos poco después de las cinco de la madrugada, se había dirigido al salón y se había acurrucado contra la pared con el resto de una botella de vodka. Creía que todavía era por la mañana. Tenía que reincorporarse al trabajo en menos de cinco horas. Tendría que afrontar las consecuencias, disculparse por dejar a Nathan Bell recogiendo los platos rotos y por provocar un absoluto desbarajuste. Otra vez.

–Vengo de hablar con el forense. Tengo el informe preliminar de la autopsia. Todavía estamos a la espera del análisis toxicológico y otros resultados, pero me ha dado suficiente información para seguir investigando.

Ella inspiró profundamente, a la espera de conocer las conclusiones:

–Cree que se practicó un aborto a sí misma.

Alex se hundió en el sillón. Estaba segura y convencida de que el responsable había sido su mismo agresor. Respiró temblando e intentó componerse el pensamiento tras aquella revelación.

–¿Y por qué creen que fue autoinducido?

Greg Turner sacudió la cabeza a ambos lados.

—Todavía no descartan nada, pero los hallazgos les hacen inclinarse por esa conclusión. Han encontrado huellas de la mujer en el instrumento.

—¿Qué instrumento?

—Intentó hacerlo de manera médica. Existe la posibilidad de que se desmayara practicándoselo a ella misma o bien que tuviera demasiado dolor para extraérselo.

—¿Se refiere a que todavía lo tenía dentro? ¿Qué utilizó?

—Una cureta uterina. No estoy del todo seguro de lo que es. Le perforó el útero y seguía incrustado durante la autopsia. El patólogo ha indicado como causa de la muerte un *shock* hemorrágico. Dígame, ¿qué es exactamente?

—Es un instrumento quirúrgico con la forma de una aguja larga de ganchillo y un gancho en forma de lágrima. Se utiliza para hacer raspados en el útero. Se usa en los abortos quirúrgicos y siempre con anestesia. ¿Se imagina a alguna mujer haciéndose algo así a sí misma? ¿Insertándose una aguja a través de su propia vagina? Lamento ser tan gráfica, pero es exactamente lo que está diciendo.

Vio la mueca en el rostro de él y se apuntó el tanto:

—¿Por qué iba a hacerse algo así? Es impensable, al menos aquí, en el Reino Unido, y en el siglo XXI. Tenemos seguridad social y un montón de clínicas privadas más que dispuestas a ayudar. ¿Por qué iba a querer ninguna mujer correr tal riesgo por librarse de un embarazo no deseado?

—Según su doctor de cabecera, llevaba deprimida un tiempo, y aún más desde que había descubierto que estaba embarazada. La había tratado de gonorrea y le preocupaba haber podido perjudicar al feto. Le había comentado que se planteaba abortar hacía un par de semanas, pero el médico aún estaba a la espera de que se decidiera.

Alex, con la espalda muy recta, agitó la mano desesperado.

—Pero entonces ¿por qué no fue a verlo otra vez? Podía conseguir ayuda fácilmente.

—Aún no sabemos por qué lo hizo. Era una enfermera cualificada. Quizá pensó que podía apañárselas sola. O quizá la depresión la desesperó. Estamos intentando localizar al padre. Los padres de la mujer nos han dicho que no tenía un novio formal, pero, si lo encontramos, podría aclararnos algo, decirnos algo que no sabemos.

—Entonces… todo lo que le expliqué ahora suena ridículo. Debe de pensar usted que fui una loca por haberle llamado. Simplemente pensé que…

Greg Turner se apoyó en el alféizar y cruzó los pies.

—No hemos logrado encontrar ninguna conexión, doctora Taylor. He revisado minuciosamente su declaración y la he contrastado con la detective Best. Como bien sabe, se llevó a cabo una inspección exhaustiva tanto de los terrenos como del hospital aquella noche. Y no encontraron nada. Se revisaron todos los quirófanos. En tres de ellos se estaban realizando intervenciones quirúrgicas en el momento en el que usted dice que la ataron a una mesa de operaciones. Se ha interrogado a todo el personal de quirófano de aquella noche y todo el mundo asegura que no hay modo de que nadie pudiera haber ocupado una de las otras salas sin que ellos estuvieran al corriente. El personal de limpieza nocturno estuvo en el hospital hasta pasada la medianoche porque hubo un caso de infección por SARM algo antes en uno de los quirófanos y tuvieron que limpiarlo en profundidad. Por desgracia, las cámaras de seguridad no muestran la parte del aparcamiento donde la hallaron, pero también se peinó esa zona y se encontraron unas ramas de árbol recién caídas cerca de donde la encontraron inconsciente.

Alex se esforzó por mantener la calma. Necesitaba un trago; el carajillo de *whisky* que tenía en la mano no bastaba. Necesitaba notar algo más fuerte y sin diluir penetrando directamente en su torrente sanguíneo.

—Mi vestido, el que tiene todavía su agente… Creo que a la detective Best se le pasó algo por alto aquella noche.

Greg entrecerró los ojos al oír el tono de voz de ella al mencionar el nombre de la agente, pero permaneció sentado, en silencio.

—Estaba seco, completamente seco, impoluto, por lo que yo pude ver. Me encontraron en el aparcamiento, después de haber estado allí tirada en el suelo bajo la lluvia, y, sin embargo, estaba completamente seco. ¿Qué explicación tiene para eso, detective Turner?

–Ninguna. Pero quizá el laboratorio sí la tenga. Si aún no lo han comprobado, los perseguiré para que lo hagan. Y también hablaré de ello con la detective Best… aunque estoy seguro de que no se le habría pasado por alto el estado de su vestido. Es muy meticulosa.

Alex se sonrojó ante el reproche, pero no tenía intención alguna de disculparse. La detective Best no había tenido ni siquiera la decencia de telefonearla para preguntarle cómo estaba.

–La detective Best vino a verla unos días después, pero usted no estaba. Sus colegas le dijeron que se había tomado una semana de vacaciones.

Alex se mordió el labio inferior para contener el temblor. Estaba harta de llorar y de demostrar lo débil que era. Respiró lenta y regularmente hasta serenarse.

–Hace dos semanas yo tenía una vida normal. Tenía un trabajo que se me daba bien y mis colegas confiaban en mi criterio. Y ahora todo está hecho añicos. Y no puedo volver a recomponerla. ¿Qué haría usted si estuviera en mi piel?

Greg meció la taza de café en sus manos e hizo una pausa momentánea antes de responder.

–He visto a muchos hombres y mujeres llegar a un punto crítico en sus vidas. Un amigo mío, un agente de policía, estaba de guardia durante un incidente y en la actualidad recibe terapia por estrés agudo. Se culpa de la muerte de un peatón que saltó a la carretera justo cuando él aceleraba y al que atropelló. Por más que lo hayan exonerado de toda culpa, cree que debería haber sabido que un hombre iba a aparecer de la nada y cruzar la carretera en aquel preciso momento. El helicóptero que sobrevolaba la zona no había visto al peatón, el agente que iba en el asiento del copiloto tampoco lo vio, pero mi amigo sigue culpándose. Hable con alguien, doctora Taylor. La mente es algo muy frágil. Puede engañarnos cuando menos los esperamos y puede castigarnos de un modo inexplicable. Cuando esté preparada, logrará recomponerse. Y volverá a tener una vida normal.

Capítulo 12

En el dormitorio de su infancia, en la casa donde creció, las paredes de color crema mostraban las cicatrices de las fotos pegadas con *blu-tack* y de los pósteres pegados con celo, y aún colgaban impresiones de gran formato de los retratos de Jackie Kennedy e Ingrid Bergman que hizo Andy Warhol con marco de vidrio. En el dormitorio de su infancia, ella había dormido y soñado con su futuro.

A Alex le temblaban espantosamente las piernas y, si se mantenía en pie, era solo porque estaba agarrada a la puerta de su armario. El vestido que tenía delante era del mismo tono de rosa que el que llevaba la noche en que la agredieron. Era el mismo estilo de vestido, aunque más largo, y el mismo tipo de sandalias de tacón. Su hermana, Pamela, la miraba fijamente con una mezcla de enfado y resentimiento. No era ninguna novedad; Alex tenía la sensación de que su hermana pequeña siempre había estado resentida con ella. Las separaban dieciocho meses de vida, pero, en términos de madurez, Alex siempre se había sentido mucho mayor.

Pamela había crecido con el convencimiento de que Alex había alcanzado sus ambiciones sin esfuerzo, que lo conseguía todo con un simple chasquido de dedos. Nunca se le había ocurrido pensar en los años que Alex había invertido en estudiar, y en las grandes fiestas, vacaciones en familia y eventos sociales que se había perdido para no desnortarse y marcarse una disciplina, primero con el objetivo de aprobar los exámenes, segundo con el de definir su futuro y, sí, tercero con el de hacer realidad su ambición.

Pamela había preferido decantarse por una formación profesional en lugar de estudiar en la universidad, había hecho un Curso en Empresariales y Tecnología en lugar de sacarse una licenciatura y, en lugar de solicitar un préstamo estudiantil, había tenido empleos a tiempo parcial hasta convertirse en ayudante de dirección de un hotel. En los últimos años, parecía que había disfrutado de la vida: buenos novios, buenas amigas, buenas vacaciones, buen todo. Bueno y seguro, sin nada que obstaculizara su felicidad salvo un resentimiento infantil hacia su hermana mayor. En las pocas ocasiones en las que salían juntas y Pamela le presentaba a quienquiera que estuviera con ella, inevitablemente surgía la pregunta de «¿A qué te dedicas?» y, mientras que en los ojos de los amigos de Pamela veía admiración, en los de ella Alex solo lograba ver envidia. Era el título lo que más fastidiaba a Pamela. Le pirraban los títulos.

Y su ahora futuro esposo tenía un título. Era un lord, un representante escocés descendiente de un largo linaje de terratenientes de las Highlands. Se había hospedado en el hotel donde trabajaba Pamela y era un hombre rico que superaba con creces todo lo que ella había soñado. La había quitado de trabajar y aquel mismísimo día contraían matrimonio. Hamish, un hombre pudiente y algo aburrido a quien Alex todavía estaba conociendo, había escogido a su hermana pequeña cuando, con una cuenta bancaria como la suya, podría haber elegido a cualquier mujer de la alta sociedad.

Era Pamela quien lo tenía todo, mientras que Alex aún estaba devolviendo sus créditos de estudiante, tenía que esforzarse por hacer frente a su cuantiosa hipoteca y veía cómo su vida se desmoronaba. Y, sin embargo, Pamela se permitía seguir sintiéndose como una fracasada, la pobrecita de mí siempre a la sombra de su hermana mayor, «la académica».

–¿Se puede saber exactamente qué es lo que no te gusta, Alex? –Pamela la apartó de un empujón para sacar el vestido del armario–. ¡Si es de tu color preferido! Si te hubieras tomado la molestia de venir a verlo, podrías haber dicho que no te gustaba.

Alex cerró los ojos, decidida a recobrar la compostura.

–Está bien, Pamela.

–¡Bien! Vaya, muchísimas gracias, Alex. Te he comprado un vestido que pensaba que te encantaría, pero, claro, lo máximo que puedes decir es que está bien. Has tenido tiempo de irte de vacaciones, de broncearte y ahora, el día de mi boda, decides que no te gusta el vestido.

Alex se obligó a sonreír.

–Lo siento. Sí que me gusta. No es el vestido. Me gusta de verdad.

–Se te nota en la cara.

Alex se preguntó si aquel era el momento oportuno para explicarle a su hermana lo que le había pasado.

–Te prometo que no es por el vestido. Yo…

De los ojos de Pamela saltaron chispas de resentimiento.

–¡Es mi día, Alex! ¡No el tuyo! Estoy harta de tus días. Mamá no se cansa de explicarnos cómo la santa de Alex ha salvado otra vida.

–Pamela, por favor, no tiene nada que ver con el vestido. Tengo que contarte algo.

Pamela sacudió la cabeza a ambos lados, con una falsa sonrisa pegada en el rostro.

–Hoy no, Alex. Por una vez en la vida, esto va de mí.

Tras el portazo, Alex se quedó a solas en el dormitorio. Con manos temblorosas, abrió su bolso y sacó la bolsa de papel que llevaba siempre encima últimamente. Arrugó el cuello de la bolsa, se la colocó sobre la boca y la nariz y empezó a coger y soltar aire hasta que amainó el ataque de pánico, el pecho dejó de palpitarle aceleradamente y se le pasó la taquicardia.

Una risa histérica salió de su garganta mientras se preguntaba si tenía sentido que le contara a Pamela lo sucedido. Resolvió que no. Su hermana pensaría que se lo había inventado. Hacía trece meses había visto su mirada de escepticismo cuando le había contado la otra situación, y aquella sí que era creíble, porque muchas mujeres la habían experimentado. El episodio reciente, como había sugerido Laura Best, era de película.

Los familiares estaban congregados en la planta baja y sus padres, acicalándose en su propio dormitorio. Seguramente Patrick estaría en el jardín entreteniendo a los invitados más pequeños con historias del «Hospital de Animales». Y allí estaba ella, en su habitación de niña, tapándose la boca con una bolsa de papel, hecha pedazos.

Bajo lámparas de araña de cristal atenuadas para la velada, los cerca de doscientos invitados bailaban en el salón de reuniones al son de una orquesta de jazz integrada por seis músicos. Durante la comida había tocado una banda distinta, un cuarteto de cuerda que se había encargado de crear el ambiente. No se había reparado en gastos. En la abadía de Bath, el coro había sido excelso y, cuando una solista había entonado el avemaría, Alex se había serenado por primera vez en mucho tiempo. Las flores en el altar caían en cascada formando montículos de color crema e impregnaban el aire con su fragancia y, al recorrer el pasillo, Pamela parecía una verdadera princesa de cuento de hadas. Ahora, en la recepción, flores similares se elevaban como fuentes antes de trepar por columnas de piedra clara.

Un desfile infinito de camareros vestidos de manera impecable servían canapés de vieira, langostinos, pastelitos de pescado en miniatura y paquetitos de salmón sobre hojas de plátano. Las copas se rellenaban una y otra vez con el mejor champán añejo antes de que se pronunciaran los discursos y de que se distribuyeran puros enrollados a mano a todos los hombres.

Fue una ceremonia memorable, una boda de la que hablar a los amigos y, sin duda, se abriría camino a la columna de sociedad del *Telegraph* del lunes por la mañana.

Alex observaba a su hermana sin envidia y deseaba sinceramente que fuera feliz con Hamish, que la suya fuera una unión celestial. A juzgar por el brillo de los ojos de su hermana y por su sonrojo, estaba catando esa felicidad en aquel preciso instante.

Habían hecho las paces cuando Pamela había salido del Rolls–Royce; al ver a Alex con el vestido de dama de honor rosa, sus ojos castaños se habían anegado momentáneamente de lágrimas.

–Siento ser tan idiota. Me alegro mucho de que hayas venido.

Alex la besó con delicadeza a través del velo y se sintió mejor de lo que se había sentido en toda la semana.

Al otro lado de la mesa, Patrick estaba sentado con un público de niñitos que lo escuchaban embelesados. Había continuado ocupándose de los invitados más pequeños y seguía encontrando historias fascinantes de animales con las que entretenerlos. Alex lo miró con cariño, olvidando por un momento su reciente decepción. Era un buen hombre, un hombre amable; ¿de verdad era tan terrible que no quisiera hablar de lo ocurrido ni que se lo recordaran todo el tiempo? Si a ella le hubiera contado aquella misma historia Fiona, o incluso Pamela, quizá también le habría costado creérsela. Él, al menos, estaba dispuesto a creerla. No había pruebas. Carecía de toda lógica. Alex había sobrevivido a un espantoso calvario prácticamente ilesa, pero la policía no se lo tomaba en serio. Y sospechaba que Fiona tampoco. No le había dicho nada, pero parecía evitarla. Hablaban en el trabajo, pero siempre sobre algún paciente. Si el episodio del año anterior no hubiera ocurrido, Fiona probablemente la habría creído o, al menos, habría aceptado que había sufrido algo más grave que un simple golpe en la cabeza. Pero el episodio del año pasado sí había ocurrido y Alex siempre se preguntaría si Fiona la había creído incluso entonces o si tal vez había pensado que, en cierto sentido, la culpa había sido de ella.

Quizá careciera de sentido darle más vueltas. Estaba viva. Quizá el hombre que la había agredido no representara un riesgo para nadie más. Quizá fuera un paciente que se había escapado del ala psiquiátrica una noche y, en sus horas de libertad, había puesto el punto de mira en ella. Si tal era el caso, nadie más corría peligro. Era un pensamiento reconfortante y, mientras el champán le nublaba la mente, normalmente analítica, era un pensamiento que estaba dispuesta a aceptar.

Cuando Patrick alzó su copa en dirección a ella, notó que la acariciaba con los ojos y, por primera vez desde aquella noche espantosa, le apeteció meterse en la cama con él.

—Pagaría por saber lo que piensas… —le susurró ella.

Él levantó una ceja, como si se estuviera planteando cuánto cobrarle.

—No sé… En la tarta de novios, en el confeti, en la parte del «Sí, quiero» y en todas estas cosas, si lo piensas bien, tan bonitas. —Hizo un gesto con una ceja—. Aunque no estoy seguro de que el vestido de novia al estilo merengue lo sea tanto.

—¡Calla! —rio Alex—. Está guapísima.

–No puedo evitar preguntarme –le dijo él, acercándose más a ella, rozándole la oreja con los labios y acariciándole el cuello con su respiración– si lleva un rollo de papel higiénico debajo.

Alex soltó una fuerte carcajada y le sostuvo la mirada hasta apreciar un ligero rubor en las mejillas de él. Había sido un día maravilloso. Un punto de inflexión. Una pausa en todo lo sucedido antes. No lo olvidaría, pero al menos podría seguir adelante con su vida.

Capítulo 13

En la incorporación 18 de la autopista M4 se había producido un choque en cadena en el que se habían visto involucrados cinco coches y un autocar lleno de jubilados que regresaban de pasar un fin de semana en Londres.

En el vestuario del personal, Alex hizo gárgaras con un potente colutorio y luego colocó las manos en forma de cuenco sobre su boca y soltó el aliento. El olor a menta le confirmó que estaba lista, pero, para mayor precaución, además desenvolvió un chicle de hierbabuena.

«¿Cómo se me podía haber olvidado que estaba de guardia?», volvió a reprenderse. Por suerte, había dejado de beber mucho antes de que la boda acabara y, de hecho, se había contenido durante todo el día, porque no quería emborracharse. Lo que no podía descartar sin un análisis de sangre o un test de alcoholemia era si superaba el límite permitido. No se le escapaba la ironía: era la primera vez que no bebía para olvidar y había vuelto de golpe a la realidad. Menuda idiota. Tan idiota como para olvidar algo tan importante como el hecho de que tenía un trabajo.

Había descartado la idea de telefonear a sus colegas para pedir que le cambiaran el día de guardia porque no quería dar más motivos para hacer trizas su reputación.

Y aquel era su toque de atención. En cierto sentido, era afortunada de que se hubiera producido. Había estado muy cerca de pasarse bebiendo. Era consciente de que el tendero de la licorería de su barrio empezaba a conocerla demasiado bien. Y eso tenía que acabarse. No podía seguir huyendo de sus miedos.

Con una sonrisa pegada al rostro, emergió al caos. Hacía rato que habían pasado los treinta minutos de advertencia previos a la llegada de la primera baja y, a aquellas alturas, había heridos haciendo cola a todo lo largo y ancho del pasillo. La actividad era frenética mirara donde mirara, y Alex finalmente se relajó. Aquel era su trabajo, era lo que mejor se le daba.

Todo iba bien. Incluso pese a lidiar con el agotamiento, estaba satisfecha con los progresos.

En reanimación, todos los boxes estaban ocupados. Todos los monitores emitían pitidos y alarmas sonoras. Alrededor de las papeleras, llenas a rebosar, había montones de material desechado.

En las superficies de trabajo, los contenedores amarillos de plástico rígido para desechar las agujas estaban llenos hasta el borde y había jeringuillas usadas abandonadas por todas partes. Los médicos luchaban por hacerse un pequeño hueco en el que tomar sus notas. Había una fregona y un cubo apoyados contra una pared y demasiados derramamientos para seguir dando parte al personal de limpieza. Era más rápido que quien estuviera más cerca limpiara la sangre, porque lo último que necesitaban era que, con aquel ajetreo, el suelo resbalara.

Los pacientes que aún esperaban a ser atendidos, pese a necesitar asistencia urgente, al menos estaban más estables que los que los precedían. Sin contar a los heridos ambulantes, hasta el momento habían traído siete casos en estado crítico y doce en estado grave.

El equipo de urgencias se había repartido a los pacientes y había acudido personal médico y de enfermería adicional para atender a todos los heridos. Caroline tenía la situación controlada, como siempre, pero Alex apreció unos rodales de sudor bajo sus axilas que indicaban que le estaba costando mantener el ritmo. Habían solicitado la presencia de Maggie Fielding para atender a una paciente y, por encima de la espantosa cacofonía de llantos y alaridos, los pitidos urgentes de las alarmas, los timbrazos de los teléfonos y la maquinaria en movimiento, Alex la escuchó consolar a una mujer herida y le sorprendió lo tierna que Maggie podía ser.

El paciente del box 4 miraba a Alex fijamente con ojos de miedo y la agarraba por la muñeca, desesperado.

—No va a dejarme morir, ¿verdad, doctora?

Alex logró zafarse de su garra e intentó tranquilizarlo con una sonrisa; acto seguido probó por segunda vez a introducirle una vía en sus viejas venas.

–Se va a poner bien, George. Deme un segundo para que le inserte esta trasto y enseguida podré administrarle la medicación. Su corazón volverá a latir con normalidad en un periquete.

–Me da la sensación de que va a estallar si se me acelera más.

–Intente estar relajado, respire ese oxígeno… y déjeme el resto a mí.

Aquel anciano no era uno de los heridos del accidente múltiple. Lo habían traído de su casa y necesitaba que lo reanimaran con urgencia.

–¡Joder! –susurró ella, y luego volvió a sonreírle–. A sus venas les gusta jugar al escondite.

Se deslizó al otro lado de la camilla y le hizo un torniquete en el otro brazo. Dejó la mano del anciano colgando por el lado de la camilla y se arrodilló. Le dio unos golpecitos a una vena del antebrazo y obtuvo la recompensa de verla hincharse de sangre.

Fiona apareció a su lado.

–¿Necesitas ayuda? –le preguntó.

A Alex le pareció un gesto sincero. La cálida sonrisa de bienvenida que le había dedicado Fiona al inicio del turno de ambas transmitía una disculpa tácita. El juicio en su mirada había desaparecido y Alex se sintió agradecida por ello.

–¿Puedes ir tú a buscar la adenosina? Aquí no hay espacio para poner nada. Está preparada y etiquetada junto al armario de la medicación.

George les sonrió.

–Siempre soy un incordio. Nunca me encuentran las venas… Supongo que se encogen al ver las agujas.

Mientras Alex le introducía la vía, Fiona fue en busca del medicamento. Regresó al cabo de un instante.

–¿Podemos hablar un momento?

Alex la acompañó hasta el armario de la medicación, donde Fiona sostuvo en alto una ampolla vacía.

–¿Esto es lo que has dejado preparado?

Alex se la quedó mirando confusa. La etiqueta en la que había escrito estaba pegada en la jeringuilla. El nombre de George Bartlett figuraba en la etiqueta. Pero aquella no era la ampolla que ella había utilizado. Si le hubiera administrado aquel medicamento, George ya estaría muerto. La adrenalina al 1:1000 habría provocado que su corazón, que ya latía a una velocidad peligrosa, lo hiciera aún más rápido.

Respondió tartamudeando:

–No… no entiendo nada. Yo no he sacado eso. Te lo prometo. Lo debe de haber puesto alguien ahí. Es imposible que yo pudiera darle eso. Ni en un millón de años.

Fiona se mordió el labio inferior, sin apartar los ojos de Alex.

–Era la única ampolla que había aquí, Alex. Y estaba justo al lado de la jeringuilla, en esta bandeja con la inyección.

Volvió a dejar la ampolla en la bandeja y cogió la jeringuilla. Alex revisó la encimera frenéticamente, negándose a admitir que hubiera podido cometer tal error. La ampolla vacía de adenosina tenía que estar en alguna parte. Tenía que estar. La había tenido en la mano. Había leído claramente la etiqueta. No se había equivocado.

–La habrá tirado alguien a la papelera –gritó– y habrá dejado esa ampolla en mi bandeja de la inyección sin darse cuenta. Pregúntales a los demás médicos. Te apuesto lo que sea a que alguno ha utilizado adrenalina en los últimos cinco minutos.

Los ojos de Fiona centellearon con angustia y Alex notó que el corazón le daba un vuelco al entender que Fiona estaba convencida de que había cometido aquel terrible error. Y luego se estremeció al constatar lo fácil que habría sido que aquel error desembocara en una catástrofe.

–Ve a tomarte una infusión, Alex. Le diré a Nathan que venga él a ocuparse. Le diré que te estás tomando cinco minutos de descanso.

Alex notó una presión tras los ojos y supo que iban a saltársele las lágrimas de un momento a otro.

–No, no puedo permitirlo. Tengo que ocuparme yo.

–¿Va todo bien, doctora Taylor? –preguntó Maggie Fielding–. ¿Te importa que me acerque al armario de la medicación?

Alex se apartó para dejarle paso.

–Todo va bien. Yo, esto… No acabarás de sacar tú una ampolla de adrenalina, ¿verdad?

Maggie negó con la cabeza.

–No, pero necesito ponerle un analgésico a mi paciente. –Dejó de buscar en el armario al ver que las dos mujeres que había en la habitación guardaban silencio. Su mirada captó el significado de aquella quietud–. ¿Estás segura de que va todo bien? ¿Para quién se supone que debería haber preparado la adrenalina?

–Para nadie –se apresuró a responder Fiona.

–¿Qué sucede, Alex? –ladró Caroline de repente a sus espaldas–. ¿Qué está pasando con el señor Bartlett? ¿Por qué no te has ocupado aún de él?

Fiona se volvió hacia el armario de la medicación y sacó la adenosina para mostrársela a la especialista.

–Estamos preparando esto –dijo.

Caroline cogió la bandeja de la inyección en la que había escrito el nombre de George Bartlett y la ampolla vacía.

–¿Y entonces esto qué es?

Aguzó los ojos para ver la jeringuilla etiquetada que Fiona tenía en la mano.

–Dame eso –le ordenó con un tono de voz que revelaba que se había dado cuenta de que pasaba algo.

Fiona clavó la mirada en el suelo y se la entregó.

Por mera costumbre, la especialista comprobó automáticamente la ampolla.

–Pero ¿qué…?

–No se le ha administrado, no es para él –se apresuró a intervenir Fiona.

–¡Ah, ¿no?! –replicó Caroline con sarcasmo, y la incredulidad tiñó sus palabras siguientes–: ¡Pero si lleva escrito su nombre! ¡Es evidente que se le iba a administrar!

Alex escogió el momento equivocado para dejar ir una respiración temblorosa y vio la mirada conmocionada de Caroline. Se dio cuenta de que había detectado su olor a alcohol. Caroline se quedó mirando a Alex incrédula antes de clavar la vista en la jeringuilla que tenía en la mano. Finalmente, volvió a alzar los ojos y el desdén que Alex vio en ellos la hizo marchitarse por dentro.

Tenía ganas de llorar de desesperación, necesitaba explicar que nada de aquello era su culpa. Pero el disgusto en los ojos de Caroline le dijo que sería una pérdida de tiempo.

–Abandona el departamento –le ordenó en voz baja Caroline Cowan.

Alex estaba tan estupefacta que apenas podía articular palabra.

–Yo… yo…

–¡Vamos! Todo esto es innecesario –la interrumpió Maggie Fielding con su voz de especialista más autoritaria–. Aquí hay dos personas, doctora Cowan. ¿No cree que debería conocer los hechos antes de acusar a un miembro de su personal? Ni siquiera ha preguntado de quién ha sido el error. Simplemente ha asumido que ha sido la doctora Taylor quien lo ha cometido. –Clavó la mirada en Fiona–. ¿Te ha ordenado la doctora Taylor que prepararas la medicación?

–¡No! –espetó Fiona–. Me dijo que fuera a buscar un medicamento.

Una leve sonrisa curvó los labios de Maggie, que, con tono brusco, replicó:

–Es lo mismo.

A Fiona le salieron chispas de los ojos y alzó la barbilla indignada.

–¡No! ¡No es lo mismo!

Durante aquel intercambio, Caroline guardó silencio. Mantuvo la mirada firme en Alex y luego repitió la orden:

–Vete ahora mismo, antes de que llame a seguridad para que te saque de aquí.

Alex notó el escozor de las lágrimas a punto de brotar mientras negaba con la cabeza.

Caroline hablaba con voz neutra, pero sus ojos resplandecían de furia.

–Hablaré contigo más tarde, doctora Taylor. Por favor, no hagas esto más difícil de lo que ya es. Quiero que abandones el departamento ahora mismo.

Alex notó docenas de ojos posados en ella mientras, caminando con piernas temblorosas, se dirigía hacia la salida, pero sabía que solo era su imaginación. Los demás estaban demasiado ocupados para darse cuenta siquiera de que su mundo acababa de desintegrarse.

Capítulo 14

Si la decepción ocupara un espacio físico, entonces el despacho de Caroline estaría a punto de estallar. Su decepción era palpable. Fue educada y civilizada, pero su voz no transmitía calidez al exponer el delito de Alex.

–Decir que estoy decepcionada es quedarme muy corta. He convocado esta reunión para darte la oportunidad de explicar tu comportamiento antes de antes de tomar una decisión sobre si formalizar o no este asunto. Como puedes ver, en esta fase aún no he implicado a recursos humanos; te ofrezco que tú y yo mantengamos una conversación sincera, siempre que tú estés de acuerdo, claro está. ¿Entiendes a qué me refiero, doctora Taylor?

Alex tragó saliva con dificultad y asintió con la cabeza.

–Sí, y gracias por no haberlo formalizado todavía.

–Bueno, está por ver si lo hago. Así que, por favor, te ruego que te expliques.

–Se me olvidó que estaba de guardia –respondió con un hilillo de voz.

Caroline se la quedó mirando de hito en hito, consternada.

–¿Que se te olvidó? ¡¿Que se te olvidó?! ¿Esa es tu excusa?

–Te prometo que se me olvidó –dijo Alex sinceramente–. Mi hermana se casaba el sábado y se me olvidó por completo que estaba de guardia.

Caroline se inclinó hacia delante en su silla, con expresión adusta.

–Pues eso, Alex, me indica que no estás centrada en el trabajo. Entiendo que estás atravesando un momento difícil; deberías haberte cogido una baja más larga para reponerte del todo.

Alex se contuvo.

–¿Reponerme de qué?

–¡Reponerte de lo que sea que te está pasando! ¿Entiendes lo que digo? ¿Es que no te das cuenta de los preocupada que estoy por ti?

Alex notó lágrimas punzantes en los ojos. Adoraba a Caroline y la respetaba más que a ningún otro médico que conociera. No quería que aquella mujer perdiera la fe en ella.

–Siento haberte decepcionado. Lo de ayer fue imperdonable. Sé que has perdido la confianza en mí, pero creo sinceramente que estaba en condiciones de desempeñar mi trabajo.

–Precisamente por eso he perdido la confianza en ti, Alex. Lo que estás diciendo es lo que dice cualquier conductor ebrio tras provocar un accidente: «Pensaba que podía conducir». Estás siendo tonta y arruinándote la vida con esta tontería. Te quiero en mi equipo, Alex. Tengo muchas esperanzas depositadas en tu futuro. Espero verte convertida en una especialista de este hospital algún día, pero, si continúas así, lo arrojarás todo por la borda. El año pasado pasaste por un mal trago y estas últimas semanas han demostrado que no te has recuperado. Ve a que te visiten y soluciónalo. No voy a poner una denuncia formal, pero tendré que supervisar tu comportamiento.

Las lágrimas empezaron a resbalar por sus mejillas, sin control. Se apresuró a secárselas con los dedos. Caroline acababa de revelar que no creía que a Alex la hubieran secuestrado y que lo que había ocurrido el mes pasado era producto de su imaginación, provocado por el «mal trago» que había vivido el año anterior.

–Mira, tómate unas vacaciones. Vete con ese novio tan guapo que tienes un tiempo. Está preocupado, Alex. Le preocupa que bebas. –Sonrió para suavizar las palabras que pronunció a continuación–: Nos dijo que habías estado bebiendo durante las vacaciones. –Se recostó en su butaca, ahora ya sin adustez en la expresión–. Piensa en lo que te he dicho. Piensa en tu futuro.

En su coche, Alex temblaba de humillación. ¿Cómo se había atrevido Patrick? ¿Cómo se atrevía a hablar a espaldas de ella? La había traicionado. Todos los abrazos y gestos de consuelo carecían de significado si era capaz de hacerle algo así. ¿Por qué no se lo había dicho a la cara? ¿Por qué no le decía que estaba preocupado? ¿Por qué no hablaba de la maldita situación? Hacía ver que no había pasado nada… ¿A quién podía extrañarle entonces que ella se hubiera dado a la bebida? ¿Y cuándo había mantenido esa conversación con Caroline? ¿Cuándo se habían hecho tan amiguitos como para que él creyera que tenía derecho a hablar con su jefa? De todas las cosas que podía haberle dicho, la peor de todas era que bebía.

Agarró su teléfono y aporreó la pantalla hasta encontrar su número y, en cuanto escuchó su voz, le gritó:

—¡Traidor!

Sus primeras palabras la desconcertaron.

—Caroline tenía derecho a saberlo.

—¡Saberlo! Has estado a punto de arruinarme la carrera. Tengo suerte de que no me hayan suspendido.

—Tienes suerte de que un paciente no muriera por tu culpa —le espetó él.

—No fue culpa mía, Patrick. Yo no provoqué ese error con la medicación.

—Y, por desgracia, Alex, no puedes demostrarlo. Nadie te va a creer si piensan que bebes.

Sonaba desolado y a Alex se le agotaron incluso las fuerzas para estar enfadada. No podía luchar más.

—¿Estás bien? —le preguntó él.

Ella permaneció sentada en silencio, incapaz de responder.

—Te quiero —le dijo él.

—Pero ¿aún me crees? —le susurró ella. Lo escuchó suspirar y le espetó—: ¡Dímelo de una puñetera vez!

—Cuanto más pienso en ello, más me inclino a pensar que fue una alucinación, que el impacto que recibiste en la cabeza causó estragos en tu mente. La policía no ha encontrado ni rastro de ese hombre, Alex.

Alex no tenía nada que añadir.

—¿Sigues ahí, cariño? Háblame. Ahora mismo no pareces tú misma.

—¿Recuerdas lo que te dije que había pensado al despertarme en la mesa de operaciones? —le preguntó ella.

–Sí, pero…

–Te dije que me cegaban las luces del quirófano.

–Vamos, Alex. –Su tono era duro–. Podría haber sido cualquiera, desde yo hasta el guardia de seguridad. Llevábamos linternas en las manos. Y te alumbramos con ellas el rostro.

–De manera que ya no me crees… –dijo ella.

–Yo no he dicho eso –le respondió él en voz baja.

Alex pulsó el botón de colgar y Patrick no oyó su respuesta.

–Sí, sí que lo has dicho –murmuró con amargura.

Ir a la fiesta de médicos fue idea de Fiona.

Una mala idea, por lo que a Alex respectaba, pero iría, aunque solo fuera para que Fiona se divirtiera una noche. Hacía tiempo que había descubierto que en la vida de Fiona pasaban pocas cosas más allá del trabajo y de la amistad que mantenían ambas, y Alex era consciente de que le había prestado poca atención a su amiga las últimas semanas.

Cada último jueves de mes, la fiesta de médicos se celebraba en un sitio distinto, ya fuera en la ciudad o en el propio hospital. Y esa noche tenía lugar en las instalaciones del hospital, en el club social. El edificio estaba situado cerca de los alojamientos de los médicos; solo un breve paseo los separaba de las camas donde dormirían la mona tras consumir grandes cantidades de alcohol. Cuando Alex se mudó a Bath, se había instalado en aquella residencia para médicos hasta que las circunstancias la impulsaron a buscar otro sitio más seguro donde vivir. Condujo hasta la fiesta con la firme voluntad de no beber.

Estaba claro que Fiona tenía ganas de juerga. Llevaba el cabello suelto y con su forma habitual: rizado y enmarcándole la cara. Llevaba unos tejanos negros ajustados y una blusa de seda verde de la que se había prendido un broche brillante de Santa Claus que estaba muy de moda. Alex le hizo compañía fuera, mientras se fumaba un pitillo tras despegarse el parche de nicotina del hombro y guardarlo en su cajetín de cigarrillos. Alex sacudió la cabeza, divertida, cuando Fiona aplastó la colilla y volvió a pegarse el parche en el hombro.

—Te vas a subir los niveles de nicotina si sigues haciendo eso –le advirtió.

–¡Anda, cállate, doctora Sabelotodo! –rio Fiona–. Solo se vive una vez, y yo he tenido un día muy duro. Somos jóvenes y una de nosotras es libre y está soltera, así que… ¡que empiece la fiesta! Y tú –le dijo, con expresión fingidamente seria y empezando a arrastrar las palabras– tienes que relajarte un poco. Tú más que nadie necesitas empezar a divertirte un poco. Eres guapísima, capulla, puedes conseguir a quien te propongas. Tú…

Vio la expresión afligida de Alex.

–Venga ya, sabes que no me refería a… Bueno, da igual, vamos a olvidarnos de los hombres y punto final. Vamos a entrar ahí y vamos a pasárnoslo bomba. Y por encima de todo, vamos a emborracharnos.

Alex se encogió de hombros, resignada, con una media sonrisa en la cara.

–Dame un minuto y entro. Necesito un respiro, hace un calor de muerte ahí dentro.

–¿Y qué esperabas que pasara si te pones un jersey de lana para ir a una fiesta, cariño? ¿No te lo puedes quitar?

Alex negó con la cabeza.

–Solo llevo el sujetador debajo. Me habré refrescado en un minuto y estaré lista para seguir de fiesta.

La puerta que tenían detrás se abrió de repente y Patrick, con la cara roja y los ojos vidriados, se les unió.

–Eh, vosotras dos, que la fiesta es aquí dentro.

Alex soltó un suspiro de hastío.

–Estoy refrescándome, Patrick. Como puedes ver, voy demasiado abrigada.

Él la repasó con los ojos.

–Cariño, seguro que tienes algo mejor que ponerte. Te dejaste aquella chaquetilla de satén en mi coche. ¿Quieres que vaya a buscártela?

–Buena idea, Pat –dijo Fiona, y Alex se dio cuenta de la mirada de desaprobación que Patrick dedicó a su amiga al oír que le acortaba el nombre.

Fiona sabía que su amiga estaba molesta con Patrick por algo, pero no sabía qué era.

–Me llamo Patrick, Fiona. Y sabes que me gusta que me llamen Patrick.

Fiona le dedicó una sonrisa edulcorada.

–Por supuesto que lo sé. Por eso precisamente te llamo Pat.

–Y pensar que puedes ser tan agradable cuando te lo propones… –le replicó él.

Alex volvió a suspirar y Patrick se la quedó mirando.

–¿A qué viene tanto suspiro? ¿Es por mí? Está claro que no te alegras de que haya venido, a pesar de que fuiste tú quien me invitó. Te he visto llegar hace una hora y ni siquiera has venido a saludarme. Parece que últimamente no hago nada bien.

Alex notó una tirantez en el pecho. Se sentía atrapada y le habría gustado gritar a todo pulmón que la dejaran todos en paz de una puñetera vez. En lugar de eso, le respondió con sinceridad.

–¿Sabes, Patrick? La que parece que últimamente no hace nada bien soy yo. No soy capaz de elaborar o fabular una historia que encaje con tu versión de los hechos. A menos que tengas una prueba concreta de que no estoy como un cencerro o de que no soy una mentirosa, la verdad es que creo que no tenemos nada más de que hablar. Tan sencillo como eso, ¿no te parece?

Un destello de frialdad refulgió en los ojos de Patrick.

–Te estás comportando como una histérica, cariño, y realmente no creo que sea ni el momento ni el lugar.

Alex sacudió la cabeza a ambos lados en ademán de disgusto.

–Nunca lo es, Patrick. Ese es problema.

–Quizá si no bebieras tanto, te darías cuenta de que no hay ningún problema.

Alex miró a Fiona.

–Te veo ahora en el bar. Necesito otros cinco minutos para refrescarme.

Dicho lo cual, se dio media vuelta y se marchó.

Alex apuró su tercer vodka. El sudor se le acumulaba en la parte baja de la espalda y deseó haberse puesto algo más ligero.

Últimamente le había dado por llevar ropa que ocultaba sus formas. No se molestaba demasiado en peinarse y utilizaba maquillaje solo para disimular su palidez y las ojeras. Ya no quería parecer femenina ni sexi. Quería ser invisible.

Vio a Nathan Bell en la barra y se sorprendió. No lo había visto en ninguno de aquellos eventos antes. Nunca se había planteado por qué, pero, de haberlo hecho, se habría dicho que era demasiado introvertido para asistir. Socialmente tímido. Alex no sabía nada de su vida privada, salvo que habían «ingresado otra vez» a su madre recientemente. Alex no sabía dónde la habían ingresado y Nathan no se había extendido en su explicación, de manera que ella dio por supuesto que era en un hospital. Por casualidad lo había escuchado hablando por teléfono, diciéndole a su interlocutor:

–Salúdela de mi parte y dígale que iré a visitarla el martes. –Al ver a Alex, se había limitado a decir–. Es mi madre. La han ingresado otra vez.

Mientras se abría camino hacia él, miró de reojo a Patrick. Estaba en la pista de baile con Fiona y otras enfermeras del departamento, con una guirnalda dorada alrededor del cuello y pasándoselo en grande, a juzgar por sus desinhibidos movimientos. Caroline bailaba de manera más conservadora, algo torpe, junto a unos camilleros y otros sanitarios. Había saludado a Alex brevemente con la mano desde el otro lado de la sala, pero no habían hablado. Edward Downing, el radiólogo, estaba en un rincón, formando camarilla con bastantes colegas del departamento de radiología, como si estuvieran en una fiesta aparte, y Alex se preguntó si tal vez estaría celebrando su propia despedida. Tom Collins y Maggie Fielding, los dos altos y elegantes, conversaban entre ellos. Se tropezó la mirada con ellos y los saludó con un breve asentimiento de cabeza. Se dio media vuelta para hablar con Nathan.

–Hola, Nathan. No se te suele ver por estos lares.

Él se encogió de hombros, con gesto tímido.

–He pensado que tenía que salir un poco más. En realidad, fue cosa de Fiona; me dijo que iban a venir algunas personas del departamento. Así que… aquí estoy.

Solo se le veía el lado derecho de la cara y Alex se dio cuenta de que su rostro tenía una forma bonita, con unos pómulos planos y marcados y la mandíbula larga. Sus labios eran pálidos y no demasiado gruesos.

—¿Cómo estás? —le preguntó él, para su sorpresa.

—Bien —respondió ella con jovialidad—. Estupendamente.

—¿De verdad? Tenía la sensación de que aún estabas atravesando un mal momento.

—¿Y por qué ibas a creer algo así?

—Bueno… por la… agresión de hace un mes y… por la situación en el trabajo. Lo siento… No pretendía aguarte la fiesta. La doctora Cowan ha sugerido que cubramos el mismo turno durante unas semanas. Espero que no te importe.

A pesar de la presencia constante de Nathan, las cosas en el trabajo habían ido bien aquellos últimos días. A decir verdad, el hecho de que dos médicos atendieran a un mismo paciente había reducido el tiempo de espera para los demás enfermos. Caroline había esgrimido aquel argumento como motivo para ponerle un acompañante a Alex. Había explicado al resto del personal que formaba parte de un estudio de tiempo y movimiento y habían parecido aceptarlo, por lo cual Alex sabía que tenía que estar agradecida. Si había cotilleos circulando, no le estaban llegando.

Era consciente de la suerte que había tenido con el asunto de George Bartlett. Cualquier otro jefe habría exigido una investigación exhaustiva sobre la confusión con la medicación y, en cambio, Caroline la había indultado. Agarró el vaso de Nathan y se bebió un tercio de su cerveza de un solo trago.

—Lo siento —se disculpó, aunque no era una disculpa sincera.

Debería estar agradecida por que Caroline no estuviera presionando para iniciar un proceso disciplinario formal. Y, por supuesto, debería estar agradecida de que toda su vida hubiera saltado por los aires.

Nathan se encogió de hombros, restándole importancia al asunto, y le hizo un gesto a un camarero.

—Déjame invitarte a una copa.

Minutos más tarde, con bebidas nuevas en la barra y el cambio ya en el bolsillo de Nathan, Alex le respondió como si no se hubiera producido ninguna interrupción en la conversación.

–¿No te has enterado? Soy una fabuladora.

–¿De verdad?

Alex se bebió su bebida de un trago.

–Aunque así por lo menos soy yo quien lleva las riendas… Las personas con daños cerebrales y los locos no controlan la situación. Fabuladora. La verdad es que suena exótico. Alex, la gran fabuladora.

Se estaba emborrachando y no le importaba sonar imprudente.

–¿Quieres hablar sobre ello?

–No, gracias. Prefiero que nos tomemos una copa y hablemos de ti, para variar, señor Bell. Me gustaría saber por qué no hay ninguna guapa mujer acompañándote esta noche.

–Yo podría preguntarte lo mismo a ti.

–Ah, yo sí he venido con alguien. Con ese hombre tan guapo de cabello moreno que está en aquel rincón, el que piensa que soy una alcohólica incapaz de diferenciar la realidad de la ficción.

Nathan Bell pareció abochornado.

–Seguro que no piensa eso.

–No intentes hacer que me sienta mejor, Nathan. Se acabó. ¡No me cree, joder! Así que se acabó.

Nathan hizo una mueca. Por más que a Alex le hubiera gustado culpar al alcohol de su grosería, no podía. Pretendía escandalizar a aquel pobre tipo, y había acabado escandalizándose a sí misma. Ella no hablaba así. Nunca traspasaba las fronteras de un comportamiento civilizado. Se había desacreditado y, avergonzada, intentó serenarse rápidamente.

–Lo siento. Me tengo que ir.

–¿Que te vas? De eso nada –gritó Fiona a su espalda–. Pero si ni siquiera hemos bailado juntas. ¿A qué vienen tantas prisas? Tienes al encantador señor Bell aquí y estoy segura de que le gustaría bailar, ¿no es así, doctor Bell?

Nathan levantó las manos, con las palmas hacia delante, de modo defensivo.

–No, pero gracias de todos modos. Estoy muy bien aquí de pie. De hecho, estaba pensando en marcharme en breve.

Fiona retrocedió y plantó ambos pies en el suelo, separados. Puso un gesto raro, mientras escudriñaba a Nathan con curiosidad, y luego, imitándolo casi a la perfección, repitió sus palabras:

–«Estoy muy bien aquí de pie. De hecho, estaba pensando en marcharme en breve».

Nathan pareció desconcertado, pero le sonrió deportivamente y aplaudió su imitación con unas palmadas lentas.

–¡Caray! ¡Menudo as en la manga! Tú sí que saber divertirte…

Fiona le sonrió provocativamente mientras se acercaba a la barra, estrujándose entre Nathan y Alex como si su cuerpo fuera fluido, con toda la atención concentrada en Alex.

–Cariño, seguro que tienes algo mejor que ponerte que eso.

La camarera, al escuchar hablar a Fiona, contuvo el aliento y, con voz de admiración, le dijo:

–¡Se te da genial! ¿Sabes imitar a alguien famoso?

Otras personas en el bar habían dejado de hablar para prestar atención y Fiona sonrió a su público expectante. Tenía los ojos clavados en Alex. Le hizo un guiño y proyectó la vista por encima del hombro de Alex, donde Patrick había aparecido de repente. La voz de Alex salió de su boca:

–«No intentes hacer que me sienta mejor, Nathan. Se acabó. ¡No me cree, joder! Así que se acabó».

A Alex le sentó como una bofetada. La dejó pasmada lo bien que Fiona imitaba su voz, y también la crueldad de su mejor amiga.

–Tengo que irme –farfulló.

Mientras andaba a trompicones por el aparcamiento, con la cara como la grana por la vergüenza, no se dio cuenta de que Nathan la seguía.

Se detuvo en seco al ver su Mini verde. Lo había aparcado cerca del edificio, teniendo en cuenta la seguridad. Y, bajo la luz de los focos exteriores, vio con claridad el mensaje que habían pintado en el parabrisas.

Con espray amarillo, pintado a todo lo ancho del vidrio, vio escrito: A ALEX LE GUSTA DECIR QUE SÍ.

En la comisaría, tras una breve conversación con el agente de recepción, los separaron. A Nathan lo condujeron a una sala de interrogatorios adyacente a la zona de recepción, mientras que otro policía pulsó unos números en un teclado y acompañó a Alex a la planta de arriba, hasta el despacho del inspector Turner. Tras dejarla sola durante más de cuarenta minutos, tenía grabados en el cerebro la disposición de aquel despacho y todo su contenido: las cuatro paredes pintadas de un tono lila pálido y la moqueta azul marino en el suelo. El estor de lamas verticales blanco de la única ventana estaba cerrado y, aislado de la noche, el despacho resultaba claustrofóbico.

Alex estaba sentada en el lado de las visitas del escritorio, en una butaca idéntica a la que había delante de ella. Sobre la mesa había distintos diarios, el *Bath Chronicle*, el *Guardian* y el *Daily Mail,* todos ellos en distinta fase de lectura. También había un recipiente de plástico destapado que contenía un bocadillo de pollo y lechuga a medio comer con aspecto aún fresco. Sobre el radiador, bajo el alféizar, había una lata coca-cola colocada en equilibrio.

Escuchó un ruido en el pasillo y el inspector Turner apareció por la puerta con una bandeja en la que llevaba dos tazas y un azucarero.

–Café –dijo a modo de saludo y luego, señalando con la cabeza hacia un teléfono móvil que había en la bandeja junto a las tazas, añadió–: Su amigo ha sido ágil pensando.

Nathan había tomado varias fotografías del coche de Alex mientras ella lo miraba horrorizada.

–Siento haberla hecho esperar. He enviado a algunos agentes al hospital. Espero que puedan hacerse con las grabaciones de las cámaras de seguridad del club social. No deberían tardar demasiado.

Alex soltó un suspiro de alivio. Dentro de poco sabría quién había hecho aquello. Y los demás también.

–¿Es su novio? –le preguntó Greg Turner.

Alex negó con la cabeza.

–No. Es un colega. Un amigo.

–¿Fue usted a la fiesta con él?

–No. Estaba con mi novio y una amiga, Fiona Woods. Nathan estaba en la fiesta y me siguió cuando… Bueno, me puse en evidencia emborrachándome y Nathan me siguió cuando me marché a toda prisa del club. Estaba conmigo cuando llegué a mi coche.

–Supongo que no tenía previsto conducir… –le preguntó Greg Turner con un deje de desaprobación.

Alex volvió a negar con la cabeza.

–Solo quería estar sola un rato. De todas maneras, no podría haber conducido. Mis llaves siguen en mi bolso y mi bolso sigue en la fiesta.

–¿Y su novio?

–Probablemente también siga allí. Seguramente ni se haya dado cuenta de que me he ido. –Se sonrojó al escuchar el tono de autocompasión de su voz y cambió de tema–. ¿Cómo están los padres de Amy Abbott?

Él se encogió levemente de hombros.

–Devastados. Son incapaces de creerse lo sucedido.

–¿Y el novio? ¿Lo han encontrado ya?

El inspector clavó la vista en la mesa y se frotó con el dedo el puente de la nariz, arriba y abajo.

–No sabemos si tenía novio. Lo único que sabemos es que estaba embarazada.

–No han sido capaces de averiguar nada, ¿verdad? –insistió ella.

–Doctora Taylor, no puedo hablar del caso con usted, entiéndalo.

–¿Ni tampoco mirarme cuando me lo dice?

El inspector levantó la cabeza de inmediato y Alex descubrió que era más que capaz de mantener el contacto visual. Se sintió como una tonta. Turner habría perfeccionado aquella habilidad con delincuentes que, sin duda, precisamente intentaban evitar esa situación.

–¿Sus padres se han creído que se lo hizo ella misma? –quiso saber–. ¿Creen que su hija murió por lo que se hizo a sí misma?

El inspector guardó silencio, pero Alex entendió la respuesta.

–Por supuesto que no –dijo en voz baja–. Es impensable y espantoso que una mujer joven se haga algo así. ¿Y dónde estuvo todo el tiempo que estuvo desaparecida?

Los labios del inspector dibujaron algo parecido a una sonrisa educada.

–Todavía no lo sabemos. Estamos comprobándolo. Tenía muchos amigos. Y como sabe, la encontraron en una calle. La última vez que la vieron fue en…

–En la plaza Kingsmead –concluyó ella sin demasiada convicción–. Lo sé. Lo leí en el periódico.

–Escuche, doctora Taylor, por lo que a nosotros concierne, no es una investigación por homicidio. A lo sumo, un suicidio, pero es más probable que sea solo un trágico accidente. ¿No creerá que tiene algo que ver con su caso? A menos, claro está, que sepa usted algo que nosotros desconocemos…

Le palpitaba la cabeza a causa del exceso de alcohol y el ruido de la música estridente que había dejado atrás.

–Usted no estaba allí cuando murió. Nos dijo algo. Sé que quería decirme algo. Se lo vi en los ojos… Me…

Los interrumpió el ruido de unos nudillos en la puerta. Sorprendida, Alex vio a Laura Best entrar en el despacho. La policía le sonrió con mucha más afabilidad de lo que recordaba. Quizá el hecho de que Alex estuviera vestida con su ropa y no tumbada en una mesa de exploración impulsara a la agente a mirarla más como a una personas que como a una víctima por interrogar. O quizá sencillamente pretendiera parecer simpática delante de Greg Turner…

–¿Querías algo? –le preguntó el inspector.

–Los vídeos de las cámaras de seguridad –respondió ella, sosteniendo en la mano una funda de vídeo negra.

–¡Caramba! ¡Qué rapidez! ¿Cómo has ido hasta allí? ¿Volando?

Laura Best sonrió.

–Estaba cerca y ha sido fácil recogerlo. La doctora Taylor ya ha tenido que soportar bastante esta situación. Estoy segura de que se muere de ganas de ver a su agresor.

El énfasis en la palabra «agresor» fue sutil, pero Alex captó la indirecta.

El inspector Turner le hizo un gesto con la cabeza a la mujer y le indicó que pusiera el vídeo. Por la mirada y el ligero encogimiento de desprecio que Laura Best le hizo a su jefe quedó claro que ella ya había visto el metraje y que no había demasiado que sacar de allí. A Alex le dio un vuelco el corazón y así siguió mientras observaba cómo pintarrajeaban su coche.

El vándalo llevaba un jersey ancho y oscuro con una capucha que le ocultaba por completo la cabeza y el rostro, pantalones amplios y unos guantes que ocultaban la forma de sus extremidades y su color de piel. Era imposible saber de quién se trataba.

—Creo que es una broma.

Alex abrió los ojos como platos.

—¿Perdone?

Le habría gustado ponerse de pie y darle una bofetada a Laura Best.

Laura Best miró a Greg Turner, alentándolo a respaldar su opinión.

—Que es una broma.

—Una broma bastante macabra —replicó Greg Turner.

—Sí, claro, pero una broma de todos modos. Una broma pesada, si se prefiere.

Alex se mareó al asimilar las implicaciones de lo que estaba oyendo.

—¿Creen que alguien ha hecho esto porque sabe que le dije que sí? —Ninguno de los dos le contestó—. ¿Creen que alguien ha hecho esto porque cree que soy una mujer fácil?

Greg Turner sacudió la cabeza a ambos lados con firmeza.

—A menos que haya hablado usted de los detalles íntimos de su caso, nadie debería conocerlos. ¿Cree que es posible que se los haya explicado a alguien que pudiera hacerle esto a su coche?

Ella negó rotundamente con la cabeza.

—Pues entonces solo puedo sugerir que la detective Best podría estar en lo cierto con lo de que se trata de una broma pesada, posiblemente obra de alguien que ha tenido noticia de su experiencia y ahora se comporta con crueldad con este numerito.

Alex se puso en pie con dificultad.

—Estoy cansada. Quiero irme a casa.

—Bébase el café antes. Hablaremos un poco más y luego la llevaré a su casa —le propuso el inspector.

Alex ya se dirigía hacia la puerta.

–No gracias. Solo soy una broma. No es así, ¿inspector Turner? No se olviden de echarse unas risas a mi costa.

–Doctora Taylor, ¿quiere esto?

Alex se dio media vuelta y vio a Laura Best tendiéndole su bolso negro. Sorprendida, volvió a cruzar el despacho para agarrarlo.

–La camarera de la barra me dijo que se lo había olvidado. He pensado que querría recuperarlo.

Alex murmuró un «Gracias».

El silencio la siguió mientras atravesaba el vestíbulo en dirección a la salida. Y la acompañó al salir a la oscuridad de la noche, pero escuchó la voz de su agresor provocándola tras la máscara quirúrgica. «¿Qué significa "no"? Es una pregunta sencilla».

Capítulo 15

Habían transcurrido seis semanas desde aquella noche horripilante y una desde la fiesta de médicos. Toda esperanza de pensar que aquel hombre había dejado de ser un peligro se había desvanecido de su mente en cuanto Alex vio su coche. Le aterrorizaba que todavía anduviera suelto y no poder hacer nada para demostrarlo. No obstante, para la policía el mensaje en su coche era una broma de mal gusto. Alex había sido la diana de una broma cruel de alguien.

Se llevó la bolsa de papel a la boca y cogió y soltó aire. Tenía que dejar de darle vueltas al asunto o, de lo contrario, acabaría convirtiéndose en una prisionera en su propia casa. Pero era tan duro… Tenía ansiedad todo el tiempo. En el trabajo, aparcaba lo más cerca posible de su departamento. Inspeccionaba a todos los hombres con quienes se cruzaba. Los porteros, los enfermeros y los médicos con los que mantenía contacto se habían convertido en sospechosos. Y los pacientes a los que trataba, aunque fuera de enfermedades menores, también. Y si bien les estudiaba los rasgos mientras los atendía, era en sus voces en lo que más se concentraba. Pero ninguno de ellos tenía su voz. No podía ser de otro modo. Su voz estaba distorsionada. Aplanada.

A lo que más le recordaba era a un paciente de traqueotomía con una prótesis de voz insertada. Cuando hablaba, su voz sonaba mecánica porque no pasaba aire a través de las cuerdas vocales, sino a través de un tubo. ¿Podía un hombre con una traqueotomía haberla secuestrado?, se preguntó ahora en un ataque de insensatez. ¿Alguien que la culpara por haber perdido la voz? Todas aquellas especulaciones la estaban volviendo loca. Aquel hombre no solo le estaba destruyendo la vida, sino que le estaba haciendo perder el juicio.

Patrick había dejado de telefonearla. Todavía tenía guardado su último mensaje, de hacía tres días. Lo reproducía una y otra vez en busca de algún indicio de fingimiento, pero su disculpa por haberle hecho daño sonaba sincera. No debería haber actuado a sus espaldas y haber hablado con Caroline. Estaba descompuesto. Lo lamentaba sinceramente, pero la situación de Alex se le había escapado de las manos y tenía la sensación de haberla decepcionado por el hecho de no creerla. Había mantenido la compostura al hablar hasta casi el final, cuando se le había roto la voz:

–Te quiero, Alex. Quiero casarme contigo. Llámame, por favor. Por favor.

El motivo por el que no le había devuelto la llamada no era porque la hubiera delatado ante Caroline, aunque eso también le había dolido. Era porque había admitido que no la creía. Si uno no confía y cree al cien por cien en la persona a quien se supone que ama, no hay cimientos sobre los que construir nada. Una relación de largo recorrido como un matrimonio no tenía ninguna posibilidad de prosperar. Por lo que a ella concernía, su relación, pese a que ninguno de los dos la hubiera zanjado formalmente, había terminado.

De pie, sola en su cocina, deseó no echarlo de menos. Deseó una y mil veces revivir aquellos minutos en los que decidió quedar con él por primera vez y estar planeando qué regalarse el uno al otro por Navidad. Pero, sobre todo, deseó no verlo como alguien distinto, alguien más débil, alguien de quien no debería haberse enamorado. Era como si hubiera perdido al Patrick a quien había conocido y este nuevo Patrick lo hubiera suplantado y, con pesar, se dio cuenta de que probablemente él pensara lo mismo de ella. Los dos habían perdido al otro. Aunque buscaran con todas sus fuerzas, no se encontrarían, porque ya no eran las mismas personas. Ella había sobrevivido a una experiencia aterradora que él creía que era producto de su imaginación.

Seis semanas antes, tenía un novio al que amaba, un trabajo que le encantaba y una vida que consideraba propia. En el espacio de unas pocas horas, su mundo cuerdo había desaparecido. Y ahora estaba salpicado de incertidumbre, de ansiedad y emborronado por la incerteza del futuro. De no ser por su trabajo y por la ayuda de las pastillitas azules, Alex sabía que no habría podido seguir adelante.

Un rato después, aquella tarde, reprendiéndose por intentar hacer todas las compras de Navidad en un mismo día, regresó como pudo al aparcamiento acarreando con el peso de bolsas de los almacenes John Lewis, Marks & Spencer y Thorntons. Debería haberse ceñido a su plan original y haberle regalado vales a todo el mundo. Le habría ahorrado tiempo y energía y ahora no estaría agotada y agobiada por si los regalos que había comprado serían o no bien recibidos. La camisa para su padre se le antojó de repente demasiado moderna, y la bata para su madre era una repetición de la que le había comprado el año anterior. Había sido un día muy largo y desprovisto de todo espíritu festivo. No había telefoneado a Fiona para recordarle que habían quedado para ir de compras porque no habían hablado desde la fiesta. Todavía no la había perdonado.

Con el asiento de atrás lleno hasta los topes de bolsas, se incorporó al carril de vehículos lentos que se abrían paso hacia la salida con la esperanza de que el tráfico a Bristol a Bath se hubiera relajado desde la mañana. Quería detenerse en un área de servicio para que le lavaran el coche; aún veía motas de pintura amarilla en el parabrisas, aunque lo había frotado con todas sus fuerzas. Tener el coche limpio sería un recordatorio menos. Cuando llegara a casa, si era capaz de hacer acopio de energía suficiente, se pondría a ordenar. Por otra parte, al día siguiente libraba y podía aprovechar para hacer las tareas domésticas. Eso la mantendría ocupada hasta que tuviera que reincorporarse al trabajo.

Y allí podría volver a pensar en las vidas de otras personas, en lugar de en la suya.

A las cuatro de la tarde, en pleno invierno, mientras descendía por la rampa del aparcamiento subterráneo que había bajo su edificio, el cielo ya había oscurecido y su mente se había despejado de pensamientos inquietantes. Pensaba en qué prepararse para cenar, en el largo baño de burbujas que tantas ganas tenía de darse y en la serie que emitían en televisión a las nueve de la noche.

De haber ido un poco más rápido, habría atropellado a la mujer. Pisó el freno a fondo y encendió los faros a la máxima potencia. La mujer estaba tumbada en el suelo, boca arriba, en la plaza del aparcamiento de Alex, completamente inmóvil. Por instinto, Alex abrió la guantera y sacó un botiquín que siempre llevaba a mano por si encontraba algún accidente en la carretera. Con un tubo de Guedel y un estetoscopio en una mano y un puñado de vendas en la otra, salió corriendo a ayudar a aquella mujer.

Enseguida se percató de cómo iba vestida y maquillada: botas negras brillantes de tacón alto, una minifalda de satén rojo minúscula que apenas le cubría los rollizos muslos desnudos y una camiseta negra muy escotada bajo una chaqueta de satén de color crema. Lo primero que pensó fue que le habían dado una paliza, pero, al examinarla más de cerca, se dio cuenta de que se equivocaba. El codo derecho de aquella mujer estaba en un ángulo imposible y tenía el hombro hinchadísimo. Tenía los huesos de los dedos de las manos rotos, visibles a través de la carne desgarrada, y girados hacia atrás. Alex hizo caso omiso de la mano ensangrentada; lo que más la preocupaba era la marca negra que tenía en la chaqueta clara, atravesando el torso de la mujer. Era una huella de neumático. Sacó el móvil del bolsillo y llamó a una ambulancia.

Al acercar la oreja a la boca de la mujer, notó su cálido aliento y vio que el pecho aún se elevaba un poco. Tenía la vena del cuello distendida y le palpitaba con fuerza. Respiraba, pero si lo hacía con normalidad o no era otro asunto. Si la habían atropellado, era probable que tuviera varias costillas fracturadas y lesiones en los pulmones. Le desabrochó el único botón que mantenía la chaqueta de color crema cerrada y le desgarró la fina camiseta negra por la mitad. La caja torácica estaba deformada y solo se percibía una débil elevación en la parte izquierda del pecho. Tenía delante un traumatismo torácico grave y sabía que, sin un equipo quirúrgico y el instrumental adecuado, aquella mujer podía morir pronto.

En el maletero del coche tenía un kit de drenaje torácico, sondas pleurales, bisturíes y otro material con el que hinchar un pulmón, pero, si había una lesión grave en los vasos, solo una transfusión de sangre o grandes volúmenes de líquido de sustitución mantendrían el corazón bombeando. Aun así, tenía que pensar en positivo. Tenía que concentrarse en mantener a aquella mujer con vida el máximo de tiempo posible.

Un leve ruido de asfixia le indicó que se estaba moviendo y la miró a la cara. Le asombró comprobar que tenía los ojos abiertos.

–Hola, has tenido un accidente y te estoy ayudando –la informó con voz sosegada.

La mujer intentó contestar, pero no salió ningún sonido de sus labios al moverlos.

–Soy médico. Hay una ambulancia de camino.

Alex sintió un atisbo de esperanza. Si la mujer estaba consciente, quizá no tuviera una hemorragia interna. Era evidente que tenía un pulmón chafado, pero eso podía arreglarlo. Necesitaba mantenerla respirando, era lo único que importaba, porque, si su corazón dejaba de latir, Alex comprimiría unas costillas rotas contra un corazón y unos pulmones que probablemente estuvieran dañados.

La mujer tosió y escupió sangre, que le salpicó la cara. Con las yema de los dedos, Alex se la limpió con delicadeza de los párpados, rezando mentalmente por que la ambulancia llegara rápido. ¡Estaba a punto de desangrarse!

Y entonces, la mujer habló. El burbujeo grave que emitió indicó a Alex que se estaba ahogando:

–Quería jugar a los médicos… Salvarme… –Volvió a toser y, con los dientes ensangrentados, sonrió espantosamente–. Vaya médico…

Cuando la sangre anegó la boca de la mujer, Alex utilizó vendajes, la ropa de la mujer y prendas suyas para empaparla y limpiarla. El flujo de sangre solo se detuvo cuando dejó de latirle el corazón.

El equipo de la ambulancia las encontró a ambas bañadas en sangre de pies a cabeza y, al principio, pensó que ambas estaban heridas. Más tarde, cuando la policía les interrogó, describieron que habían encontrado a la doctora Taylor arrodillada sobre el cadáver como una loca.

–Parecía Carrie en la película, con el pelo y la cara chorreando de sangre y los ojos abiertos de par en par –relató uno de ellos–. Parecía la maldita Carrie.

Capítulo 16

Cuatro coches patrulla y una furgoneta rodearon la zona donde yacía la mujer muerta. Los paramédicos de la ambulancia se habían ido por donde habían venido y una docena de agentes de policía había ocupado su lugar. Se indicaba a los inquilinos de los apartamentos, que empezaban a regresar de sus trabajos, que buscaran otro lugar donde aparcar. La zona era una escena del crimen y no se permitiría la entrada de otros vehículos durante varios días, como poco. Alex tiritaba en el asiento trasero de uno de los coches patrulla. No le habían permitido subir a su piso y cambiarse de ropa; la sangre que empapaba sus prendas y sus manos se había secado y se le habían formado costras negras bajo las uñas.

Había visto a Laura Best y a otro oficial dar varias vueltas alrededor de su Mini de color verde botella recién limpio. Se habían agachado para inspeccionarlo por debajo. Una agente le había pedido que soplara en una boquilla y Alex se alegró de haberse refrenado de beber alcohol durante los últimos días. Era sospechosa de un crimen. No necesariamente la sospechosa principal, pero sospechosa de todos modos. Había efectuado una breve declaración al primer policía que había aparecido en la escena y le habían indicado que la interrogarían de nuevo más tarde. Habían transcurrido ya más de cuatro horas desde que había regresado de comprar los regalos de Navidad y, aunque no habían parado de suceder cosas a su alrededor durante todo aquel tiempo, habían sido las horas más largas de su vida.

Quizá pudiera salir del coche patrulla, atravesar el aparcamiento hasta el ascensor y escabullirse en su apartamento sin que nadie la viera. Y así podría darse un baño, cocinar algo para cenar…

Los sollozos, cuando aparecían, la dejaban sin aliento. No se dio cuenta de que se abría la puerta del coche ni de las manos que la ayudaron a salir. Tampoco se dio cuenta de que la escoltaban hasta su apartamento, de que le echaban una manta sobre los hombros y le ponían una taza caliente en las manos. Solo cuando el cálido té edulcorado calentó su estómago cobró conciencia del entorno.

Greg Turner estaba de pie a unos pasos de distancia, observándola con preocupación. La lluvia le había alisado las ondas del pelo y tenía las hombreras de la cazadora de cuero húmedas y, por primera vez, no le pareció tan imponente.

—Lo lamento muchísimo. Después tendré una charla con ellos. Creo que se han olvidado de que la habían metido en el asiento trasero de uno de los coches.

Alex tembló al notar la calidez descongelándole las extremidades. Siempre hacía frío en el aparcamiento del sótano y pasar allí sentada varias horas le había dejado el cuerpo entumecido.

—No he podido salvarla —susurró—. Era como una zona en guerra. No dejaba de salirle sangre y no he podido hacer nada por ella.

—Los paramédicos de la ambulancia dicen que tenía graves lesiones. No creo que nadie pudiera hacer demasiado en esas circunstancias.

—Pero yo soy médico —replicó ella llorando—. A eso es a lo que me dedico. A salvar vidas. Debería haber hecho algo más. Debería haber actuado más rápido. Haberle drenado los pulmones. ¡Ponerle una vía aérea antes de que se ahogara en su propia sangre!

—Estoy seguro de que hizo todo lo que pudo —le dijo él para tranquilizarla. Y luego añadió—: Necesitamos tomarle declaración. Cuanto antes mejor.

Rodeando con las manos la taza caliente, Alex vio la sangre seca escarchada en sus uñas y percibió su olor metálico al irse descongelando.

—¿Podría darme un baño antes?

El inspector dudó, pero acabó accediendo.

—Desde luego. Pero necesitaremos la ropa que lleva puesta.

—Soy sospechosa, ¿verdad? Creen que la atropellé, ¿no es cierto?

Él negó con la cabeza.

—Es por procedimiento. Alguna prueba podría haberse transferido a su ropa. Era una prostituta de poca monta. La apodaban «Lilly Mediodía».

Alex lo miró con desprecio.

El inspector levantó las manos, sugiriendo que no era el nombre con el que él la conocía.

—Lillian Armstrong. Conocida entre sus amigos y ahora por nosotros como Lilly. Se ganó el apodo porque solía trabajar de día, mientras sus hijos estaban en la escuela, porque no tenía un marido que cuidara de ellos de noche.

Alex había adivinado a qué se dedicaba, pero se abstuvo de decirlo. Había conocido a muchas mujeres como Lilly a lo largo de los años y sabía que tenían motivos para hacer lo que hacían. Nunca las había juzgado cuando se presentaban en urgencias en lugar de asistir a una clínica de salud sexual en busca de cremas y antibióticos. Solía ofrecerles un té después de curarles los golpes que a menudo recibían. El mundo estaba enfermo y su trabajo era tratar la enfermedad.

—¿Quiere que meta la ropa en una bolsa de basura?

El inspector se sacó del bolsillo de la chaqueta dos bolsas grandes de plástico transparente.

—Preferiría que la metiera aquí.

Alex se puso en pie trabajosamente.

—Tiene una marca de neumático. En la chaqueta. Hay impreso un neumático.

Turner frunció el ceño.

—¿En qué parte de la chaqueta?

—A lo ancho del pecho. La aplastaron.

—¿La movió al verla?

—Por supuesto que no —respondió ella de manera brusca—. ¡Podía tener una lesión en la columna! —Le costaba respirar y alzó un poco la voz—. Lo siento, no pretendía ser grosera.

—Es comprensible. Ha tenido usted un día duro.

—¿Por qué me ha preguntado eso? —quiso saber ella—. ¿Qué le ha llevado a pensar que podía haberla movido?

Greg Turner se encogió de hombros.

–Simplemente se me ha pasado por la cabeza.

Greg Turner no parecía el tipo de persona al que simplemente se le pasaban las cosas por la cabeza si no había un motivo para ello, pero Alex pensó que no le revelaría cuál era. Tendría que averiguarlo por sí misma cuando estuviera menos cansada.

Eran ya pasadas las once cuando al fin cerró la puerta tras él. El inspector le indicó que se presentara en la comisaría de Bath al día siguiente para prestar declaración. Alex esperaba que no fuera Laura Best quien se la tomara. Mientras había permanecido en el asiento trasero de aquel coche patrulla, la policía la había mirado varias veces de manera inquisitiva, distante y fría. Aún había agentes inspeccionando el aparcamiento y el perímetro exterior. Escuchó que llamaban a las puertas de varios vecinos y supo que todos harían declaraciones, pero nada de eso la hizo confiar en que la policía descubriera algo.

Tenían la marca de un neumático, pero eso, se apostaba lo que fuera, era todo lo que conseguirían.

Como una mascota buscando su sitio habitual para dormir, Alex encontró el suyo. Con la espalda contra la pared del salón, se acurrucó con un edredón alrededor de los hombros y volvió a escuchar en su mente las últimas palabras de la mujer: «Quiere jugar a los médicos…».

Hasta aquel momento, había pensado que la mujer se refería a ella, por el hecho de que era doctora y estaba intentando mantenerla con vida. Pero supongamos que no fuera ese el caso, que, de hecho, la mujer muerta se hubiera referido a la persona que la había atropellado…

«Vaya médico…».

Las palabras de Lillian Armstrong podían no haber sido más que el débil intento de una mujer moribunda de entender lo que le estaba ocurriendo. Alex rogó que así fuera. De lo contrario, él andaba suelto, seguía activo y ella no era una excepción. Seguía jugando a ser médico, pero ahora mataba a sus víctimas.

Capítulo 17

Se citaron en un restaurante en el que ninguno de los dos había estado antes. Un restaurante francés en el puente de Pulteney con suelos de piedra, mesas de madera sin tratar y muchas velas rojas goteantes. Era informal y estaba un poco descuidado, pero caro, y los fines de semana casi siempre estaba lleno, razón por cual no habían ido antes. En cambio, aquel miércoles por la noche solo había otra mesa ocupada y Patrick estaba sentado en una con vistas panorámicas al dique.

Cuando Alex llegó estaba leyendo el menú, vestido con una camisa granate que ella le había ayudado a elegir y una elegante chaqueta negra. A la luz de las velas, le pareció que su bello rostro se sonrojaba. En la mesa, delante de él, había una gran copa de vino tinto. Su postura era relajada y Alex se preguntó si sería su primera copa.

Se sorprendió al ver que Alex se deslizaba en la silla de enfrente y a ella le complació situarlo tan rápidamente en desventaja. Patrick se puso en pie y se inclinó con torpeza sobre la mesa para besarla. La vela encendida y la única flor entre ellos obstaculizaban sus movimientos y, al girarle la cara, los labios de él solo pudieron rozarle la mejilla. Si hubiera girado la cabeza solo un poco, podría haberle dado un beso de verdad, pero Alex no estaba lista para eso.

Un silencio incómodo llenó los segundos siguientes, hasta que Patrick abrió el segundo menú y se lo entregó.

—La comida tiene buena pinta. Deberíamos haber venido antes.

Apareció un camarero que le sirvió un vaso de agua y le preguntó qué le apetecía beber. Alex se decantó por un vino blanco seco. Cuanto más seco, mejor. De ese modo, tendría que bebérselo a sorbitos, en lugar de apurarlo de un solo trago. El alcohol era su enemigo en aquellos momentos y no debía olvidarlo. Sería muy fácil beberse un par de copas de vino tinto o de un vino blanco más dulce antes de que le sirvieran siquiera el primer plato… La conversación fluiría mejor y sería más fácil lidiar con los momentos incómodos. Pero, al final de la noche, Alex querría más. Pensaría en las botellas sin abrir que tenía en casa como sus amigas y se olvidaría de que eran su enemigo. Era mucho mejor tomarse una sola copa de vino blanco.

—Yo tomaré los mejillones de primero y el rape de segundo —le indicó Alex al camarero antes de que le preguntase siquiera si estaba lista para pedir.

Patrick pidió lo mismo, y otra copa de Merlot.

—Gracias por venir —le agradeció él, como era previsible, cuando se quedaron a solas de nuevo. Se aclaró la garganta e hizo un gesto torpe con la mano—. Lo siento. Eso ha sonado muy feo. Parezco el anfitrión de una fiesta. —Esperó a que ella lo mirara—. Necesito explicarte cuánto lo lamento, no solo mi comportamiento imperdonable con Caroline, sino las semanas previas en las que me negué a permitirte hablar sobre lo ocurrido. Actué mal apremiándote a ir a las Barbados, como si un poco de sol y una playa bonita fueran a hacer que te recuperaras.

Alex sintió que el nudo interior empezaba a aflojarse y notó un dolor en el puente de la nariz y en la garganta mientras se esforzaba por reprimir las lágrimas. No iba a perdonarlo tan fácilmente. Necesitaba escuchar qué más tenía que decirle.

Llegó el camarero con sus bebidas y, unos minutos después, con pan caliente y cuencos de mejillones al vapor, y durante los diez minutos que siguieron reinó la paz entre ellos. Il Divo cantaba *O Holy Night* de fondo, las luces del árbol de Navidad titilaban y la conversación se ciñó al restaurante y a la comida que estaban tomando mientras se relajaban y volvían a disfrutar de la compañía del otro.

Cuando llegó el plato principal, Alex reía y Patrick había pedido una botella de un buen Burdeos. A Alex se le había olvidado lo divertido que era, se le había olvidado que esa risa podía ser afrodisíaca. Le apetecía tanto hacer el amor con él que estuvo a punto de proponerle levantarse y largarse de allí. Pero se reprimió, concentrando su atención en la decoración, y se sobresaltó cuando los dedos de él le acariciaron el dorso de la mano.

–Alex, preciosa, ¿podrás perdonarme algún día? No volveré a defraudarte. Te lo prometo. Me he preguntado por qué te traté tan mal y la única respuesta que se me ocurre es que pensé que estabas teniendo una crisis nerviosa y no podía soportarlo.

Alex enroscó sus dedos en los de él y notó que el corazón le subía a la garganta. Hablarían de todo más tarde. Le explicaría sus sospechas acerca de la muerte de Amy Abbott y lo de la mujer que se había muerto desangrada hacía solo dos días en el aparcamiento de su casa. Había prestado declaración el día anterior y le habían tomado una muestra de ADN. Quizá Patrick podía ayudarla a convencer a la policía de que alguien que andaba suelto estaba haciendo todo aquello. Él estaba menos sensible que ella y podía argumentar mejor su postura.

–Te lo agradezco, Patrick –le murmuró.

Él apartó la vela y la flor a un lado y, ya sin restricciones y sin ninguna resistencia por parte de ella, se inclinó hacia delante y la besó. Fue un beso lleno de ternura, un bálsamo para curar el dolor que Alex sentía. Nunca se había sentido más querida.

–Me pregunto si mi actitud ayudó a provocarlo –dijo él en voz baja–. ¿Habías estado pidiéndome ayuda a gritos los meses antes y no me di cuenta?

–¿Qué…?

–Déjame acabar –le pidió él, agarrándole la mano–. Yo te veía como alguien tan fuerte y perfecta que, cuando dijiste todas aquellas cosas, me negué a aceptar que necesitabas ayuda. Ayuda de verdad. No unas vacaciones de pacotilla.

Alex notó su cuerpo petrificado. Su mente era lo único que seguía funcionando. Ni temblaba ni el corazón le latía aceleradamente en el pecho.

Era peor de lo que había imaginado. Patrick se culpaba por las cosas que creía que ella se había imaginado porque no había detectado las señales de que necesitaba ayuda.

No había nada que hacer. ¡Cómo podía haber sido tan boba! Patrick no la conocía en absoluto. Ninguno de los pensamientos más profundos que habían compartido a lo largo del año anterior le había enseñado nada de quién era ella. La había visto como una mujer fuerte y perfecta que no sucumbía a la debilidad. No obstante, si de verdad era eso lo que opinaba de ella, ¿no habría sido razonable que al menos hubiera estado dispuesto a explorar la posibilidad de otra explicación? ¿No sentía la necesidad de ponerse en pie y decirle: «De acuerdo, Alex, investiguemos este asunto. Eres un persona cuerda y normal. ¿Por qué narices ibas a decir que ha sucedido esto de no ser así?».

Pero, por supuesto, por lo que a él concernía, no había necesidad alguna de decirlo, porque sencillamente no había ocurrido. Nada de aquello había ocurrido. Lo único que había sucedido era que ella había perdido la cabeza y necesitaba ayuda de verdad.

Logró ponerse en pie. Y, a través de unos labios pétreos, consiguió balbucear:

—Adiós, Patrick. Gracias por invitarme a cenar esta noche.

Capítulo 18

—Tu admiradora te ha vuelto a llamar —le dijo Laura a Greg en cuanto el inspector llegó al trabajo.

Laura había cubierto el turno de noche, pero parecía estar como una rosa. Al detenerse junto a su mesa, Greg percibió el fresco aroma de su perfume y la camisa azul celeste que llevaba puesta no tenía ni una arruga.

No le hizo falta preguntar a quién se refería con aquello de su «admiradora»; ya sabía quién era. Alex Taylor había telefoneado a la comisaría varias veces los últimos dos días para interesarse por si había alguna novedad sobre la muerte de Lillian Armstrong y, como siempre preguntaba por él, Laura estaba sacando conclusiones erróneas. Pero Greg Turner aún no tenía nada que contarle a la doctora; todavía estaba a la espera de los resultados de la autopsia.

—¿Qué quería?

—Saber si hay alguna novedad sobre Lillian Armstrong. O que uno de nosotros encendiera las luces azules y fuera a sujetarle la mano, probablemente.

Greg dejó su maletín sobre la mesa, sin prestarle plena atención a Laura.

—¿Ha informado de algún otro incidente?

Laura se lo quedó mirando con los ojos como platos y las cejas levantadas.

—¿Te refieres a otro asesinato o a un cirujano imaginario que quiere operarla? ¿Te has preguntado qué hacía Lillian Armstrong en ese aparcamiento? ¿Precisamente en ese edificio? No es su coto de caza habitual. Buscar un cliente allí quedaba fuera de su alcance. Alguien tuvo que invitarla, eso seguro. A ese *parking* solo pueden acceder los residentes desde dentro o con un mando a distancia. ¿No te hace sospechar, Greg? ¿No es mucha coincidencia que la doctora Taylor viva allí? ¿O que no tengamos testigos de ningún coche huyendo de la escena? ¿O que, qué casualidad, no haya imágenes en las cámaras de seguridad que hayan captado precisamente ese momento?

Greg apretó los dientes.

—Me refería a alguien que le hubiera dejado otro mensaje escrito en el coche o algo así.

—Ah, eso.

Algo en su tono de voz le indicó a Greg que Laura no compartía su opinión.

—Ambos vimos a alguien en su coche.

Laura se encogió de hombros.

—Podría haberlo hecho ella misma. Haberse puesto ropa ancha y haberse escabullido de la fiesta unos minutos para hacerlo. Y luego tener un testigo cuando lo descubre…

—No tenía manera de saber que Nathan Bell la seguiría.

—¿De verdad? No creo que él tenga demasiadas admiradoras, con esa cara… —Hizo una mueca—. Pudo darle motivos para seguirla. En la oscuridad, quizá no le importara…

Greg notó que se le empezaba a tensar la mandíbula. La manera de pensar de Laura a veces le provocaba náuseas.

—Entonces ¿crees que lo que lo llevó a seguirla fue la posibilidad de echar un polvo en el asiento trasero del coche de ella? —Levantó su maletín, mientras fingía reflexionar sobre lo que había dicho Laura. Luego bajó la voz y añadió intentando sonar sincero—: Qué bien que tengas experiencia como para saberlo. Necesitamos mujeres como tú para saber cómo actúan otras mujeres. Lo pensaré, Laura. Puedes irte a casa; tienes aspecto de estar cansada.

Después de que Greg se marchara, Laura se quedó sentada a su mesa unos instantes, dándole vueltas a su comentario, y una hora después, cuando se metía en la cama, seguía preguntándose si había pretendido insultarla.

La desesperación y el desespero llevaron a Alex a casa de Maggie Fielding. No tenía nadie más a quien acudir. Maggie Fielding no le hizo preguntas por teléfono ni mostró sorpresa por el hecho de que Alex aceptara entonces el ofrecimiento que le había hecho semanas antes. Se limitó a decirle a qué hora estaría en casa y le dio las indicaciones para llegar.

Y ahora, de pie en la oscuridad, en la acera frente a la casa de Maggie, Alex se arrepentía con todo su corazón de haber hecho aquella llamada. Apenas conocía a aquella mujer y lo poco que sabía de ella no le servía de consuelo. Maggie no le parecía la típica persona que disfruta invitando a un té y derrochando compasión. Más bien parecía inclinada a echar sermones. Pero era demasiado tarde para anular la cita. Una cortina se había movido: la había visto.

Tres escalones conducían hasta la entrada. Mientras levantaba la aldaba de latón, la puerta de color azul oscuro se abrió.

–Te he visto llegar –la saludó Maggie Fielding–. ¿Has venido a pie o en coche?

–A pie –contestó Alex mientras entraba en un amplio vestíbulo–. No he encontrado el mando a distancia para abrir las puertas del aparcamiento de mi edificio.

–Bien. Entonces puedes tomarte una copa.

El pasillo era espectacular, con techos de unos cuatro metros y medio de alto, paredes pintadas de color berenjena y la portalada y las molduras en dorado mate. Grandes baldosas, como losas de pavimiento antiguo, creaban un maravilloso eco con el taconeo de las botas de Alex. El gran espejo dorado sobre la mesa lacada también en dorado del recibidor podrían haberse antojado demasiado recargados, pero no lo hacían. Denotaban una tremenda seguridad.

–¿De cuándo es esta casa? –preguntó Alex.

–La construyeron en 1730. El tatarabuelo de mi padre, o quizá un antepasado incluso anterior, fue quien la compró y desde entonces pertenece a la familia.

El salón era aún más espectacular. De suelo a techo había librerías repletas de literatura seria. Entre dos de ellas, una hornacina arqueada pintada de un rojo rubí intenso albergaba un escritorio con patas de balaustre torneadas y una hilera de estrechos cajones a cada lado del hueco central. Una lámpara con base negra y dorada y pantalla negra emitía una luz apagada y el único objeto adicional que había sobre el escritorio era un ordenador Apple.

Gruesas cortinas doradas colgaban de las ventanas georgianas y delante de una chimenea de piedra gris había dos sofás brocados de color rojo y respaldo alto de frente.

El esplendor del entorno y la evidente riqueza de aquella mujer a la que en realidad no conocía dejaron boquiabierta a Alex. Ella había crecido en una casa adosada de principios de la era eduardiana cuya planta baja entera probablemente cupiera en aquel salón. Sus padres les habían dado bastantes lujos en la vida. Desde luego, no les había faltado de nada, pero la riqueza que tenía ante los ojos era una riqueza apuntalada por herencias. Aquella casa debía de tener al menos doce habitaciones más.

Volvió a lamentar haber hecho aquella llamada. Era como visitar a la realeza.

—Perdona, tengo que hacer una llamada rápida —se disculpó Maggie Fielding—. Ponte cómoda. Echa un vistazo. La cocina está a la izquierda, al final del pasillo. Hay vino blanco en la nevera, sirve una copa para cada una. Serán solo unos minutos. Luego podremos hablar.

Alex agradeció tener un momento a solas. Si hubieran empezado a hablar de inmediato, probablemente habría adoptado el modo paciente y le habría dado la monserga con lo de la falta de sueño, la pérdida de peso y las pesadillas, hasta que aquella mujer, con educación pero también con determinación, la hubiera echado de su casa. Necesitaba relajarse y pensar como una persona sensata antes de explicar cómo se sentía.

Maggie sostuvo en alto su móvil para indicarle que iba a hacer aquella llamada y Alex se escabulló de la habitación para darle privacidad y fue en busca de la cocina. Para dirigirse allí, tuvo que doblar a la izquierda y recorrer un segundo pasillo.

Otra estancia que la dejó sin aliento. Armarios de madera blancos rodeaban una isla de madera noble oscura en torno a la cual podían reunirse al menos una docena de personas para preparar la comida. En la madera había incrustado un fregadero circular de cobre que debía de utilizarse para lavar las verduras. Había otros dos fregaderos, anchos y hondos, bajo una ventana con vistas a un jardín con altas murallas, lo bastante grande y privado para dar fiestas al aire libre.

Resuelta a no dejarse apabullar más por la opulencia, se dispuso a buscar la nevera, que encontró en una despensa anexa a la cocina. El frigorífico plateado dispensaba agua fría, cubitos de hielo y hielo picado y probablemente también sirviera vodka con coca-cola si pulsabas el botón correcto.

Sacó la botella de vino sin atreverse a comprobar la etiqueta. No quería saber lo caro que era. Ni siquiera le apetecía bebérselo. Lo que quería era estar en su casa, en su lujo moderado, rodeada por sus propias cosas y bebiendo vodka.

Solo por educación, se quedaría a tomar una copa y le diría a Maggie Fielding que iba todo bien. Y…

Un movimiento fugaz le llamó la atención y se le erizó el vello de la nuca. Se quedó paralizada; el instinto la hizo ponerse rígida y permanecer inmóvil. Lo que fuera que estaba en el estante sobre la nevera se encontraba lo suficientemente cerca como para saltar sobre su cabeza. Petrificada, se atrevió a levantar la mirada y tropezó con sus ojos. Luego su gordo cuerpo marrón se movió y Alex vio su larga y repulsiva cola.

La botella se le resbaló de las manos y se hizo añicos al impactar en el suelo de piedra y el grito que profirió estuvo a punto de desgarrarle las amígdalas.

Maggie Fielding dobló corriendo la esquina y vio a su invitada paralizada por el terror. Condujo a Alex, que temblaba descontroladamente, hasta la silla más cercana. Necesitó que se lo explicara varias veces antes de entender lo que Alex le decía.

–Es Dylan. Lo lamento muchísimo. Se me había olvidado que estaba suelto. No sabes cuánto lo siento, Alex. Se me había olvidado por completo…

Alex se la quedó mirando atónita.

–Te refieres a que…

–Es una rata mascota, es muy manso. Probablemente ahora esté muerto de miedo.

–¿Y no te da miedo que se mee y se cague por todas partes? –Fue lo único que se le ocurrió decir.

Maggie Fielding sonrió.

–No lo hace. Está adiestrado para vivir en casa. O quizá debería decir que conozco sus hábitos. Lo hace todo en su jaula.

Como una camarera profesional, descorchó una segunda botella de vino blanco y le sirvió una copa generosa a Alex. Cuando los primeros sorbos cayeron en su estómago vacío, Alex empezó a notarse más relajada.

No estaba preparada para conocer a la rata formalmente, pero Maggie Fielding estaba convencida de que Dylan le causaría mejor impresión en una segunda presentación. Maggie regresó con una caja de cereales de avena en una mano y con Dylan encaramado al hombro. Cuando dejó a la rata sobre la encimera, Alex se puso en pie y retrocedió hasta un rincón.

–¿No te salta encima? –preguntó nerviosa.

–No. Es un bichito muy amistoso, si se le da una oportunidad.

La rata no se había movido ni un ápice. Maggie agitó levemente la caja de cereales y Dylan levantó su cabezota y arrugó el hocico y los bigotes. Tenía los ojos fijos en su dueña. Maggie sacó un cereal y lo sostuvo entre los dedos. Sin dudarlo, la rata se le acercó corriendo. Se sentó sobre sus extremidades traseras, con sus largas y huesudas patas separadas, y alargó hacia delante sus garras, que se antojaban demasiado peludas y pequeñas, a la espera de recibir su comida. Maggie colocó el cereal en las zarpas calvas y la rata, con suma delicadeza, lo mordisqueó con sus dos largos dientes.

–¿Quieres probar?

Alex negó con la cabeza y Maggie rio.

–Quizá la próxima vez.

Alex no creía que así fuera. Ni en toda su vida. Prefería lidiar con el miedo a que se derrumbaran los edificios a su alrededor mientras ayudaba a personas atrapadas a poner un solo dedo cerca de los dientes y las zarpas de aquel bicho.

Después de limpiar el suelo de la despensa y de meter a Dylan en su jaula para mayor seguridad, las dos mujeres se sentaron finalmente a hablar. Le había llevado un rato sentirse cómoda en compañía de aquella mujer, pero Alex tenía que admitir que Maggie Fielding empezaba a caerle bien y, en su mundo patas arriba, necesitaba nuevas amistades.

–Dime una cosa, ¿dónde has conseguido todas estas piezas de arte tan maravillosas? –le preguntó a Maggie.

–Son herencia de mis abuelos, en su gran mayoría. Vivieron mucho tiempo en Francia e Italia. Y se trajeron numerosos cuadros de allí. Yo, en realidad, tengo poco de coleccionista de arte. No tengo tiempo para eso.

–¿Y el que hay encima del escritorio?

Le había llamado la atención al llegar, en cuanto había entrado en el salón, y durante su conversación los ojos se le habían ido constantemente hacia él.

Mostraba a una mujer tumbada en una cama, con los pechos desnudos y alargando los brazos hacia el hombre que se alejaba. En la mano tenía una prenda de ropa y parecía hacerle un gesto para que regresara. Pero él ya se iba, completamente vestido.

–Se titula *José y la esposa de Putifar*. El autor es Orazio Gentileschi. Muchos artistas, incluido Rembrandt, han pintado a esa bella mujer.

Alex nunca había oído hablar de la esposa de Putifar, pero deseó haberlo hecho para poder conversar sobre el lienzo. Su padre sentía pasión por el arte y ella tenía algunas nociones gracias a los grandes y caros libros que él sacaba en préstamo de la biblioteca.

–Ella parece muy triste. Su amante la está dejando, ¿no?

Maggie, como Alex la llamaba ya, le guiñó el ojo y sonrió con picardía.

–Investiga un poco sobre la historia, Alex. Es posible que te enseñe algo.

Sirvió más vino para las dos y, por primera vez desde hacía mucho tiempo, Alex disfrutó del placer de bebérselo a sorbos, y no de un solo trago, porque no sentía necesidad de que el alcohol le calmara los nervios. Se sentía agradablemente relajada y se le habían pasado las ganas de hablar de sus problemas. Pero Maggie esperaba que lo hiciera; para eso había ido hasta allí, para hablar con aquella mujer, que todavía era una relativa desconocida, acerca de cosas que no podía compartir con nadie más. Alex habría preferido que se limitaran a conocerse un poco más y olvidarse durante un rato del hombre que la había agredido y que seguía aterrorizándola.

–¿Puedo hacerte una pregunta personal?

Las negras cejas de Maggie se alzaron con un gesto divertido. Llevaba la melena de color chocolate suelta y prácticamente le llegaba a la cintura. Iba vestida con un polo sin mangas de lana de buena calidad de color crema y con unos pantalones sastre marrones. Era atractiva y eso, en combinación con su inteligencia y su seguridad en sí misma, seguramente la convertía en una compañía muy deseable para alguien.

–¿Estás casada?

Maggie soltó una carcajada.

–Te lo juro, Alex, por un momento he pensado que ibas a preguntarme si era lesbiana. Y no, ninguna de las dos cosas. Estuve a punto de comprometerme… –Sus ojos se apagaron fugazmente y bajó la voz–. A punto. Pero él tenía un pequeño problema con el compromiso. Creo que, en el fondo, lo único que le gustaba era venir aquí para usar el estudio de grabación de mis padres. Le encantaba escuchar el sonido de su propia voz. Aun así –añadió con más brío–, estas cosas mejor saberlas antes que después.

–¿A qué se dedican tus padres?

Los ojos de Maggie reflejaron tristeza.

–Se dedicaban. Mi madre era pianista de conciertos y mi padre tocaba el chelo. Murieron ambos en un accidente de autocar, durante una gira. No teníamos una relación muy íntima, muy a mi pesar. Creo que les decepcionó que yo no siguiera sus pasos y, en lugar de eso, me decantara por la medicina. Mi madre pensaba que era una carrera poco elegante. –Flexionó sus delgadas manos y se las estudió–. Dicho lo cual –continuó–, a mí me gusta lo que hago y, a fin de cuentas, supongo que eso es lo que importa. Y ahora –Maggie alzó su copa de vino– tengo un amante esporádico, una especie de novio, pero no es algo estable. –Dejó ir un leve suspiro–. Este es mi primer destino como especialista. Y serán mis primeras Navidades en la ciudad desde que me marché de aquí para estudiar en la facultad de medicina. Tengo esta maravillosa casa esperando a que la llene una familia, pero, resumiendo, no tengo tiempo para eso. Cumplí treinta y dos años la semana pasada y, siendo lo que soy y ganándome la vida como me la gano, pensé brevemente en mi reloj biológico y después pensé, bueno…, no tengo tiempo para tener un marido, por no hablar ya de un hijo. –Le dio un sorbo a su vino–. ¿Y tú? ¿O acaso pensabas que te dejaría escaparte sin preguntártelo?

–Ni novio ni amante ni pretendientes haciendo cola.

–¿Y el que yo conocí? Estaba bastante bueno…

Ahora fue Alex quien rio.

–¡Lo estaba! ¡Lo está! Es una lástima que sea tan capullo. Me sigue queriendo; de hecho, quiere casarse conmigo. El único problema es que tenemos una ligera diferencia de opiniones: cree que he perdido el juicio.

Al ver que Maggie no contestaba enseguida, Alex se sintió avergonzada. Por el calor que sentía en sus mejillas, supo que se había puesto como la grana.

–Escucha, tengo que irme pronto. Entro temprano mañana y tengo unas cuantas cosas que hacer esta noche. Ha sido muy agradable hablar contigo, te lo agradezco.

–Alex, no tienes por qué tener vergüenza. No he creído ni por asomo que hayas perdido el juicio. Te seré sincera: me inclino a pensar que sufriste algún tipo de episodio postraumático. Algo que se manifestó como real, quizá algo de tu pasado o algo relacionado con el tipo de trabajo que haces. –Hizo una pausa y una sonrisa irónica le curvó los labios–. Me preguntaba por qué me dejaste a mí hacerte la exploración aquella noche. Supuse que quizá fuera porque aún era bastante nueva en el hospital, una relativa desconocida, por decirlo de algún modo. Pero yo no te caía bien, así que me pareció raro. Podrías haberte negado.

Alex notó el rostro aún más caliente.

–¿Por qué iba a negarme? Eras la mejor. Tuve suerte de que estuvieras allí para lidiar con aquella policía desgraciada. Pero es verdad… No me caías bien. Cada vez que tropezaba contigo, me mirabas con desprecio.

Maggie suspiró.

–Es cierto, no puedo evitarlo, Alex. Cuando me concentro en mi trabajo, todo lo demás se vuelve irrelevante, incluidos mis modales.

Alex arqueó una ceja, burlona.

–Pues parece que no eres tan mala cuando no estás trabajando…

–Me alegra escucharlo –respondió Maggie, también en broma. Se mordisqueó el labio un segundo, mientras evaluaba con la mirada a Alex–. Creo que te mereces investigar este asunto más en profundidad, por ti, y, si crees que puede ser de ayuda, puedo ponerte en contacto con alguien a quien conozco. Es muy bueno. Es un psicoanalista y tiene mucha experiencia tratando el estrés postraumático. También practica hipnosis, recupera recuerdos, ese tipo de cosas… –Miró a Alex expectante–. Te has quedado muy callada. ¿He hablado demasiado?

Alex negó con la cabeza. Y, para su sorpresa, en lugar de sentirse decepcionada por lo que Maggie había dicho, sintió un cierto alivio. Quizá, solo quizá, debería explorar la posibilidad de que aquello estuviera solo en su cabeza. No lo del mensaje que le dejaron en el Mini; eso fue real. Pero quizá, como había sugerido Laura Best, fuera obra de un bromista.

Tal vez debería someterse a hipnosis, aunque era bastante escéptica al respecto. Por lo que ella sabía, aquel experto podía desencallar cosas que había bloqueado. Merecía la pena probarlo, aunque solo fuera para dejar de pensar que todas las mujeres moribundas eran víctimas de su agresor.

–¿Podrás ponerme en contacto con él? –preguntó.

–Claro –contestó Maggie Fielding–. Le telefonearé pronto. Y ahora, olvídate de volver corriendo a casa. Te quedas a cenar y no se hable más.

Capítulo 19

Greg se agachó para examinar de cerca el suelo de la plaza de aparcamiento donde Lillian Armstrong fue hallada. Aún estaba manchado con su sangre. Había salpicado la pared que quedaba detrás de su cabeza y ahora parecía pintura marrón sucia. Las huellas de los zapatos de la doctora Taylor indicaban adónde la habían conducido, alejándose lentamente hasta volverse invisibles a simple vista.

Lo primero que había pensado cuando la doctora Taylor le dijo lo de la marca de neumático sobre el pecho de la mujer era que la habían movido. Y ahora, por supuesto, resultaba obvio. Los vehículos de las parcelas contiguas, a ambos lados, habían estado aparcados todo el día. La mujer yacía con la cabeza apuntando hacia la pared y, sin embargo, la marca del neumático indicaba que le habían pasado por encima del pecho con un coche. De manera que, a menos que fuera ella quien se había colocado de aquel modo, lo había hecho otra persona.

Alguien tenía que haber invitado a Lillian Armstrong a aquel lugar. Laura tenía razón en eso.

Era una prostituta de baja categoría que trabajaba camuflada de masajista. Si se tomaba en serio su profesión, era indudable que había escogido la ciudad equivocada para trabajar. Pese a su pasado libertino, Bath no contaba con un barrio rojo, de manera que, por desgracia para personas como Lillian Armstrong, cuando entrabas en el radar de la policía, se acordaban de tu cara. A Lillian la habían arrestado y amonestado varias veces por holgazanear, en una ocasión en los baños de la calle Monmouth, bajo la acusación de que había estado ofreciendo sus servicios, pero los cargos se habían desestimado. Y, en otra ocasión, en un restaurante donde casualmente Greg y su entonces esposa estaban cenando. Su esposa acababa de decirle que había presentado los papeles del divorcio y Greg se había quedado sentado, atónito, hasta que la voz estridente de Lillian Armstrong se le había clavado en el cerebro. Greg había acudido en ayuda del encargado del restaurante. Lillian estaba molestando a uno de los clientes del local, un hombre que estaba sentado solo e intentaba ocultar su rostro tras el menú. Greg había acabado acompañando a Lillian a comisaría, porque, mientras se encargaba de ella, su esposa había aprovechado la oportunidad para marcharse.

En la comisaría, Lillian había tenido la audacia de afirmar que sus tarjetas de negocios, impresas en cartulina rosa barata con su nombre y un número de teléfono, ofrecían un servicio auténtico.

DESCONECTA CON LILLIAN.
APROVECHA LA PAUSA DEL MEDIODÍA
PARA DARTE UN MASAJE RELAJANTE.

De ahí el apodo.

El forense había telefoneado a Greg horas antes y le había indicado que las posibilidades de sobrevivir eran mínimas; tenía lesiones en la tráquea y los bronquios. La mayoría de los pacientes fallecen *in situ* con ese tipo de lesión, tosiendo hasta ahogarse en su propia sangre. Incluso los que consiguen llegar al hospital con vida presentan una alta tasa de mortalidad. Greg se lo comunicaría a la doctora Taylor la próxima vez que hablara con ella, para infundirle un poco de tranquilidad. Y también le daría su teléfono móvil, para que no tuviera que telefonear a la comisaría y ser objeto de la ira de Laura.

«Pobre Lilly –pensó–. Bajo el maquillaje y su ropa de prostituta, solo era alguien que hacía un trabajo para ganarse un salario y cuidar de sus hijos».

La zona común del edificio de Lillian Armstrong era un hueco de escalera de piedra con las paredes cubiertas de grafitis y lleno de basura lanzada por los inquilinos. El bloque de pisos, de seis plantas de altura, hacía daño a la vista en una zona donde conducir motos y ciclomotores robados era un pasatiempo. Jola Bakowski, la vecina de Lillian, no parecía hecha para aquel lugar.

Hacía cuatro años que residía en el Reino Unido y tres que era vecina de Lillian Armstrong. Era soltera y compartía el piso de dos habitaciones con otra joven polaca. Ambas trabajaban en el mismo hotel. Su compañera de piso tenía turno doble y aún estaba en el trabajo. El pequeño salón cuadrado, de techos bajos y paredes de un beis soso, era una caja poco inspiradora, pero estaba impoluto.

Allí habitaba alguien que se enorgullecía de ser limpia. Jola depositó sobre la mesa una bandeja con una tetera, vajilla de porcelana y un plato con un bizcocho de aspecto esponjoso, y procedió a servir a Greg como si fuera su invitado de honor.

–Gracias, Jola –le dijo él cogiendo la taza con la intención de beberse el té, cosa que no se atrevía a hacer en la mayoría de los hogares que visitaba en el desempeño de su trabajo.

Estaba muerto de sed y de hambre, pero primero hablaría y luego se comería un trozo de bizcocho.

–¿Era Lillian una buena vecina?

Los labios de Jola dibujaron una tenue sonrisa. Costaba ponerle edad, pero tendría entre veinte y treinta años, aventuró Greg. Era menuda y llevaba el cabello castaño claro recogido en una coleta corta. Tenía un rostro bonito, natural, sin maquillaje, y unos ojos castaños tímidos.

–Era mi amiga. Lillian me caía muy bien. Era muy buena. Ella ayudarme a desenvolverme cuando mudarme aquí, enseñarme dónde tirar la basura, dónde estar las paradas de autobús y a pronunciar correctamente en inglés. Siempre decir: «"He comido" tal, no "yo comer". "Estoy", no "soy en casa"». Me da mucha pena que haya muerto. Sus hijos se han quedado orfanatos.

–Huérfanos –la corrigió Greg amablemente.

–Gracias. Eso, huérfanos. ¿Sabe adónde los han llevado?

Él asintió con la cabeza.

–A una casa de acogida temporal. Estarán con una familia que cuida de niños en estas circunstancias hasta que les encontremos un hogar permanente. ¿Alguna vez vio a su padre?

Jola negó con la cabeza.

–Lillian no casar con él. Dice que ser un capullo y mejor sola. Nunca verlo.

–¿Sabría diferenciarlo si viniera de visita?

–Lillian mostrarme una foto de cuando eran jóvenes. Es negro, pero yo nunca verlo y Lillian dice que ella nunca verlo. Nunca darle dinero para los niños. Dice que eludir responsabilidad.

Greg sorbió el té y le puso una puntuación de diez sobre diez. Una taza de té perfecta, y sabía mucho mejor por el hecho de estar servida en una taza de porcelana. Digan lo que digan, el té hay que beberlo en porcelana.

–¿Puedo preguntarle algo sobre el trabajo de Lillian?

Jola se encogió de hombros.

–Por supuesto. Ella no ocultar qué hacía. Pero muy discreta y cambiar de trabajo este último año. Ya no hacer sexo.

A Greg le sorprendió que fuera tan directa, lo encontró refrescante.

–¿Y por qué cree que dejó de hacerlo? ¿No permitía que los hombres vinieran a su piso?

–Por supuesto –respondió ella con otro encogimiento de hombros, que solo podía describirse como muy francés, con la cabeza inclinada y levantando los hombros y las manos–. Pero no venir por sexo. Lillian dejar el sexo. Tenía problema con su… cómo se dice… me lo dijo. Dijo: yo… pillar «gonorrea», Jola. No usar condón una vez por cobrar más dinero y pillar gonorrea. Ya no hacer más.

–Seguramente eso le diera más motivos para utilizar preservativos si continuó con el negocio, ¿no?

Jola movió despacio la cabeza a lado y lado, mientras se ponía de pie, como para recalcar sus palabras.

–Ella dejar de hacer sexo, porque llevar susto cuando pasar eso.

–De acuerdo. Entendido. La creo –respondió Greg con tranquilidad–. ¿Puede decirme por qué iba vestida con ropa propia de sí estar ejerciendo su antiguo trabajo cuando la encontramos?

–Yo no saber –respondió Jola un poco afligida–. Ella vestir bien cuando hacer su trabajo: camiseta y pantalones negros. Dar muy buen masaje y vestir bien cuando no hacer trabajo. Vaqueros, jersey, abrigo bonito. Incluso en su antiguo trabajo no vestir demasiado sexi. Ella cuidar de sus hijos y siempre una madre feliz, nunca gritar a sus hijos, nunca pegarles. Y ellos muy felices, se les ve.

Después de hacerle unas cuantas preguntas más, Greg se puso en pie con la intención de marcharse. La última vez que Jola había visto a Lillian fue el día antes de su muerte y estaba feliz y normal. Había reservado unas vacaciones en Haven para la pausa de mitad de trimestre, en febrero. Concretamente en Weymouth, unas vacaciones junto al mar para estar con sus hijos, o eso le había dicho a Jola. Aunque fuera invierno. Si no había más remedio, construirían castillos de nieve.

Mientras descendía las escaleras y se alejaba de aquel edificio de hormigón, la imagen de la última elección de vestuario de Lillian Armstrong le vino al pensamiento. Iba vestida con una ropa tan evidente como un semáforo rojo. Pese a que Jola asegurara que había dejado de prostituirse, Lillian Armstrong iba vestida para hacerlo. La pregunta era con quién.

Capítulo 20

Una lluvia intensa bombardeaba las ventanas en la sala del Departamento de Investigación Criminal y unos densos nubarrones ensombrecían el cielo. Las luces estaban encendidas aunque solo eran las diez de la mañana. El sonido de la lluvia y la oscuridad exterior hacían que el despacho se antojara opresivo, y el ruido de los teclados, los timbrazos de los móviles y la docena de voces distintas estaban provocándole dolor de cabeza a Greg. Laura Best volvía a tener turno de día y su mera presencia, pese a que aún no había dicho ni hecho nada que lo molestara, lo irritaba.

Laura andaba sumida en sus propios asuntos; hacía ya una hora que estaba sentada a su mesa, trabajando. «Pero ¿en qué?», se preguntaba él.

Proyectó la mirada por encima del hombro de ella, hacia la pantalla de su ordenador.

–¿Por qué consultas eso? –le preguntó.

Ella volvió la cabeza y se lo quedó mirando fijamente.

–Quiero que leas esto y luego quiero hablar contigo de algo. Es un pensamiento al que le he estado dando vueltas estos últimos días.

–¿Y qué pasa con lo que se supone que deberías estar haciendo? Deberías estar hablando con las amigas de Lillian Armstrong acerca de sus clientes más dudosos. O comprobando si conocen a alguno de sus clientes habituales. Necesitamos los contactos de su teléfono móvil, y saber si tiene cuenta en Facebook, o en Twitter. No sabemos nada sobre lo que hizo en las horas previas a su muerte, ni sobre qué hacía en ese aparcamiento, sin ir más lejos. En eso es en lo que deberías estar trabajando, Laura, no consultando enfermedades. Acata el protocolo, por favor.

Ella sonrió, imperturbable a su irritación.

—Tómate un tranquilizante, de verdad —le replicó—. Lo que estoy consultando podría ser la respuesta a tus oraciones. He indagado un poco acerca de la doctora Taylor y resulta que no es tan pura como pretende—. He hablado con algunas personas del departamento de urgencias y corre el rumor de que metió la pata a lo grande hace un par de semanas y el error se ha silenciado. La enfermera con quien he conversado dice que estuvo a punto de administrar un medicamento equivocado y que se excusó alegando que alguien lo había cambiado. Al parecer, de habérselo administrado, habrían matado al paciente. Y he conseguido otra información adicional de una de sus mejores amigas, Fiona Woods. Dijo algo que me puso la mosca detrás de la oreja. Comentó algo así como que «no debería haber vuelto a pasarle». Intenté sonsacarle a qué se refería, fingiendo compasión.

Greg arqueó una ceja al oírlo. Había visto a Laura Best en acción desplegando su compasión. Era él quien estaba al otro lado.

—Y luego añadió: «No me refiero a que literalmente volviera a pasarle. Es solo que pensaba que ya lo había superado». Me pregunto a qué se refería.

Prácticamente podía verla relamerse la nata de los labios cuando sonrió con engreimiento.

—Así que estoy indagando un poco más sobre nuestra doctora Taylor.

—Y, mientras tanto, ¿por qué tienes en la pantalla información sobre el síndrome de Munchausen, si puede saberse? —replicó él, con idéntica aspereza.

No debería sentirse protector con Alex Taylor, pero lo hacía. Se sentía obligado a protegerla. Laura Best había puesto a la doctora en el punto de mira y ya la había visto aniquilar a otras personas antes, fueran inocentes o culpables. Eso a ella poco le importaba, mientras se anotara un tanto.

—Ah, permíteme que te lo lea, Greg, y así quizá dejarás de ser tan impertinente.

Greg apartó la silla de oficina de Laura y se inclinó hacia la pantalla del ordenador.

—No, tranquila. Ya lo leo yo solito.

Leyó el documento, donde se explicaba que el síndrome de Munchausen era un trastorno psicológico consistente en que alguien finge estar enfermo o se causa a sí mismo deliberadamente los síntomas de una enfermedad.

Greg la miró incrédulo. Aquello era pasarse de la raya, incluso para tratarse de Laura.

–¿De verdad estás insinuando que la doctora Taylor tiene síndrome de Munchausen?

–Me he guardado la guinda para el final, Greg –respondió ella con otra sonrisa de suficiencia. Hizo clic con el ratón y apareció un nuevo documento en la pantalla–. El Munchausen por poderes es una lectura mucho más interesantes. Yo…

–Es cuando la madre hace que su hijo enferme –la interrumpió él con frialdad y sarcasmo–. Te estás equivocando de enfermedad.

Ella suspiró como si intentara mantener la calma ante un niño travieso.

–Paciencia, Greg, y todo será revelado. No solo consiste en que las madres hagan enfermar a sus hijos. Afecta a todo tipo de personas que desempeñan labores de cuidado: personal de enfermería y médico, doctores profesionales que enferman deliberadamente a los pacientes con el único objetivo de salvarlos para que los elogien y les rindan pleitesía… También se le llama «jugar a ser Dios».

Greg sintió un escalofrío. No le gustaba que Laura hubiera desenterrado aquel tema. Pero era cierto que había material que podía aplicarse a…

–¡Menuda chorrada! –espetó–. Te advierto que, si no te andas con cuidado, podrían denunciarte por calumnias.

–¿De verdad? Pues yo no lo creo, Greg.

–Fue Alex Taylor quien nos dijo que Lillian Armstrong tenía una marca de neumático en la chaqueta. ¿Crees que lo habría hecho si acabara de atropellarla? ¿Que iba a utilizar su coche y luego orientarnos en la dirección del arma?

–¿Y quién ha dicho que utilizara su coche? Podría haberlo hecho con el de otra persona, por lo que nosotros sabemos. ¿No te parece curioso que siempre aparezca en el lugar de los acontecimientos?

La secuestran, la agreden. Y luego a Amy Abbott, su paciente, la asesinan, según ella. Después le dejan un mensaje en el coche. A continuación comete un error grave con la medicación que está a punto de acabar con la vida de otra persona. Y, por si fuera poco, es la primera en llegar a la escena de un atropello con fuga. La verdad es que concuerda bastante bien con su teoría de un médico loco que anda suelto. Para ser alguien supuestamente inocente, no dejan de pasar cosas a su alrededor. En cambio, si tiene alguna enfermedad mental, como yo creo que le ocurre, todo cobraría sentido. Incluso podríamos esperar que empezaran a amontonarse los cadáveres. –Se dio media vuelta en la silla y se puso en pie–. Tengo la intención de investigarla y averiguaremos si estoy en lo cierto o me equivoco. Ah, y por cierto –dijo con tono casi insolente–, Lillian Armstrong sí tenía una cuenta en Facebook… llena de bobadas: lo que los niños habían cenado, lo que los niños hacían en la escuela y lo que los niños iban a hacer mañana. Pero ni una palabra de cómo se ganaba la vida. Ahora mismo están comprobando el registro de sus llamadas y su ex o, mejor dicho, el padre de sus hijos, tiene una coartada para el momento de su muerte. Trabaja de taxista en Southampton y aquel día fichó.

Greg se quedó mirando aquella pantalla mucho después de que ella se hubiera ido. Tenía la sensación de que habían dejado suelto a un perro rabioso que mordía y gruñía y aullaba clamando sangre, y él no podía detenerlo. Y tampoco podía advertir a la doctora Taylor sobre lo que iba a interponerse en su camino.

Capítulo 21

Nathan partió un trozo de su chocolatina Galaxy y se lo dio. Se había acostumbrado a compartir con ella su comida basura y Alex había dejado de darle las gracias después de la primera media docena de veces, porque empezaba a resultarles molesto a los dos.

—Si sigues comprando estas porquerías, se me van a caer todos los dientes. Mi padre, que es dentista, me mataría, con lo que se esforzó porque tuviera la dentadura perfecta hasta que me fui de casa… ¿No podrías traer algo más saludable? ¿Frutos secos, quizá? ¿O un bocadillo? Frutos secos estaría muy bien.

Alex vio que a Nathan se le curvaban los labios mientras continuaba escribiendo sus notas.

—Alex, si quieres opciones más saludables, tráelas tú. Yo no tengo tiempo de hacerme bocadillos ni de parar a comprar frutos secos. La máquina expendedora del pasillo me vende todo lo que necesito y puedo comprarme pescado con patatas o comida china de camino a casa.

—Acabarás siendo diabético si no te cuidas. O tendrás un infarto o problemas renales. A los noventa serás un yonqui de la comida basura y no te quedarán dientes.

Alex vio que había dejado de escribir y que, tras unos minutos de silencio, seguía sin contestarle.

—¿Qué? —le preguntó al levantar la cabeza y verlo mirándola fijamente—. ¿A qué viene esa mirada? ¿Por qué me miras así?

En el despacho de médicos solo estaban ellos dos, pero aun así él bajo la voz.

—Reconozco las señales. Estás tomando algo, Alex. Y no es alcohol. Algo te está dando un nivel de tranquilidad que no creo que consigas haciendo yoga o cualquier otra tortura de esas. Lo percibo esporádicamente en tu voz. Suena un tanto demasiado relajada, diría.

La dejó boquiabierta que fuera capaz de detectar tan fácilmente su tapadera, una tapadera que había elaborado con tanto esmero. Solo tomaba diazepam, pero había aumentado la potencia a 5 mg. No era suficiente para desconectarse, pero, al menos, le quitaba la ansiedad. Estaba nerviosa por la visita al psicoanalista del día siguiente, temía que le dijera que todo aquello era producto de su imaginación.

—Tranquila, nadie más se ha dado cuenta. Solo lo sé porque estoy trabajando contigo. Caroline no lo ha notado porque está demasiado ocupada oliéndote el aliento. Pero, Alex, tienes que parar. Acabará afectando a tu trabajo y no me gustaría nada verte cometer un error. —Volvió a concentrarse en sus notas—. Ahora que lo pienso, quizá hacer yoga o algo así no sería tan mala idea.

Ocultando su rostro encendido, Alex fingió que sus palabras no le habían afectado. Pero, por supuesto, no era así. Nathan se estaba convirtiendo en un buen amigo. Era amable y poco exigente, y Alex valoraba su mente segura y capaz. Nunca le había importado hacer de carabina, ni le había transmitido a ningún paciente que algo no fuese normal.

Confiaba en él. Y también se había dado cuenta, desde la noche de la fiesta de médicos, de que le gustaba. Ya no esquivaba su cara cuando él la miraba de frente. La mancha de nacimiento cada vez resultaba menos visible, porque veía al hombre que había tras aquella piel imperfecta.

Ahora, ruborizada por otro motivo, se preguntó qué demonios le pasaba. Nathan Bell era un colega, por todos los santos. Solo por reconocer que le resultaba atractivo no tenía por qué atormentarse y ponerse roja como un pimiento.

Se sobresaltó cuando él la tocó con la mano.

—¿Quieres el último trozo? —le preguntó, sosteniendo en alto un pedacito de chocolatina.

Todavía con la piel acalorada, Alex aceptó el chocolate y se lo comió.

Poco después, tras refrescarse el rostro encendido con agua fría, se quedó mirándose en el espejo y gimió. Necesitaba un corte de pelo y depilarse las cejas. Y tenía la piel pálida y descolorida.

Se preguntó qué pensaría Nathan de ella. ¿Qué le diría si lo invitara a salir a tomar una copa? No, tacha eso. Definitivamente, es mala idea. Un paseo por el parque, quizá, o ir a ver un espectáculo o una exposición. Eso era mejor idea. Podía sobrarle una entrada porque una amiga la había dejado colgada.

Sintiéndose como una adolescente boba, volvió a quedarse mirando su propio reflejo. No había nada de malo en querer volver a sentirse deseada. Entró en el departamento caminando con los hombros más rectos y la cabeza más erguida, y con un toque de brillo en los labios.

Capítulo 22

Había sido una buena noche hasta el momento, y el dolor que sentía había desaparecido. Fiona la había abrazado como si le fuera la vida en ello y le había repetido una y mil veces que sentía mucho haber sido tan estúpida y tan cruel solo por llamar la atención. No tenía intención de verbalizarlo, pero tenía frescas sus palabras en el recuerdo y le brotaron de la boca sin más.

—A veces soy una capulla celosa –se disculpó.

Habían quedado a las nueve y se habían tomado unos cuantos cócteles antes de poner rumbo al centro de la ciudad. Y ahora estaban en una discoteca con un montón de gente pasada de vueltas.

Un chico alto con el torso y la cara pintados de azul a lo *Braveheart* saltaba arriba y abajo, sin moverse de sitio, tan alto como podía. Parecía esta fuera de sí. A su lado, su pareja iba vestida con un tutú rojo, un top rojo con lunares negros y unas alas de malla negra sujetas a la espalda. En la cabeza llevaban unas antenas peludas hechas con alambre negro y en los pies unas zapatillas deportivas blancas.

La mariquita y el guerrero no eran los únicos que destacaban. El lugar estaba repleto de bichos raros. Mirara donde mirase, Alex veía ropas extrañas y se preguntaba si habrían ido a parar a una fiesta de disfraces. Se sintió vieja.

—¡Nathan Bell! —exclamó Fiona ahogando un grito. Tenía una botella de Peroni en una mano y un inhalador Nicorette en la otra. Se había alisado sus rizos castaños para la ocasión, lo cual hacía que su rostro delgado pareciera aún más estrecho—. ¿Nathan Bell? ¿Estás de broma?

—Shhh, ¡por favor! Que no quiero que todo el mundo se entere –le gritó Alex igual de alto.

Era imposible hablar en voz baja. La música, o, mejor dicho, el ruido, era más estridente que un tren atravesando una habitación pequeña y, de hecho, nadie, salvo que tuviera las orejas pegadas a la boca de Fiona o de Alex, podía oír su conversación.

—No me puedo creer que le vayas a pedir una cita —volvió a gritar Fiona.

—Ay, cállate, por favor. Ojalá no te hubiera dicho nada —respondió Alex enfadada.

—Es que es tan…

—¿Tan qué? —la retó Alex, notando una punzada de resentimiento por lo que sabía que vendría a continuación—. ¿Tan feo? ¿Tan poco atractivo? ¿Tan desagradable a la vista como para dejarse ver con él?

—¡Tan aburrido! Me importa un bledo su aspecto. Ya has visto a mis exnovios. Ninguno de ellos era un adonis. Pero no, es que es un tío aburridísimo, por eso me cuesta creer que vayas a pedirle una cita. ¡Madre mía! Piénsatelo dos veces antes de ponerte en una situación comprometida. Va a caer a tus pies y tendrás que dejarlo.

Alex deseó con todas sus fuerzas no haber dicho nada, pero era la primera vez desde hacía mucho tiempo que ambas salían de fiesta, así que, después de hacer las paces, ponerse al día sobre cosas normales del trabajo y pasar de puntillas por las experiencias recientes de Alex, como era natural habían acabado hablando de hombres. Fiona no tenía novio en aquellos momentos y Alex tampoco. Solo uno en potencia, y le había hablado de él a Fiona.

Debió de notársele por la expresión cómo se sentía, porque Fiona se abalanzó sobre ella y la enterró contra sus pechos.

—Ven aquí, anda. Sabes que te quiero, preciosa, y que lo único que pasa es que me preocupo por ti, pero, si te gusta, ve a por él. —Se apartó de ella y Alex pudo respirar de nuevo—. Al menos no es un capullo como Patrick.

Al oír el nombre de Patrick, Alex notó una punzada en el estómago. Costaba creer que se hubiera acabado. Quizá fuera demasiado pronto para andar pensando en otra persona.

–Si te gusta, ve a por él –le gritó Fiona–. Al menos estás segura de que tú le gustarás.

Alex se la quedó mirando fijamente y luego se le acercó todo lo que pudo para no tener que alzar la voz.

–¿A qué te refieres con eso?

Fiona agitó el cigarrillo de plástico, informal.

–A nada.

Alex sabía que mentía.

–Fiona, ¿piensas que lo que ocurrió el año pasado fue mi culpa? ¿Que me lo busqué?

Fiona se quedó con la boca abierta y los ojos como platos.

–Tía, no seas tonta. Era imposible que supieras que iba a ocurrir eso, aunque él te hubiera gustado.

Alex apartó la mirada. Era evidente que Fiona opinaba que, en parte, sí era culpa suya; daba a entender que estaba tan colada que se había metido en aquella situación a ciegas.

–¿Y qué hay de lo que me ha pasado hace poco? ¿De mi coche? ¿Y de la noche en que me encontraron en el aparcamiento? ¿Piensas que todo eso es cosa de mi cabeza, Fiona?

Fiona suspiró.

–Mira, cariño, están pasando muchas cosas en tu vida ahora mismo. Y tú eres un alma sensible. Ese cerebro que tienes a veces le da demasiadas vueltas a las cosas. Ninguno de nosotros sabe cómo reaccionaría sometido a tanto estrés.

–Por ejemplo, ¿cometiendo un error con la medicación?

Fiona negó con la cabeza.

–Tú dices que no lo cometiste. Y yo te creo. Y también lo hizo la maldita doctora Fielding. Capulla engreída… Es cierto eso que dicen de que los médicos se cubren las espaldas unos a otros…

–No lo hacen –protestó Alex–. Siento que te dijera aquello. Quizá… Probablemente sepa que he pasado una mala racha.

–De acuerdo –le concedió Fiona–. Te creo. Y ella tiene razón, por supuesto. Tal como he dicho, nadie sabe cómo reaccionaría en tiempos de… y con eso no quiero decir que tú provocaras aquel error con la medicación.

–Pero ¿crees que yo hice la pintada en mi propio coche? –le preguntó Alex con acritud.

Fiona negó con la cabeza.

–Alex, es imposible. Pero si tú estabas en la fiesta…

Alex sintió ganas de llorar. ¿Por qué no se limitaba Fiona a preguntar qué está haciendo la policía al respecto? ¿Por qué no decía: «Tenemos que encontrar a quien lo hizo» o «Ándate con cuidado, porque alguien va a por ti, no le gustas e intenta asustarte»? En lugar de ello, le había dado una justificación patética para explicar por qué Alex no podía ser la responsable de aquella acción vandálica. Dejaba huecos lo bastante grandes para que Alex cayera por ellos.

–Oiga, señorita Moneypenny, ¿quiere que la aleje de todos esos hombres malos?

Alex se la quedó mirando divertida. Fiona debería haber actuado en escenarios. Era una comediante nata.

–¿Te apetece un kebab? –gritó Fiona con su propia voz.

No le apetecía, pero Alex contestó que sí solo por salir de aquel lugar. Las palabras de Fiona la habían disgustado. Su amistad era importante para ella, pero, en aquellos momentos, se le antojaba un poco hipócrita, y se quedó con mal sabor de boca.

–¿Por qué no compramos algo para llevar y vamos a mi casa?

Fiona sonrió.

–¡Ahora te escucho! Pero con una condición… Yo me quedo la cama.

Alex bostezó mientras se acomodaba bajo su edredón extra en el sofá. La reconfortaba pensar que Fiona estaba durmiendo en la habitación de al lado. La noche había acabado más pronto de lo previsto; era poco más de la una de la madrugada y le alegró pensar que al día siguiente no se despertaría con resaca.

En su mente se reproducían conversaciones del presente y del pasado y cerró los ojos con fuerza para ahuyentar la voz de Fiona de su pensamiento. Quería a Fiona y no quería tener aquellos pensamientos negativos. Por desgracia, tenía buena memoria y siempre recordaría lo que Fiona le había dicho un año antes:

«¿De verdad ha sido tan malo como dices, cielo? ¿Estás segura de que no le has dado coba o le has hecho creer lo que no era?».

Se giró bruscamente sobre un lado y le dio un puñetazo a la almohada, deseando que aquellos recuerdos siniestros desaparecieran. No pensaba ceder a la autocompasión. Fiona se había comportado de manera impecable después de lo sucedido, había insistido en que Alex se instalara en su casa hasta que se sintiera lo bastante fuerte mentalmente y la había ayudado a buscar aquel apartamento. Sin ella, no lo habría superado. Se concentró en pensamientos positivos, en días soleados, paisajes de playa, cielos azules, arena sedosa, los ojos de Nathan…

El sonido estridente del teléfono la despertó de golpe.

Su mente lidió con varios pensamientos. ¿Qué día era? ¿Era del hospital? ¿Patrick? ¿Su madre? Agarró el teléfono para acabar con aquel ruido y farfulló un hola.

—Pronto… —dijo la voz, y a Alex se le cortó la respiración.

Esa única palabra dicha por él le chamuscó el cerebro y se apoderó de todo su ser. Abrió la mandíbula y balbuceó una súplica:

—Por… Por favor.

El silencio se alargó, y luego él volvió a hablar.

—Volveré a por ti pronto.

Agitándose sin control, el teléfono se le cayó de las manos y, cuando Fiona la tocó, se sacudió como si se estuviera electrocutando.

—Madre de Dios, no me digas que vuelves a estar de guardia —le rogó a Alex.

Alex no podía hablar. Lo único que salía de su garganta eran pequeños gemidos. Estaba paralizada de terror.

—Por lo que más quieras… Diré que es culpa mía. O, mejor aún, llamaré y diré que te has puesto enferma. Deja que…

Su alarido hizo callar a Fiona. Luego, el vodka a palo seco que Fiona le obligó a tomar descendió por su garganta, abrasándole, antes de que se formaran las primeras palabras y le dijera a Fiona que él la había llamado.

—¡Voy a llamar a la policía!

Alex negó con la cabeza.

—No me creerán.

Fiona levantó la barbilla con decisión.

–¡Pero a mí sí me creerán! ¡Rastrearán la llamada!

Alex soltó una carcajada, un sonido histérico.

–¡Nunca lo rastrearán! ¿Y qué vas a decirles? ¿Que oíste que sonaba un teléfono? ¿Qué me has encontrado temblando? No me creerán, Fiona. Piensan que todo está en mi cabeza.

Capítulo 23

Laura Best le clavó el codo con fuerza en las costillas al joven que dormía a su lado. Él gritó dolorido y se apartó un poco. Sin rendirse, ella le sacudió con fuerza del hombro y le habló con voz fuerte al oído:

–Venga, dormilón. Hora de irse a casa.

Con los ojos legañosos, Dennis Morgan levantó la cabeza de la almohada.

–No puedo conducir... He bebido.

–Pues pide un taxi –le replicó ella.

–¿Y qué pasa con mi coche?

–Ya lo llevo yo mañana por la mañana al trabajo.

–Pero entonces también tendré que ir en taxi al trabajo.

–No es culpa mía, Dennis. No deberías haber dado por supuesto que podías quedarte a dormir.

–Pues tú no deberías haber abierto el vino –le espetó él, ya completamente despierto y mirándola con incredulidad–. ¿Hablas en serio? ¿De verdad quieres que me vaya?

Laura tenía la cabeza un poco más levantada que la de él, porque estaba apoyada con los codos en la cama, y la vio asentir.

–¡No me lo creo! –exclamó él, absolutamente perplejo–. Pero ¿qué he hecho?

–Hemos acabado, Dennis –respondió ella sin inmutarse.

Dennis se sonrojó, enfadado. El significado de sus palabras sofocó cualquier idea de que no hablara en serio. Habían tenido sexo y ahora quería que se fuera. Salió arrastrándose de la cama y recorrió la habitación en busca de su ropa.

–Pero ¿tú qué problema tienes? No pensaba salir de aquí tan tranquilo y dejar que los vecinos me vieran. ¡Habría sido discreto!

–Los vecinos no me preocupan, Dennis. Lo que no quiero es compartir mi cama.

Dennis se detuvo a medio abrocharse la hebilla del cinturón.

–Pues muchísimas putas gracias, de verdad. Yo creía que hacer el amor normalmente supone compartir una cama.

Ella le sonrió divertida.

–No te lo tomes como algo personal. No lo es, créeme.

Se estaba poniendo la chaqueta, enfadado.

–Por supuesto. El sexo no tiene nada de personal. Me llevo el coche ahora, muchísimas gracias. No estoy seguro de que me apetezca que tú vuelvas a sentarte dentro.

Laura sonrió teatralmente, impasible ante su desconsuelo.

–Pues procura ir por calles secundarias; hay menos probabilidades de que te vean.

De espaldas a ella, Dennis se dirigía hacia la puerta del dormitorio cuando ella le preguntó con dulzura:

–Dennis, ¿quieres que repitamos alguna vez?

–No, no quiero –le gritó él–. No se te da tan bien, Laura.

Laura rio en voz baja, pero dejó de hacerlo en cuanto él cerró la puerta de su casa, desencadenando con su portazo sensaciones de culpa y vergüenza en ella. Lo había vuelto a hacer. Había vuelto a alejar de ella a alguien cercano. Los castigaba por lo que había experimentado. Parecía querer que otras personas sintieran el mismo desdén y el mismo dolor que ella había sentido en manos de Greg. Dennis era agradable y ella le gustaba de verdad. Pero, en los últimos seis meses, Laura había ido amargándose, una amargura que había erigido una dura coraza alrededor de su corazón, y no estaba preparada para dejar que se resquebrajara.

Había creído que le gustaba a Greg. Menuda tontería. Le sonó el móvil y, resignada, alargó la mano para cogerlo, pero el mensaje de texto no era de Dennis, sino de su amiga Mandy, una operadora de llamadas. La doctora Taylor había recibido una llamada telefónica de amenaza de su secuestrador. Laura sonrió con suficiencia. Por supuesto. Era cuestión de tiempo. Le envió un mensaje de respuesta a su amiga pidiéndole que la mantuviera informada.

Con la mente ahora en el trabajo, salió de la cama y descendió al piso inferior. En la cocina, encendió las luces y cerró bien las cortinas. A su vecino, Gus Bird, le gustaba mirarla cuando su mujer no estaba en casa.

Se sirvió un vaso de leche y luego sacó el sobre beis de su maletín y se sentó a la mesa de la cocina.

Le había resultado fácil hacerse con aquella información; al fin y al cabo, era policía, y lo único que necesitaba era una fotocopia. El hecho de que conociera a aquella funcionaria solo había facilitado un poco las cosas. No había necesidad de pedir una orden de registro ni de involucrar a nadie más. Pero sí le puso una condición: que hiciera trizas el documento después y no revelara a nadie de dónde había sacado aquella información.

Ahora tenía en las manos el currículum profesional de la doctora Alexandra Taylor. Miró por encima el primer par de páginas. Sin entrar a leerlo en detalle, le pareció impresionante, y sintió unos leves celos. La doctora solo tenía dos años más que ella, cumplía veintinueve el mes siguiente, y demasiados títulos seguían a su nombre: Licenciada en Medicina por la Universidad de Cambridge; Curso introductorio en Atención Primaria; Miembro de la Facultad de Medicina de Emergencias; Formadora en cursos ALS y ATLS.

Algunos de los lugares en los que había trabajado sobresalían en la página: el Hospital Real de Londres, el St. Bartholomew's, el St. Mary's. Y el Royal Victoria, en Belfast.

Con un ligero nudo en la garganta, avanzó varias páginas hasta el apartado de intereses y *hobbies*. Lo primero que aparecía era correr, seguido de escalar. Medicina en ambiente natural en tercer lugar, fuera lo que fuera. Y entonces leyó su interés especial: «Volar en helicóptero (licencia de piloto comercial). Miembro durante seis meses del Servicio Médico de Emergencias en Helicóptero».

Los celos de Laura se inflaron como un globo. Alex Taylor no solo era una doctora altamente cualificada, ¡sino que además sabía pilotar un maldito helicóptero! Le había cogido ojeriza a aquella mujer a los diez minutos de conocerla y con cada hora que pasaba le gustaba menos. El tono de reverencia y deferencia con el que hablaban de ella le resultó evidente en cuanto Laura entró en el hospital. Se había producido un silencio mientras los colegas de la doctora Taylor seguían a Laura por la planta hasta la sala de exploración privada, con un mensaje en los ojos que decía: «Cuídela; es especial». El inmenso respeto que Tom Collins sentía por aquella mujer era evidente. El médico forense neozelandés apenas había encontrado tiempo para saludar a Laura cuando había acudido a comisaría, pero, en cambio, se había pasado sentado fuera de la sala de exploración más de media hora con aspecto de estar tan preocupado como si aguardara noticias de un pariente. Y estábamos hablando de un hombre que nunca mostraba sus sentimientos.

La doctora Taylor parecía tenerlo todo: cerebro, carrera profesional y respeto, y había ejercido en Londres, donde Laura siempre había querido trabajar. Había solicitado el acceso a la Policía Metropolitana de la capital británica, pero la habían rechazado sin contemplaciones. Y no le había ido mucho mejor con la Policía del Valle del Támesis y los otros cuerpos a los que se había postulado.

Las cartas de rechazo eran prácticamente idénticas: edulcoradas y falsamente esperanzadoras de que podían replantearse su decisión si volvía a presentarse cuando se abriera un nuevo proceso de selección.

Al final la habían aceptado en la Policía de Avon y Somerset y había trabajado en todas las poblaciones de la provincia, donde las posibilidades de participar en algo interesante eran prácticamente inexistentes. Y luego le habían concedido el «premio» de destinarla a la ciudad de Bath.

Laura estaba atrapada en una ciudad donde rara vez se cometían delitos de verdad y, cuando sucedían, en especial cuando había un asesinato o un homicidio, permanecía grabado en el recuerdo de la población durante años. Era una ciudad famosa por su arquitectura, por sus edificios georgianos, por Jane Austen y por los malditos romanos. Y ella deseaba que ahora se hiciera famosa por albergar al nuevo asesino en serie importante; con otro doctor Harold Shipman bastaba. Quería ser ella quien le pusiera la guinda al pastel y forjarse una reputación dando caza al asesino... o a la asesina. Aunque no era un pensamiento que estuviera dispuesta a compartir con nadie, claro está. No era tan tonta. No quería que la etiquetaran, como a la buena de la doctora Taylor.

Podía pasarse los próximos cinco años atrapada allí y, aun así, acabar sin un ascenso, a menos que le echara la garra a algo grande. Y la doctora Alex Taylor podía serlo perfectamente. Si revisaba las últimas pocas semanas, tenía que reconocer que los casos importantes se estaban acumulando: el supuesto secuestro de la doctora; la muerte de Amy Abbott, que Taylor consideraba un asesinato; la muerte de Lillian Armstrong, a quien casualmente Taylor había encontrado, y el cotilleo sobre aquella confusión con la medicación prácticamente letal en la que Taylor también había estado implicada. Quizá la doctora no había tenido ocasión de enfermar más a aquel paciente antes de curarlo. ¿O tendría planeado matarlo sin más? Laura era consciente de que eso contradecía su teoría acerca del Munchausen por poderes.

Alex Taylor podía ser perfectamente una asesina en serie. No era inconcebible. Desde luego, tenía la experiencia médica para pasar desapercibida. Lo único que Laura tenía que determinar ahora era el motivo, y el comentario que se le había escapado a Fiona Woods podía ser la respuesta. ¿Qué no debería haber sucedido otra vez? Eso era lo que tenía que averiguar. Y entonces tal vez tendría un caso.

Capítulo 24

Alex miró su reloj de pulsera y comprobó que le quedaba una hora y diez minutos para acabar el turno y luego tendría que esperar cuarenta minutos más antes de su cita. Si seguía reinando la misma tranquilidad que en aquel momento en el hospital, disponía de tiempo suficiente para darse una ducha rápida, maquillarse un poco o tomarse una taza de té.

No era habitual que el ambiente estuviera tan tranquilo a mediados de diciembre. En esa época del año, las áreas de urgencias acostumbraban a estar hasta los topes y, en muchos centros, las camillas las ocupaban ancianos. Las caídas, las infecciones respiratorias y la hipotermia eran los motivos más habituales para acudir al hospital y, por desgracia, a veces también enfermaban de pura soledad, por el hecho de afrontar solos los largos y oscuros días invernales. Se desconcertaban y se olvidaban de en qué día vivían, de si habían comido o bebido líquidos suficientes o de si se habían tomado la medicación.

Con la Navidad a solo dos semanas vista, algunos de ellos pensarían en su soledad, en encontrarse sentados solos con su cena navideña entregada en mano, esperando internamente que la enfermera que traía la comida sobre ruedas no tuviera prisa por marcharse. Pasar la Navidad en una cama de un hospital donde había personas con quienes hablar era un buen motivo para ingresarse a mediados de diciembre.

Dobló los brazos e intentó ahuyentar aquellos pensamientos deprimentes; ya tenía bastante con lo suyo. Le dolía el cuerpo por dentro de la ansiedad. Estaba harta de que no la creyeran, de que la ridiculizaran y la compadecieran. Estaba cansada de sus propios pensamientos en bucle y de las preguntas apremiantes. ¿Se estaría volviendo loca? ¿Habría sido una alucinación toda aquella noche? ¿Era posible que lo que había visto y oído no fuera real? ¿Habérselo imaginado todo? ¿Había perdido el control sobre su propia mente? ¿Era real la llamada telefónica del sábado por la noche? Fiona y ella habían prestado declaración con un joven agente, pero por ahora no habían sabido nada. Su cita con un psicoanalista podía ser la única solución.

Conocerlo le provocaba inquietud. Recordó las palabras de Fiona al despedirse de ella con un abrazo el domingo por la mañana.

—El año pasado viviste una experiencia horrible y te repusiste bastante rápido. Quizá en el fondo no estuvieras completamente recuperada. Tal vez, si lo hubiéramos denunciado como correspondía, si hubiéramos metido a ese capullo en problemas de verdad, habría sido mejor para ti. Quizá habrías podido continuar con tu vida como tocaba.

Alex la había escuchado con atención, pero lo único que le interesaba era una cosa: ¿le había contado lo ocurrido Fiona a alguien?

—No, por supuesto que no. Solo lo sabemos Caroline, tú y yo, y el agente que nos envió a ese capullo, claro está. Caroline tuvo que contárselo a la policía para poder quitárnoslo de encima. Pero yo no se lo he contado a nadie más, cariño. Eso fue lo que decidimos.

Era Alex quien lo había decidido. No había habido testigos y no había pruebas. Habría sido su palabra contra la de él y no había querido correr ese riesgo. Había tomado una elección profesional consciente al decidir trabajar en Bath. Era su ciudad, el lugar donde había crecido y al que había regresado, y quería quedarse allí, y un día, si y solo si alguna vez conocía al hombre indicado, sería feliz y querría formar una familia. El año anterior había decidido que no denunciaría a aquel hombre ante la policía porque podía poner en riesgo su futuro.

Tal vez Fiona no hubiera hablado con nadie de su pasado, pero sus palabras revelaban lo que pensaba de su situación actual. Confirmaba lo que Alex sospechaba desde el principio: que su mejor amiga no creía que hubiera sucedido.

El psicoanalista se llamaba Richard Sickert. Alex había buscado su nombre en Google y se había asustado al leer que se decía que un hombre llamado Walter Richard Sickert era el verdadero Jack el Destripador. Walter Richard Sickert, un artista, había pintado cuatro cuadros basados en el asesinato real de una prostituta que tuvo lugar en Camden Town, en Londres, en 1907. Falleció en Bath en la década de 1940. Alex se preguntó si serían parientes.

Iba vestido de manera informal, con una camisa de cuadros blanca, unos pantalones de pana negros y unos zapatos negros y marrones de estilo golf. Era moreno y aún tenía el pelo húmedo, como si acabara de darse una ducha.

Llevaba unas gafas con una montura moderna, negra y rectangular, y costaba determinar su edad; debía de andar por los cincuenta, año arriba, año abajo, pero se movía con la agilidad de alguien más joven. El porche y la entrada de la vivienda adosada eran anodinos, y a Alex le dio la impresión de que aquella debía de ser su casa. No había ninguna placa de latón en la pared exterior que anunciara su consulta y Alex se preguntó si era una decisión deliberada, para que la gente que atravesaba aquella puerta no sintiera la presión de entrar corriendo y eludir las miradas escrutadoras.

La consulta, aparte de un escritorio con un teléfono y archivadores, parecía un salón muy acogedor. Dos sillones de elegante gamuza marrón estaban situados a una distancia cómoda el uno del otro, separados por una mesita de centro de madera noble. Sobre un aparador había una lámpara encendida y en un rincón de la habitación había una lámpara estándar con una gran pantalla con borlas de color crema, también encendida.

Era una estancia relajante, decorada teniendo en cuenta la comodidad, pero lo que más llamaba la atención en aquel lugar era el silencio. La paz y el silencio eran una bendición. Alex se repantingó en uno de los sillones y se habría contentado con quedarse allí sentada mucho rato sin decir ni una palabra.

Él dibujó una leva sonrisa, como si le leyera la mente, y se sentó en silencio en el otro sillón, dejándola sumirse en sus pensamientos.

Transcurrieron varios minutos y, creyendo que tenía que decir algo, dijo lo más evidente:

—Gracias por atenderme.

—No hace falta que hablemos si no quieres. Me parece perfecto que vengas aquí a sentarte y relajarte. No hay prisa y, si quieres pasarte la próxima hora sentada en silencio, sin más, hazlo sin problemas. La doctora Fielding, si no me equivoco con tu permiso, me ha puesto en antecedentes de lo que te está sucediendo, así que, como digo, no hay ninguna prisa.

Alex apoyó la cabeza en el suave respaldo del sillón.

—Pensaba que me haría usted un montón de preguntas.

—No. No es así como trabajo. Para que la mente revele información o para resolver la información almacenada se necesita tiempo para componerse. Sentarse en silencio, sin presión para pensar, suele ser lo que más necesita la mente. Un espacio para existir. Solo eso.

—Mi mente no quiere apagarse, parece activarse a todo trapo en cuanto me quedo quieta o intento dormir.

—¿Quieres hablarme un poco de ti? Y como mera formalidad, ¿te importa si te abro un historial médico?

Ella se encogió de hombros en señal de acuerdo.

—Me parece bien.

El doctor cogió de la mesa un portapapeles con una lámina impresa sujetada. A continuación, accionó su bolígrafo con un clic y se preparó para tomar nota.

—Empezaremos con algo sencillo. ¿Alguna enfermedad en la infancia, más allá de resfriados y cosas por el estilo?

—No. Fui una niña con una salud de hierro hasta los catorce años, cuando contraje mononucleosis. Me dejó un poco débil durante unos meses, pero, después de eso, volví a ponerme fuerte.

—¿Historial de depresión?

Negó con la cabeza.

—Nada diagnosticado. Pero sí estuve deprimida durante un tiempo el año pasado y, por supuesto, las últimas semanas no han sido exactamente felices.

—¿Y no pediste opinión médica ni recibiste tratamiento?

Alex notó que se le enrojecía el cuello.

–Pues… no. Lo único que hice fue… arreglármelas como pude o borrarlo de mi cabeza, supongo.

El doctor garabateó algo en el papel y Alex se preguntó si se habría dado cuenta de que no le había dicho toda la verdad. El diazepam que estaba tomando era un medicamento con receta. Se preguntó si estaría anotando la palabra «embustera».

–Entonces, aparte de la mononucleosis y un brote de posible depresión, ¿algo importante que destacar en tu historial médico? ¿Alguna lesión cerebral?

Alex volvió a negar con la cabeza.

–No. –Hizo una pausa–. Bueno, hasta hace unas semanas, claro. El hospital dijo que había sufrido una leve conmoción cerebral, posiblemente provocada por una rama de árbol caída.

–Eso fue la noche en la que crees que te secuestraron, ¿verdad?

–Sí.

–¿Y no estás de acuerdo con el diagnóstico?

Alex sacudió la cabeza desesperada.

–No lo sé. Ya no lo sé. Lo que es seguro es que parecía real, que sucedió. No puede ser cosa de mi mente. Era… era…

Se le aceleró la respiración y notó el latido de su corazón en el pecho.

–De acuerdo –le respondió él con calma–. Lo estás haciendo bien. Respira más lento e intenta relajarte.

Alex tomó varias respiraciones profundas y notó que se le relajaba la presión en el pecho.

–¿Mejor? –le preguntó él al cabo de un momento.

Alex asintió.

–Unas últimas preguntas y podremos avanzar. ¿Has tenido alucinaciones, sonambulismo o pesadillas en el pasado?

–¿Pesadillas? Sí. E insomnio, sobre todo últimamente.

–¿Y qué me dices del consumo de alcohol o drogas?

–No –contestó ella tajante–. Nada de drogas. En cuanto al alcohol, en las últimas pocas semanas posiblemente he bebido un poco más, pero sin pasarme de la raya.

El doctor volvió a escribir algo en la hoja de papel y Alex se preguntó si estaría subrayando la palabra «embustera».

–De acuerdo. Bueno, esas eran las últimas preguntas. –Volvió a depositar el portapapeles en la mesa y dejó el bolígrafo encima. Sonrió–. Háblame un poco más de ti.

Alex se encogió de hombros.

–Soy médico… Es lo que soy, lo que hago.

–¿Y?

–Es lo que he querido durante toda mi vida. Es mi vida.

Suspiró cansada y cerró los ojos. Lo escuchó verter agua en un vaso y depositarlo delante de ella.

–Gracias –dijo, tras dar un sorbo.

–¿Cómo te sientes, en general?

Alex dejó escapar un suspiro.

–Agotada. Aterrorizada. Mi mente no desconecta. Cada hombre al que veo me parece un posible secuestrador. Tengo pesadillas en las que camino por el hospital y lo oigo pasos detrás de mí. Empiezo a correr, pensando que, si consigo llegar al final del pasillo, podré esconderme. Pero el pasillo no deja de cambiar. Las puertas y las salidas desaparecen. Y bajo las señales que indican la entrada o las distintas unidades no hay nada más que paredes lisas. Estoy atrapada. Cada vez que doblo la esquina al final del pasillo, me encuentro en otro pasillo. Y él sigue tras de mí…

–¿Puedes verlo?

Hablaba muy suavemente y su voz la tranquilizaba.

–No. ¡Pero lo oigo! ¡Sus pasos se acercan! –gritó.

–Date la vuelta y míralo. Pregúntale qué quiere.

–Es invisible. Es invisible para todo el mundo. Nadie cree que exista. Pero es real… ¡Me tocó!

–¿Cuándo te tocó?

–Cuando estaba inconsciente, me desnudó. Me vio desnuda y me tocó por dentro.

–¿Con?

–No sé si… –Titubeó, y luego su voz, poco más que un suspiro, rezumó desespero–: Quería… Me dijo que iba a…, pero no sé si lo hizo, pero quería… y yo dije que sí.

–¿Y estás convencida de que fue real?

–¡Sí! –gritó ella, cerrando los ojos con fuerza–. ¡Fue real! Yo estaba allí. Lo vi.

–¿Temes que pueda volver a por ti?

–Sí –respondió ella con rotundidad–. Me dijo que regresará a por mí.

Richard Sickert permaneció sentado en silencio, con la vista posada en ella, y Alex se sintió tranquila. Entonces le dijo:

–Quiero que hagas algo. Quiero que cierres los ojos y te imagines en ese pasillo. Es largo y las paredes son altas. Estás sola. Empiezas a avanzar por el pasillo y entonces lo oyes. Ahora cuenta despacio cada paso que das. Todavía puedes oírlo, pero sus pasos no son más rápidos. Camina a tu ritmo. Al llegar a diez, verás una puerta de vidrio. Hay un picaporte que puedes abrir. El sol resplandece a través del vidrio. La luz es intensa…

–Me deslumbra. No le veo la cara, pero lo oigo.

–¿Y qué te dice?

–Me está diciendo que no me pasó nada. Me enfado y le digo que quiero saber qué está ocurriendo y levanta las manos con los guantes lilas. La grapadora. Me amenaza con graparme los labios y dice… dice…

De repente, se sentó muy recta, con los ojos abiertos como platos, con la mirada perdida, cuando el recuerdo de lo que oyó se hizo más vívido.

–¡Alex! –Clavó los ojos en Richard Sickert–. Me llamó Alex antes de que le dijera mi nombre. ¡Ese hombre me conoce! No fui una víctima al azar.

Capítulo 25

–Sabía quién era, Maggie –dijo Alex con vehemencia por segunda vez.

Maggie levantó una ceja, con los labios apretados, y no hizo ningún comentario. Continuó tostando unos piñones en la sartén. En la encimera de la isla había preparado una ensalada de rúcula con dados de cebolla roja y tomatitos cherri partidos por la mitad antes de mezclar el contenido en una gran ensaladera y aderezarlo con aceite de oliva y vinagre balsámico. Los piñones eran el ingrediente final.

En los fogones había dos chuletas de cordero marinadas a punto para servir; dos grandes platos blancos se calentaban sobre el fuego.

Alex había ido directamente a casa de Maggie tras su cita con Richard Sickert, porque no se veía capaz de quedarse a solas con sus pensamientos. Y Maggie había tenido la amabilidad de invitarla a cenar. Ahora se arrepentía de no haber hecho un alto en el camino y comprar una botella de vino para, al menos, reemplazar la que había roto, y se sentía un poco abochornada por ocupar de nuevo el tiempo de aquella mujer.

Tal vez tuviera un compromiso previo. Es posible que, allí de pie, frente a la cocina clásica de hierro, Maggie pensara que su invitada espontánea se estaba convirtiendo en un incordio.

Maggie tocó los platos de la cena con el dorso de la mano y luego utilizó un paño de cocina para sacar del horno el jugoso cordero. Sin interrumpir el silencio, acabó de preparar la cena, dispuso los cubiertos sobre la encimera y luego se sentó en un taburete delante de Alex.

–¿Vino? ¿Conduces?

–Vino, por favor. He venido a pie otra vez. No encuentro por ninguna parte el mando del *parking*. Tendré que conseguir uno de recambio para dejar de molestar todo el rato al guardia de seguridad y pedirle que me abra las verjas cuando entro y salgo. No sé dónde leches lo habré dejado.

Maggie sacó una botella de Pelorus de una cubitera, la descorchó, vertió un dedo en sendas copas y esperó a que las burbujas se asentaran antes de llenarlas hasta el borde.

–Hablemos después de cenar –dijo al fin–. Estás demasiado delgada, Alex, y, si hablamos primero, es posible que no pruebes bocado. ¡Así que come! –le ordenó con una sonrisa amable.

Media hora después, deliciosamente saciada y empezando a relajarse con la segunda copa de vino espumoso, Alex se sentía menos inclinada a retomar la conversación que había iniciado antes de la cena. Si regresaba a casa ahora y no le daba más vueltas a lo que acababa de descubrir, probablemente podría dormir bien. Tenía fiesta al día siguiente y quería tener buen aspecto para el plan que tenía en mente. Nathan Bell iba a recibir una llamada suya. Había consultado la plantilla con los turnos y él también libraba aquel día. Ahora solo tenía que persuadirlo de que lo pasara con ella.

–Alex, aparte de que dijera tu nombre, ¿qué más te hace estar tan segura de que todo fue real?

Maggie le habló con tono amable, pero con una mirada desafiante que indicaba que no estaba dispuesta a aceptar una respuesta sencilla.

–Pues, aparte de lo que sucedió aquella noche, ¡todo lo que está pasando a mi alrededor! Amy Abbott murió delante de nuestras narices, Maggie, y sé que intentaba decirnos algo. Su muerte no fue normal, eso es seguro. Eres ginecóloga. ¿De verdad crees que alguien se haría algo así a sí misma? Y luego me dejaron un mensaje en el coche para que todo el mundo lo leyera. Y, además, me ha telefoneado, por Dios santo. Me está provocando. Y esa mujer atropellada en mi plaza de *parking*… Ella también forma parte de esto. Estoy convencida de que ese hombre está detrás de todo esto. Está destruyendo mi mundo ¡y nadie, nadie me cree!

—Alex —le gritó Maggie, con ojos de asombro—. Pero ¿de qué hablas? ¿Quién te telefoneó? ¿Qué mujer en tu plaza de aparcamiento? ¡No sé de qué hablas!

Casi una hora después, cuando Alex la hubo puesto al día de todo cuanto estaba sucediendo, Maggie permaneció sentada en silencio.

—Y dime, ¿qué piensas ahora? —le preguntó Alex con voz cansada—. ¿Crees que sigue siendo cosa de mi imaginación?

Maggie meneó la cabeza a ambos lados.

—No lo sé. Y con eso quiero decir que no sé si todo está relacionado. La llamada y el mensaje en tu coche claramente son reales. ¿Había alguien contigo cuando te telefoneó?

—Sí —suspiró Alex apesadumbrada—. Fiona, pero no escuchó sus palabras.

—¿Y la policía?

—Aún no me han dicho nada sobre la llamada. Y creen que el mensaje en mi coche fue una broma pesada.

—Entonces ¿nos queda una mujer atropellada en tu plaza de aparcamiento a la que encontraste moribunda?

Alex asintió con la cabeza.

—Sí. La pobre tuvo una muerte espantosa.

—¿Y no viste cómo ocurrió ni a la persona que lo hizo?

—No —respondió Alex con tristeza—. Al bajar por la rampa la encontré allí tumbada, en mi parcela. No vi ningún coche salir. Las puertas estaban abiertas, pero no me crucé con ningún coche. Yo… ¡Ostras! ¡Maggie, qué tonta soy! —Se le abrió la boca y se quedó con la mirada perdida—. ¡Mi mando a distancia! El que he perdido. Las puertas ya estaban abiertas cuando llegué a casa. Son eléctricas y solo pueden abrirse con un mando a distancia. ¡No lo perdí! ¡Me lo robaron! Necesito denunciarlo a la policía. Aunque no me crean, que no me van a creer… Tengo la impresión de que piensan que fui yo quien la atropelló.

Maggie parecía preocupada.

—Madre mía, Alex, ¿no crees que deberías hablar con un abogado?

—¡No! —respondió Alex secamente—. ¡Intenté salvarla!

Maggie levantó las manos a modo de rendición.

–De acuerdo. Entonces eso nos deja a Amy Abbott. Y me entristece decirlo, pero sí, imagino que una mujer pudiera hacerse eso. Cada día, mujeres se beben brebajes o se insertan pesarios para inducir abortos, incluso en países donde es legal interrumpir el embarazo. Y no siempre funcionan. Amy Abbott era una enfermera cualificada y quizá pensó que sus conocimientos bastaban para hacer lo que hizo.

–¿De verdad crees eso? –le preguntó Alex con firmeza–. ¡Intentaba decirme algo! Lo sé, porque yo también he estado ahí. ¡En una mesa de operaciones! ¡Esperando a morir!

–¿De verdad? ¿Y por qué estabas tú ahí? ¿Cómo es posible que estuvieras ahí?

–Porque me golpeó en la cabeza y me anestesió. Me amordazó con un pañuelo y me dejó inconsciente de un golpe.

Maggie soltó un hondo suspiro. Sacudió brevemente la cabeza a ambos lados, como si intentara expulsar un pensamiento incómodo.

–El viejo truco del pañuelo con anestesia es un invento de Hollywood –dijo, despacio–. Necesitarías, como mínimo, una máscara Schimmelbusch, un rato largo, un poco de éter y estar ahí de manera continua para que todo funcionara…

–¡Tenía una Schimmelbusch!

–¡En el aparcamiento, Alex! ¡Estoy hablando de cuando estabas en el aparcamiento! Habrías forcejeado con él, aunque hubiera conseguido derribarte al final. Te habría tenido que tumbar boca arriba, sostener la máscara sobre tu cara y suministrarte éter gota a gota a través de ella durante un largo rato, y todo eso al aire libre, a la vista de cualquiera…

A Alex le palpitaba con fuerza el corazón. Maggie le estaba diciendo cosas que no quería oír.

–¿Quieres decir que es imposible?

–Lo que digo es que no sucedió así.

Capítulo 26

Nathan oyó el teléfono justo cuando se estaba cubriendo la cara con espuma de afeitar. Se planteó no contestar; era la tercera llamada que recibía en la última hora y estaba seguro de que volvería a ser de la residencia, con más instrucciones de su madre.

En una bolsa que había sobre su cama ya había guardado la vieja bata abotonada hasta el cuello de su madre, una colección de cintas de audio de Catherine Cookson y las sales aromáticas. A su madre le costaba dar un paso sin ellas y probablemente estuviera teniendo un ataque de pánico por no encontrar el frasco marrón. Siempre llevaba las sales aromáticas en el bolsillo de su chaqueta de punto y un pañuelo de algodón remetido en la manga.

De niño había vivido con la peste a amoníaco en los pañuelos de algodón que su madre utilizaba para limpiarle la cara; los ojos se le llenaban de lágrimas cuando la tela le rozaba la piel. Siempre se quedaba con sensación de culpa, porque solo le aplicaba aquella medicina restauradora cuando había provocado algún disgusto. Las sales aromáticas y los llantos desgraciados de su madre eran sus únicos recuerdos de la infancia. ¿Es que no sabía comportarse mejor? ¿No podía ser más considerado, menos egoísta? Lo que en realidad pretendía decirle, aunque nunca tuvo la crueldad de verbalizarlo en voz alta, era si no podía aprender a ocultar el lado malo de su cara.

El teléfono dejó de sonar y, aliviado por el repentino silencio, se afeitó rápidamente y luego se vistió para ir a visitarla. Hoy se sentaría en el lado que su madre tenía paralizado para que no tuviera que verle la cara.

Diez minutos después, el teléfono volvió a sonar y, sofocando su impaciencia, descolgó. Alex Taylor lo saludó desde el otro lado del hilo y, por un momento, se quedó sin palabras.

—Nathan, ¿me oyes? —le gritó.

—Sí. Me has pillado por sorpresa. Esperaba otra llamada.

—Yo… esto… sabía que tienes el día libre…

Nathan se preguntó fugazmente, casi esperanzado, si iba a pedirle que cubriera su turno. Eso le daría un pretexto legítimo para saltarse la visita a su madre.

—Y, bueno, yo también tengo el día libre y me preguntaba si tenías planes o estabas libre y quizá te apetecía que hiciéramos algo juntos. Ya sabes… eh… —Soltó una risita infantil—. Pensaba que podíamos salir a divertirnos.

De inmediato, en la mente de Nathan se formaron varias ideas para excusarse de la visita a su madre. Podía telefonear a la residencia y decir que lo habían llamado para atender una urgencia.

—Yo, bueno, es que…

—He quedado con Seb Morrisey esta tarde. Conoces a Seb, ¿verdad? He pensado que quizá te apetecía quedar con nosotros.

La decepción fue como una bofetada y, en el espejo que había encima de la repisa de la chimenea, el lado pálido de su cara se ruborizó. Estaba claro que Alex creía que le debía un favor por ayudarla durante las últimas semanas y le estaba ofreciendo compartir parte del día que iba a pasar con Seb.

—Lo siento, Alex, pero no…

—Será divertido siempre que seas capaz de aguantarme tras los mandos.

Nathan percibió una nota falsa en su voz y se estremeció. Sentía lástima por él. Por eso lo llamaba. Era como todos los demás, todos sentían compasión de él. Esperaba mucho más de ella. Estaba convencido de que ella era diferente. Desde el momento que se conocieron, había querido que lo mirara y lo viera como una persona normal, y en aquel momento sintió una amarga decepción.

—Alex, siento ser brusco, pero ¿por qué me llamas? —Notó la perplejidad de ella y se apresuró a añadir—: No es buena idea. Gracias de todos modos, pero ya tengo planes para el día.

Alex se despidió apresuradamente, abochornada, y Nathan supo que debería tener mala conciencia por su falta de educación, pero no lo hacía. Varios minutos después seguía de pie junto al teléfono, mirando con amargura su reflejo en el espejo y preguntándose, no por primera vez, por qué su madre no lo había ahogado al nacer. Era un monstruo y habría sido más compasivo con él acabar con su miseria. Pero, de haberlo hecho, Cecilia Bell no habría podido vivir su vida «como una mártir», expresión que solían emplear sus amigas cuando formaban corrillo a su alrededor mientras ella se llevaba las sales aromáticas a la nariz.

Una mártir por quedarse con él.

Capítulo 27

Greg se dio cuenta de que su hijo de ocho años estaba molestando a la gente que nadaba en el carril rápido contiguo. Joe no dejaba de nadar por debajo de la cuerda e interrumpir sus brazadas. Los toboganes y las atracciones de la piscina infantil estaban cerrados y lo único que podían hacer era nadar en los carriles. Tras media hora en el agua, era evidente que Joe estaba aburrido. Ni siquiera podían jugar al pillapilla o a la pelota, y Greg sentía remordimientos por no haber comprobado el horario y haber planificado el día más a conciencia. Supo que había llegado el momento de irse y que tendría que ocurrírsele alguna otra cosa para mantener a un niño entretenido…

Tal vez podían comprobar si quedaban localidades en el Teatro Real para ver la comedia musical de la tarde. Representaban *Peter Pan* y, aunque no estaba seguro del horario de la función, había escuchado a dos compañeras ponerla por las nubes unos días atrás y pensó que a Joe podía gustarle. Pero no quería aguar ninguna sorpresa o plan al que Sue tuviera previsto llevarlo durante las vacaciones de Navidad; normalmente planeaba algo para el primer día sin escuela. Quizá, en vez de eso, podían ir al cine; seguro que había alguna película que pudiera gustarles a los dos.

Cualquier cosa sería mejor que quedarse allí y permitir que Joe siguiera molestando a la gente. Además, él también estaba ya harto de agua. No sentía demasiada predilección por la natación, prefería hacer ejercicio en el gimnasio o jugar un partido de fútbol.

Aun así, se negó a dar el día por acabado. Podían hacer un montón de cosas. Podían fingir que eran turistas y visitar la gran sala de bombas de agua y las termas romanas anexas… De hecho, su hijo probablemente se contentaría con chutar un balón en un parque siempre que después le prometiera comer en un McDonald's.

Pasaba un sábado de cada dos con su hijo. Entre el trabajo y el hecho de que Joe ahora viviera en Oxford, no podía comprometerse a más. A su exmujer, Sue, no le importaba; nunca le reprochaba que no viera a su hijo con más frecuencia ni le daba demasiado la monserga con ese asunto. Se limitaba a hacer lo que más le convenía a Joe y apoyaba la relación que mantenía con su padre lo mejor que podía. Era una buena mujer, y una buena madre. Su matrimonio no acabó porque odiara a su marido, sino porque él siempre estaba ausente y, sencillamente, se había desenamorado de él. Como una planta que no se riega, su amor había ido marchitándose poco a poco hasta que había sido imposible revivirlo, y entonces le había pedido el divorcio.

Greg seguía queriendo a su exmujer, pero no con la pasión de antaño. Era más como una buena amiga, alguien a quien nunca haría daño y a quien siempre ayudaría, bajo cualquier circunstancia. Siempre la amaría por ser la madre de Joe, eso era incuestionable.

Se estremeció y, al darse cuenta de que tenía frío, le dijo a Joe que se iban.

—¿Puedo saltar una vez más?

Greg miró a su alrededor y comprobó que, si se daba prisa, Joe podía salir y saltar sin que nadie se diera cuenta.

—Venga, pero ve rápido.

Había llegado una mujer con la intención de nadar; estaba de espaldas a él, colgando la toalla en una percha. Llevaba el cabello rubio oscuro y ondulado recogido en una coleta floja en la nuca y le caían unos mechones sueltos húmedos.

Greg vio que tenía las piernas delgadas, unos tobillos con finos huesos y las pantorrillas bien definidas. Se quitó el albornoz y Greg vio una espalda larga y esbelta, y un culo con curvas, pequeño.

Pensó que era demasiado delgada, incluso flaca, pero tenía un cuerpo bonito y el bañador de color verde oliva realzaba un culo respingón y sexi. Cuando se dio media vuelta, Greg tragó saliva y notó un calor súbito en la cara. Alex Taylor estaba a punto de zambullirse en la piscina.

Justo entonces, Joe profirió un grito espeluznante.

Capítulo 28

La sangre despejó la piscina en un santiamén. Al ver el rostro ensangrentado de su hijo, Greg se dirigió hacia él frenéticamente, abriéndose camino a empujones entre la gente. Tenía sangre en toda la parte inferior de la cara y Greg temía encontrarse con algo serio.

Alex Taylor se hizo cargo de la situación agachándose desde el borde de la piscina y sacando a Joe del agua. Lo envolvió enseguida en su toalla y luego agarró la de otra persona para sostenerla contra la cara del niño. Al ver a Greg dirigiéndose aprisa hacia ella con rostro angustiado, supuso que existía algún parentesco entre el niño y él.

–Llevémoslo a la sala de primeros auxilios –indicó con calma Alex–. Allí podré examinarlo mejor.

Joe fue llorando todo el trayecto hasta la enfermería, mientras Greg sentía remordimientos por no haber visto lo que había sucedido porque tenía la mirada en otra parte.

En aquella pequeña sala, Alex Taylor volvió a asir las riendas de la situación. Informó al enfermero que acudió corriendo de que era médico y ella se ocuparía del niño. Pidió unas gasas, un cuenco con agua templada y un poco de hielo.

Con paciencia y serenidad, sin permitir que el llanto histérico de Joe la perturbara, le limpió la sangre de la cara con agua tibia. A continuación, le abrió el labio inferior e inspeccionó sus dientes y encías antes de proceder a hacer lo mismo con el labio superior. Tomó un cubito de hielo de un recipiente de plástico y se lo colocó entre los dedos a Joe.

–Sujétate esto entre los labios como si fuera un polo. Pero no lo chupes.

Sorprendentemente, Joe hizo lo que le pidió. Alex cogió varios cubitos más, los envolvió en una gasa y luego, sosteniendo con una mano el hatillo de hielo contra la nuca de Joe, utilizó la otra mano para taparle la nariz.

—Muy bien —le dijo al niño alentándolo—. Te curaremos en menos que canta un gallo y después papá podrá comprarte un polo para que el labio se te desinfle antes.

Estuvo increíble. Enseguida, la sangre dejó de manar y el daño resultó fácil de ver. Joe se había mordido la carne por dentro del labio inferior y le salía sangre por la nariz del golpe.

—Me he chocado con la cabeza y la nariz, papi, y me he hecho daño en la barbilla —le dijo Joe, con el cubito de hielo chorreándole por la barbilla—. He intentado salir de un salto y me he vuelto a caer dentro.

Greg imaginó que probablemente había subido disparado hacia el borde, pero no había conseguido esquivarlo y, en lugar de eso, se había chocado con la cabeza. Agradeció que no hubiera sufrido ningún daño grave y poder devolverle a Joe a su madre con la tranquilidad de que lo hubiera revisado una doctora.

—Perdón por haberle perturbado el baño —se disculpó ante Alex Taylor.

Estaban todos vestidos, de pie en el vestíbulo a punto para salir. Greg se sintió terriblemente culpable al ver las sombras bajo los ojos de Alex, pues sospechaba que lo último que le faltaba era el fastidio de aquel accidente. Podría haber disfrutado de una mañana relajante.

—Solo iba a darme un chapuzón rápido. Tengo que estar en otra parte dentro de una hora.

—¿Y qué vamos a hacer nosotros ahora, papi? —preguntó Joe con impaciencia.

Tenía la nariz y el labio inferior un poco inflamados y a Greg le remordía la conciencia.

—Dame un minuto, pequeño. Déjame darle las gracias a la doctora Taylor. Probablemente nos haya evitado una visita a urgencias y, créeme, cariño, eso no te habría gustado nada.

—Pero ¿qué vamos a hacer?

–¿Qué te parece si vamos al cine?

–Voy al cine mañana por el cumpleaños de Matthew.

Su tono quejumbroso hacía que sonara como un mocoso mimado y Greg decidió que, cuando se quedaran a solas, tendría una charla con él acerca de su comportamiento.

–Joe, si no te portas bien, volveremos a casa y se acabó. Tengo un montón de cosas que hacer.

–Yo no quiero ir a casa. Yo quiero hacer algo divertido y me dijiste que hoy íbamos a pasárnoslo bien porque es casi Navidad.

–Vale, vale, tranquilo. No pretendía decir que vayamos a regresar a casa. Algo haremos, pero dame un minuto para pensar.

Alex Taylor observaba la conversación divertida, y Greg aprovechó la oportunidad para reevaluarla. ¿Podía aquella mujer estar loca? Parecía bastante cuerda en aquel momento.

–¿Os apetece hacer algo distinto? –les preguntó como si tal cosa.

A Greg no le apetecía. Le habría gustado ir a un *pub*, comer, echar un trago y luego buscar un cine donde Joe pudiera ver una película mientras él dormía.

–¿Qué se le ocurre?

–¿A alguno de los dos le da miedo las alturas?

Greg sacudió la cabeza a ambos lados con vacilación.

–Pues dadme un segundo –dijo.

Se alejó un poco y sacó su móvil.

Al cabo de un par de minutos de conversación volvió a guardárselo en el bolsillo del abrigo y se reunió con ellos.

–Bueno, pues parece que podríais hacer algo distinto siempre que siga haciendo buen tiempo.

Receloso, Greg se descubrió encogiéndose de hombros, aceptando un plan que todavía era un enigma.

–¿Qué se le ha ocurrido?

Una sonrisita iluminó el rostro cansado de Alex.

–Un paseo en helicóptero.

Capítulo 29

El sábado era un buen día para una visita guiada al hospital. Había menos jefes de departamento de guardia y, en general, menos gente.

El guía de Laura Best, Harry, un hombre bajito y achaparrado, era uno de los guardias de seguridad más veteranos del hospital y demostró tener recursos para acceder a zonas restringidas. Con encanto y cierto pragmatismo, había presentado a Laura como «la policía» que necesitaba echar un vistazo a las instalaciones.

El hospital era mucho más grande de lo que Laura imaginaba. No solo estaban las plantas y las salas de quirófanos, sino muchas instalaciones que quedaban fuera de la vista de los pacientes: vestuarios, salas de formación, oficinas… Al principio, Laura estaba resuelta a prestar atención, pero, a medida que avanzaron, su paciencia empezó a flaquear. Por suerte, Harry resultó ser un poco cotilla.

Laura había desconectado de las partes aburridas: los recortes, la escasez de personal, las áreas cerradas y la historia del hospital, y solo aguzaba las orejas cuando el tema le resultaba útil.

Para entonces ya sabía los nombres de varios empleados del hospital, tenía noticia de dos romances en la planta principal, sabía que acababan de sancionar a una enfermera por «enviar a un paciente a la mierda» y que, recientemente, a otra le había fracturado la mandíbula un enfermo al despertarse de la anestesia en la sala de recuperación.

Fue aquella última perla la que le espoleó a hablar con Harry mientras descendían por una pequeña rampa para enseñarle parte del antiguo sistema de canalizaciones.

–Pues se diría que tienen ustedes que hacer frente a tanta violencia como nosotros…

–A veces sí –corroboró Harry, mientras rebuscaba una llave en su cadena–. Sobre todo en el área de urgencias. Y por la noche solo hay dos guardias de seguridad. Muchas veces tenemos que pedir refuerzos para que vengan a ayudarnos con los pacientes problemáticos.

–Es un milagro que no ataquen a más personal.

–Lo hacen, si no se andan con cuidado. Llevan alarmas personales encima. Al accionar el botón, se da la alerta a los guardias de seguridad para que acudan corriendo. Pero, como ya le he dicho, somos solo dos.

–Es una pena que la doctora Taylor no llevara una de esas alarmas consigo hace dos semanas.

Harry levantó la mano al oír aquello y se la quedó mirando de manera extraña, cosa que hizo a Laura buscar con cuidado las palabras para formular su siguiente comentario.

–Podría haber pedido ayuda y la habrían encontrado antes en el aparcamiento, en lugar de estar ahí tirada tanto rato con este tiempo tan frío.

–Ah, lo dice por eso –respondió él–. Sí, podría haberla llevado. Y haberla hecho sonar. Por un momento he creído que pensaba usted que la habían agredido.

Laura se encogió de hombros.

–Bueno, ella piensa que la agredieron.

Harry negó con la cabeza.

–Fui yo quien la encontró, junto con su novio. La pobrecilla estaba allí tirada.

Laura aprovechó su ventaja.

–Entonces, ¿no cree usted que la atacaran?

Él volvió a negar con la cabeza.

–No. No veo motivo para creerlo. Había ramas caídas a su alrededor, hacía un viento de mil demonios aquella noche y tenía toda la ropa bien puesta, si entiende a lo que me refiero… Quiero decir que estaba vestida. Debió de quedar inconsciente de un golpe, creo yo. Con una rama, quiero decir. No sé a qué vino tanto revuelo después. Debió de sufrir una conmoción.

–He oído decir –respondió Laura bajando la voz al tiempo que inspeccionaba el pasillo de punta a punta para comprobar que estaban completamente solos– que el año pasado le pasó algo raro.

Harry la perforó con la mirada y Laura apreció algo que se le había pasado por alto: más allá de su afabilidad, de la conversación y de los cotilleos, había una astuta inteligencia.

–No sé mucho sobre eso. Sí que le ocurrió algo, pero no sé exactamente qué. El joven doctor se tomó un tiempo de baja. Se ausentó del hospital cerca de un mes. El único motivo por el que me enteré de que había pasado algo fue porque me tropecé en el pasillo con la especialista y con Fiona Woods y la doctora Taylor iba llorando.

–¿Y no sabe qué sucedió?

–Podría ser cualquier cosa. Veo a personal llorando todo el tiempo. Es por la presión del lugar, sobre todo en urgencias. No tienen ni un respiro. Algunos lloran porque pierden a pacientes… Desempeñan un trabajo duro, ¿sabe? No debería…

–No se preocupe. Me ha sido usted de mucha utilidad, gracias. Creo que ya hemos visto todo lo que había que ver, ¿no?

Laura Best salió del hospital de un humor optimista. Había conseguido lo que buscaba. Había conocido al hombre que encontró a Alex aquella noche y había escuchado su versión de los hechos. Había determinado que la doctora Taylor estuvo involucrada en algún otro episodio el año anterior, y que mentía.

No había ocurrido. Alex Taylor se había inventado toda aquella historia, y tenía que ver con lo sucedido un año atrás.

Capítulo 30

Con unas orejeras protectoras negras puestas y una chaqueta amarilla fluorescente con la palabra DOCTOR escrita en verde en la espalda, Alex estaba de pie, como sus invitados, de espaldas al helicóptero, de cara a unos arbustos y una verja de malla de alambre. Las aspas seguían rotando y el aire levantaba ramitas, hojas y piedrecillas del suelo que se les metían en los ojos.

Se encontraban en el campo de críquet situado a escasos metros de la entrada del área de urgencias, separado de los terrenos del hospital por una simple verja. Era un lugar ideal para aterrizar el helicóptero que transportaba a pacientes y el club de críquet toleraba las incursiones esporádicas sin queja.

El helicóptero que tenían detrás, propiedad privada de tres pilotos de ambulancia de Wiltshire, era un Robinson R44, un aparato ligero con cuatro asientos que permitía una buena visibilidad a todos los pasajeros.

Las altas y esbeltas luces de advertencia que había delante de Alex emitían una luz azul intermitente que indicaba que el helipuerto estaba en uso. Alex esperó a que el motor se acallara antes de girarse y esperar a que le dieran la señal de «aproximación».

Le costaba creer lo que acababa de hacer. Aquella decisión impulsiva no era propia de ella. Ni siquiera le caía bien el inspector Turner; era consciente de que la miraba como si fuera un bicho raro. Solo podía achacar su comportamiento al humor en que se encontraba y a su absoluta consternación y bochorno porque Nathan Bell la hubiera rechazado.

Quizá sí fuera un bicho raro. Su nueva amiga, Maggie, también lo pensaba. La noche anterior se había marchado de casa de

Maggie jurándose mentalmente que no regresaría más. Se había hecho un ovillo en el centro de su cama de matrimonio sintiéndose completamente sola y aterrorizada, y solo la idea de ver a Nathan Bell al día siguiente la había frenado de echar mano del vodka o de un diazepam para pasar la noche.

—Doctora Taylor, ¿está completamente segura de que podemos hacer esto? —le preguntó su invitado.

Por una vez, su cara no le pareció un libro cerrado y leyó las preguntas que le hacía con la mirada. «¿Está segura de que podemos subir en ese helicóptero sin que nadie nos detenga? ¿O todo esto es una broma?».

Antes de tener tiempo de responder, la llamaron a gritos desde el otro lado del campo. Seb Morrisey había bajado del asiento del piloto y caminaba con torpeza hacia ella.

—Hola, mi doctora favorita. Ya era hora de que volvieras a ponerte al timón.

Hablaba con un agradable acento australiano y con una alegría contagiosa, y Alex se descubrió riendo cuando él la levantó del suelo y la hizo girar en el aire mientras le daba un gran abrazo de oso.

Fue entonces cuando Seb se percató de la presencia de sus dos invitados y se dirigió hacia ellos con la mano tendida.

—Usted debe de ser el señor Turner —dijo, dándole un apretón de manos—. Y tú debes de ser Joe —le dijo al niño—. Me alegro de que hayan podido venir. Va a ser un vuelo agradable. Tendremos buena visibilidad durante las próximas horas.

—Llámame Greg, y gracias por invitarnos —respondió Greg Turner—. Es muy amable de su parte.

—De nada, Greg. Cualquier invitado de Alex es más que bienvenido. Es una VIP.

A Alex le habría gustado callarlo antes de que añadiera nada más, pero Greg Turner había arqueado una ceja a modo de interrogatorio y Seb Morrisey se dispuso a darle más detalles.

—Me salvó la vida, literalmente.

Alex intercedió antes de que profundizara demasiado en la historia.

—Corta el rollo, Seb. El señor Turner no tiene por qué saber eso. Y estoy segura de que a Joe le interesa mucho más que le expliquen cosas del helicóptero.

Seb desvió la atención hacia el niñito, que tenía los ojos clavados en él como si aquel hombre fuera un superhéroe hecho realidad, lo cual era comprensible. Vestido con uniforme de piloto azul marino con charreteras, insignias y botones plateados, Seb Morrisey parecía un Action Man de carne y hueso. Medía un metro ochenta y ocho, tenía los hombros anchos, el cabello moreno bien corto y la piel bronceada por el viento. Alex sabía que la mayoría de las mujeres del departamento de urgencias, y un par de hombres, se derretían cuando Seb traía a un paciente en su helicóptero.

—Perdona, Joe —le dijo al muchacho que lo miraba como si fuera un dios—. ¿Quieres que te explique cosas sobre helicópteros?

Joe asintió con la cabeza, sin decir ni mu.

—De acuerdo. Pues, empezaré diciéndote que son muy fáciles de entender. El piloto pisa pedales para girar el helicóptero hacia la izquierda o hacia la derecha, un poco como los pedales de los autos de choque. Y luego mueve una palanca, que llamamos palanca del cíclico, y eso inclina el helicóptero hacia delante, hacia atrás o hacia los lados. Y, para acabar, mueve otra palanca, el colectivo, y eso hace que el helicóptero suba o baje verticalmente, lo cual permite que despegue recto, sin tener que tomar carrerilla antes, y que aterrice del mismo modo. —Seb acompañó sus explicaciones con las manos, los brazos y todo el cuerpo para imitar el manejo de los instrumentos que mencionaba e ilustrarle la lección a Joe—. ¿No te he dicho que era muy fácil? —le preguntó minutos después, tras explicarle la anatomía completa del helicóptero.

Joe volvió a mirarlo con los ojos como platos y respondió con otro asentimiento de cabeza, sin decir nada.

—¿Y qué? ¿Os apetece volar un poco?

Los tres miembros del público afirmaron con la cabeza.

Seb miró a Alex, antes de hacerle una reverencia teatral.

—Todo suyo, doctora.

Greg Turner estuvo a punto de dar un traspiés al oír aquello.

–¿Te refieres a que…? Creía que… ¿No vas a pilotarlo tú?

–No, lo hará la doctora –respondió Seb sin más.

Mientras sobrevolaban la ciudad, Greg contempló la vista aérea del balneario de Thermae, el único en toda Gran Bretaña alimentado por aguas termales naturales, construido sobre un edificio de vidrio ultramoderno y rodeado por sus antepasados históricos. Los romanos habían construido los primeros balnearios en Bath y dos mil años después todavía podía disfrutarse de ellos. Mientras observaba a los nadadores diminutos a miles de metros bajo ellos, relajándose en las calientes aguas, recordó las formas esbeltas y gráciles de Alex Taylor.

La vista de la arquitectura era espléndida y admirar el maravilloso diseño de Bath, con el Circus, el Royal Crescent y el puente de Pulteney, hizo que a Greg casi se le saltaran las lágrimas.

La voz de Seb interrumpió su ensoñación.

–¿Qué me dices, Greg? ¿Te apetece saber cómo nuestra joven doctora me salvó?

Greg miró hacia su hijo, receloso de lo que pudiera estar a punto de oír. Seb se dio unos golpecitos en los auriculares.

–No puede oírnos, a menos que lo conecte.

Greg le hizo un gesto afirmativo con la cabeza para que procediera.

–Fui una de las víctimas de los atentados del 7 de julio en Londres. Andaba haciendo mis cosas, tenía el día libre y acababa de subirme al tren en King's Cross sin pensar en nada más que en la maravillosa nueva novia que había dejado durmiendo en mi cama. Tenía un cabello pelirrojo precioso, y allí estaba yo, sentado, pensando que era un tipo afortunado.

–¡Seb! –intervino Alex Taylor–. No le cuentes eso ahora al señor Turner.

Greg apreció un leve rubor en la mejilla derecha de Alex.

–Te escucho, Seb.

–El estruendo fue espantoso, como un animal de acero torturado intentando liberarse. Al principio pensé que habíamos colisionado con otro tren. Y entonces, bajo la oscuridad que lo cubrió todo, empezaron a oírse gritos. Al principio no sentí nada. Pero un trozo de metal me atravesaba la pierna y supe que estaba atrapado. No dejaba de pensar en estupideces, como en la gasolina y el fuego y en que olía a caucho quemado. Pensé que había llegado mi hora, sobre todo cuando se hizo el silencio. Supuse que habían rescatado al resto de los pasajeros. Solo después supe por qué habían cesado los gritos. Al cabo de un rato, me sentí casi feliz de estar allí tumbado en la oscuridad. Dejé de pensar en que tenía miedo y en que no podía mover la pierna. No sé cuánto tiempo pasó; dejó de importarme. Lo siguiente que recuerdo es pensar que estaba en el cielo, al ver el bello rostro de la doctora mirándome. Como es tan flacucha, pudo meterse en huecos donde otros no cabían y me encontró. Arriesgó la vida por salvarme, Greg. Y en aquel entonces ni siquiera era una médico experimentada, solo otra pasajera que arriesgó su vida por un desconocido.

El leve rubor de la mejilla de Alex se había acentuado y Greg pensó que aquella historia merecía un comentario sincero.

–Menuda historia más asombrosa, Seb. Y doctora Taylor, permítame decir que, si alguna vez me pasa algo parecido a lo que le ocurrió a Seb, espero tener la fortuna de que alguien como usted me ayude.

Greg desvió la mirada hacia las espléndidas montañas que rodean la ciudad, el asombroso paisaje de montes escarpados y exuberantes praderas en el que Bath está enclavada. Aquel era su hogar, y Greg se sintió feliz allí sentado con aquellas dos personas. Recordaría aquel día durante mucho tiempo.

Más tarde, aquella noche, Greg se libró del ritual quincenal de decir los nombres de todos los jugadores de fútbol de la selección inglesa cuya foto colgaba de la pared del dormitorio de Joe. En la pequeña y moderna casa adosada de dos habitaciones que había alquilado, sin pensar demasiado en buscar un lugar permanente donde vivir después del acuerdo de divorcio, Greg había dejado que Joe decorara el cuarto de invitados a su antojo. Pósteres de diversos equipos de fútbol cubrían la pared de color crema, puesto que Joe aún no había elegido qué club era su preferido. Pero aquella noche los futbolistas no le parecían tan interesantes. Tenía en la cabeza otros héroes más emocionantes.

–Ha sido un día increíble, ¿a que sí, papi? –le dijo por enésima vez.

Le había inspirado enormemente aquella vivencia y no había dejado de hablar de helicópteros ni un segundo. Había guardado en los cajones de la mesita de noche la visera y la insignia que Seb le había regalado, lo más cerca posible de él.

–Ha sido un día magnífico, Joe. Quizá podamos repetirlo alguna vez.

–¿Con Alex y Seb?

–Puede ser.

–¿Es su novia?

–No lo sé, Joe. Creo que no.

El piloto había ido sentado al lado de Alex durante el vuelo y estaba claro que eran buenos amigos, pero Greg no había detectado que fuera más allá de eso. Tras explicarle su historia, Seb se había pasado gran parte del tiempo hablándole por el micro a Joe, señalándole y nombrándole los edificios que veían a sus pies.

–Creo que sale con otra persona.

–Pues qué pena.

–¿Por qué?

–Porque podría salir contigo y entonces podríamos volar siempre que quisiéramos.

Greg sonrió.

–Eres muy cruel, Joe Turner. Voy a tener que vigilarte muy de cerca.

Cuando su hijo se hubo dormido, sacó una botella fría de San Miguel de la nevera, encendió un cigarrillo y se lo fumó en el umbral de la puerta que daba al patio interior. Pensó en el sentimiento de admiración que había tenido aquel día. La doctora Taylor era increíble y él estaba asombrado. Era tan capaz que asustaba. Se preguntó cómo alguien tan joven podía haber conseguido tantas cosas. Había manejado el helicóptero con tranquilidad, mejor de lo que él conducía un coche, y el viaje había transcurrido de manera plácida. Recordaría siempre aquel día. Tal como había dicho Joe, había sido un día increíble.

Alex Taylor no le cuadraba. Tenía todas aquellas cualidades impresionantes y, sin embargo, hacía apenas unas semanas, la había escuchado contar una historia inverosímil. Había visto cómo paralizaba todo un departamento hospitalario y había escuchado y percibido la preocupación de algunos de sus colegas por su comportamiento. Había escuchado el catálogo de trastornos mentales que Laura Best creía que padecía. Cuando Greg le había preparado un té en su cocina para sacarla de la conmoción por la muerte de Lillian Armstrong, había visto tres botellas de vodka vacías en el fregadero y, al buscar el azúcar, había visto un frasco con diazepam en un armario. Ambas sustancias le indicaban que no estaba llevando bien la situación y, sin embargo, la había dejado pilotar un helicóptero con su hijo a bordo. ¿Es posible que fuera una alcohólica y una drogadicta? «Quizá esté encaprichado de ella», pensó con ironía. O quizá simplemente había comprobado que era una persona mucho más fuerte de lo que parecía. Aquel día, la doctora Taylor había tomado las riendas y Greg esperaba sinceramente que no tuviera ninguna otra crisis importante ni padeciera ninguna enfermedad mental. Había conocido a otras personas brillantes con problemas de salud mental y era como contemplar una vagoneta de una montaña rusa, con la salvedad de que lo único que hacía era acelerar más y más hasta acabar estrellándose.

Por un instante, Greg sintió la tentación de ir a visitar a Alex de nuevo, cuando no estuviera en compañía de Joe, y proponerle que se tomara un descanso como era debido. Tal vez le sentaría bien tomarse una breve baja, disponer de un poco de tiempo para volver a encontrar el equilibrio.

Pasar aquel rato con ella lo había hecho reflexionar sobre su propia vida. A él tampoco le iría mal volver a encontrar el equilibrio. Habían transcurrido seis meses desde el divorcio, y hacía incluso más tiempo que no compartía su cama con una mujer. El episodio con Laura no contaba, porque aquello no había sido hacer el amor. No era demasiado pronto para empezar a pensar de nuevo en esa parte de su vida; de hecho, a Joe no parecía inquietarle la idea de que su padre encontrara una novia. Pero Alex Taylor tenía pareja, así que Joe tendría que reformular sus planes de casamentero. Y, además, era demasiado fantasioso pensar que ella pudiera sentir ningún interés por él. Probablemente Greg fuera demasiado corriente para alguien como ella. En lugar de pensar en su vida amorosa, quizá debería encontrar un pasatiempos. Tal vez podía aprender a pilotar helicópteros…

Capítulo 31

Debería haberle telefoneado y haberle informado de que pasaría a recoger sus cosas en lugar de colarse por la puerta de atrás de aquel modo. Habían roto, pero no se habían convertido en archienemigos y eran adultos, no adolescentes. Patrick seguramente pensaría que se estaba comportando como una niña. Pero, sencillamente, no tenía ganas de verlo cara a cara en aquel momento. No quería escucharle decir una vez más que contara con él para lo que necesitara. De no haberle hecho falta el portátil, ni siquiera habría ido su casa, pero tenía que dar una presentación en PowerPoint a un nueva promoción de internos y necesitaba el puñetero trasto.

Llovía a mares, las gotas le resbalaban del flequillo a los ojos y estaban empezando a irritarla. Debería haber dado media vuelta y haber entrado por la puerta de la consulta, desde donde él le habría permitido acceder a la vivienda. Solo habría supuesto pasar un minuto en su compañía; Patrick habría estado demasiado ocupado para hablar y entonces ella podría haber recogido sus trastos y haberse marchado enseguida.

Dando pasos cautelosos por el fangoso camino consiguió llegar hasta la verja sin resbalar. Atravesó el jardín y pasó frente a las casetas donde Patrick acogía a perros y gatos para conseguir un sobresueldo. Justo en aquel momento, Wendy, la joven enfermera veterinaria que lo ayudaba, salía de la construcción anexa con un cubo de metal y una voluminosa saca de pienso para perro.

–¿Te echo una mano? –le preguntó Alex.

Wendy negó con la cabeza.

–No, tranquila. Ya me las apaño.

Era una joven de aspecto robusto, con muslos y hombros

musculados. Con sus mofletes rubicundos y sus botas de agua verdes, parecía una granjera. Sonrió a Alex educadamente y desapareció en el cobertizo que había junto a las casetas.

Alex abrió la puerta trasera y vislumbró la silueta de Patrick a través de la ventana de vidrio esmerilado de la consulta. Un perro ladraba y Patrick le hablaba con voz fuerte a su amo para hacerse oír por encima de los ladridos.

Alex entró en una pequeña habitación sin ventana, que en un origen había sido el retrete exterior, antes de que se construyera la ampliación para la consulta veterinaria. El suelo era de hormigón y las paredes estaban pintadas de blanco. Albergaba una pequeña ducha, un colgador para abrigos y bolsos y un gran armario de medicamentos gris cerrado con llave. Cuando acababa la jornada, allí era donde Patrick se quitaba la bata blanca, la ropa de trabajo y el olor de los animales con una buena ducha.

A veces, a Alex le habría gustado que fuera menos quisquilloso y más parecido a su padre. El veterinario jubilado era muy distinto de su hijo: pelos de animal cubrían todas sus chaquetas y siempre llevaba trocitos de comida en los bolsillos.

Entró en la casa, aliviada al comprobar que no la seguían. Echó un vistazo a aquel entorno que le resultaba tan familiar; todo estaba inmaculado, como siempre. El sofá de cuero estaba reluciente, no había ni una mota de polvo ni sobre el televisor ni sobre ninguna otra superficie, y, en el escritorio de Patrick, un ordenador, un teléfono inalámbrico y un frutero plano con manzanas rojas estaban milimétricamente colocados. Sobre el escritorio, en las estanterías, había varios archivadores perfectamente etiquetados y, junto a ellos, una fotografía de ella.

Se la había sacado en verano. Vestía unos pantalones cortos blancos y la parte de arriba de color amarillo limón de un bikini. Acababan de comerse un helado y estaban sentados en el espigón del puerto de Weymouth. Habían ido a pasar el día y habían acabado reservando una habitación en un motelito porque querían hacer el amor. Al salir, al cabo de solo unas horas, el propietario los había mirado con complicidad y habían ido riendo hasta el coche.

Había sido un día mágico y ella había regresado bebiendo los vientos por él. Su relación se había reforzado a partir de entonces y habían acabado viéndose a diario, como algo normal. Había creído que compartiría la vida con él.

Tragó saliva con dificultad y ahuyentó aquel feliz recuerdo.

Subió las escaleras hasta el dormitorio y vio su portátil en la mesilla de noche, en su lado de la cama. La cama estaba hecha y las almohadas ahuecadas. Sacó su ropa interior y calcetines de los cajones, un par de camisetas y unos tejanos viejos y lo metió todo en una bolsa. Del cuenco de cristal que había sobre la cajonera cogió un par de aretes plateados y, con alivio, el mando a distancia extra de su *parking*. Se le había olvidado que se lo había dado a Patrick, porque nunca lo utilizaba. Siempre aparcaba fuera y llamaba al interfono para que le dejara entrar en el edificio. Todavía tenía que denunciar a la policía que le faltaba el mando a distancia y decirles que pensaba que se lo había robado quienquiera que hubiera atropellado a Lillian Armstrong. En el cuarto de baño recogió los pocos artículos de aseo personal que tenía allí. En conjunto, sus cosas ni siquiera llenaban una bosa y le pareció triste que llevaran saliendo un año y hubiera tan pocas cosas suyas en casa de él.

Patrick había dejado aún menos cosas en casa de ella: dos CD y una chaqueta. Se las enviaría por correo en cuanto pudiera; no quería hacer aquel viaje otra vez. Echó un último vistazo a las habitaciones de la planta de arriba, posando la mirada sobre la cama. La invadió una sensación de pérdida. Se había acabado del todo. No regresaría.

Lo encontró sentado en el último peldaño de las escaleras al bajar. Estaba rompiendo sus propias normas llevando la bata del trabajo blanca en su vivienda. Le daba la espalda.

Volvió la vista hacia ella al oírla aproximarse.

Sus ojos azules reflejaban confusión.

—La he fastidiado de verdad, ¿no es cierto? —le preguntó en voz baja.

—No hablemos más de ello, Patrick —contestó ella casi en tono de súplica.

—Te quiero, ¿sabes? No pretendía hacerte daño.

—Si tú lo dices…

—De verdad —le aseguró él enérgicamente—. Te echo de menos, más de lo que puedas imaginar.

La agarró de la mano cuando ella hizo amago de pasar por su lado y le imploró, desesperado:

—No te vayas. No hablaremos de nada. Pero quédate conmigo. Quédate a pasar el día conmigo.

Ella negó con la cabeza.

—No puedo, Patrick. No puedo estar con alguien que no me cree. Y ya no confío en ti.

—¡No he mirado a ninguna otra mujer desde que estoy contigo!

—No hablaba de ese tipo de confianza.

—¿Te refieres al tipo de confianza en la que podemos hablar de todo el uno con el otro?

—Sí.

—¿Y saber que puedes explicarle cualquier cosa a la otra persona sin temer nada?

—Sí.

Patrick le soltó la mano y se puso en pie.

—Entonces, según parece, tú tampoco confiabas lo suficiente en mí.

—¿A qué te refieres? —le preguntó confundida.

—No me contaste lo que sucedió el año pasado. Me lo ocultaste, ¿no es cierto, Alex? ¿Acaso pensabas que no lo entendería o que no querría salir contigo?

Con labios temblorosos, Alex farfulló:

—¿Quién… te lo ha… dicho?

—Fiona. Está preocupadísima por ti. Todos lo están. Incluso Pamela. Dice que tuviste una especie de crisis el día de su boda. Todo el mundo está preocupado por ti y nadie sabe cómo ayudarte.

Alex consiguió caminar hasta el despacho de Patrick, colocando a ciegas un pie delante del otro mientras se dirigía a la puerta que le permitiría salir de aquella casa.

—Déjame ayudarte, Alex. Afrontemos esto juntos.

Alex se detuvo al llegar a la puerta, consciente de que lo tenía solo un paso por detrás.

–Gracias por permitirme recoger mis cosas. Ahora tengo que irme a trabajar.

–Alex, no te vayas. No deberías trabajar en este estado. Podemos buscar a alguien que te ayude. Caroline prefiere que pidas la baja por enfermedad y recibas la ayuda que necesitas.

«Por el amor de Dios», pensó ella. ¿Con cuánta gente había hablado? ¿Cuánta gente había por ahí analizándola? Notó la bilis subiéndole por la garganta y supo que tenía que salir de allí enseguida, antes de perder los papeles.

–Llego tarde –dijo tensa–. No hace falta que me acompañes.

Él hizo un último intento:

–Cuenta conmigo si me necesitas. Recuérdalo, Alex, por favor.

Tenía tanta prisa por regresar a su coche que prácticamente sobrevoló el camino fangoso. Le temblaban las manos mientras intentaba abrir la puerta del conductor. Había aparcado cerca del seto para dejar paso a los otros vehículos que acudieran a la consulta y se le mojó la ropa al rozarse con ellos.

Finalmente se sentó en el asiento del conductor con el motor apagado, la ropa empapada, el cabello chorreando de nuevo, y la lluvia aporreando el parabrisas e impidiéndole ver el exterior, cosa que en aquel momento agradeció. Nadie oyó su llanto desgarrador ni vio sus lágrimas diluirse en las gotas de lluvia que resbalaban por su rostro.

Todos hablaban de ella, todos pensaban que se había vuelto loca. No lo soportaba más.

Capítulo 32

La reunión informativa fue un fiasco de principio a fin. Greg habría querido retorcerles el pescuezo a unos cuantos agentes. Algunos habían llegado tarde, otros ni siquiera se habían molestado en presentarse y los que sí lo habían hecho no tenían nada útil que aportar. No hacían más que removerse inquietos en sus asientos, a la espera de que los autorizara a marcharse. Pero no estaba dispuesto a hacerlo,

–Recapitulemos: Lillian Armstrong lleva muerta casi una semana y ni siquiera hemos sido capaces de determinar qué hizo en sus últimas horas de vida. No hemos localizado ni a un solo testigo. No hemos averiguado aún ni siquiera el nombre de uno de sus clientes. Y tampoco hemos dado ni con el coche ni con la persona que la mató.

Lentas sacudidas de cabeza y encogimientos de hombros indiferentes fue todo lo que obtuvo por respuesta y, furioso e incapaz de soportar el letargo de la sala ni un minuto más, se puso en pie y dio un puñetazo con fuerza en la mesa.

–¡Ha muerto una mujer! ¡Tenía treinta y cuatro años! ¿Queréis despertar de una puñetera vez? Alguien la atropelló y la dejó morir. Moved esos culos y encontrad algo. ¡Haced algo! Hablad otra vez con su familia. Volved a interrogar a sus amigos. ¡Conseguid los nombres de sus clientes habituales! Hablad con los inquilinos de esos pisos. Llevaba unas botas de piel puestas, una minifalda roja que le dejaba a la vista el trasero y las tetas prácticamente colgando a la vista. Alguien tuvo que verla. ¡No era invisible, joder!

Las dos docenas de agentes de la sala levantaron la cabeza sorprendidos, con los bocadillos y bollos, los cafés y las latas de bebida en las manos, congelados en el aire. Su inspector jefe estaba enfadado, y no era habitual verlo así.

Greg rara vez gritaba a sus agentes, principalmente porque no había motivo para hacerlo, pero aquella investigación no había dado ni un solo paso en seis días y Greg tenía la horrible sensación de que estaban holgazaneando porque Lillian Armstrong era una prostituta y pensaban que no merecía que pusieran todo su empeño en resolver su caso.

Peter Spencer se coló en la sala y se dirigió hacia una silla vacía. Greg también se giró hacia él.

—Llegas un poco tarde, ¿no? Acabamos de terminar y, a menos que tengas algo concreto que aportar, no tiene sentido que te quedes.

Peter Spencer tamborileó un dedo sobre un sobre rígido. No era el tipo de hombre dado a jueguecitos ni tenía ningún interés especial en anotarse puntos.

—No la atropellaron en la plaza de *parking* donde la encontraron. La trasladaron ahí después de atropellarla.

—Eso ya lo sabemos, Peter —dijo Greg, interrumpiendo al oficial forense—. Pero ¿cómo fue? ¿Llegó ella caminando o arrastrándose o la dejaron allí tirada?

—No. El resto de cosas que hemos encontrado o, para ser más exactos, que no hemos encontrado indican que estamos ante un caso anómalo —explicó Peter Spencer.

Todo el mundo en la sala se puso en alerta y se enderezó en sus sillas. Todos querían saber lo que el oficial forense sénior pretendía explicar.

—La situación es la siguiente: sabemos que los coches de las dos parcelas contiguas estuvieron estacionados todo el día. El neumático dejó una huella bien definida en la chaqueta. Sin embargo, no hay ninguna otra rodera de ese neumático que conduzca hasta la mujer o se aleje de ella. Simplemente tiene la marca ahí, en el pecho, como si se la hubieran pintado. Y otra cosa más: no hay sangre por ninguna parte. La mano le sangraba a chorro, de manera que, si la hubieran arrastrado hasta allí, habría dejado un reguero, pero la única sangre que encontramos estaba alrededor de su cadáver y, por ese motivo y porque no hay ninguna marca de neumático que conduzca hasta ella, tenemos que suponer que la atropellaron en otro sitio y la dejaron tirada en esa plaza de *parking*.

Había captado la atención de Greg.

–¿Y no pudo atropellarla una moto? En ese espacio, quiero decir.

–Pero ¿dónde están las roderas, Greg? Tal como he dicho, no hay ninguna marca que se aproxime o se aleje de su cuerpo. Podrían no haberla atropellado en ese aparcamiento.

–Deberíamos comprobar los neumáticos del coche de Alex Taylor para saber si coinciden con la huella encontrada –apuntó Laura Best de repente desde su extremo de la mesa.

Greg notó que se le cerraba la garganta.

–¿Crees que atropelló a Lillian Armstrong? –logró articular.

Laura se encogió de hombros con gesto ingenuo.

–Podría ser, jefe. Podría haberla llevado hasta esa plaza después de atropellarla para confundirnos. Cuando examinamos su coche ese día, lo acababa de limpiar. Podría haber atropellado a esa mujer, darse cuenta de que había huellas y haber llevado a limpiar el coche.

–Se necesita un temple de acero para hacer algo así –observó Peter Spencer secamente.

–Sabría que habrían quedado restos de sangre y pruebas –insistió Laura–. Es médico y probablemente sepa más de investigación forense que ninguno de los aquí presentes. Sería muy sencillo comprobar si los neumáticos de su Mini coinciden con la rodera hallada en Lillian Armstrong.

–Lillian Armstrong pesaba 78 kilos –dijo Greg, logrando que su voz transmitiera asombro y escepticismo al mismo tiempo–. La doctora no es Superwoman. ¿Esperas que creamos que atropelló a esa mujer y luego la llevó o la arrastró hasta su plaza de aparcamiento? ¿Y luego qué? ¿Se larga a limpiar el coche?

–Sí –respondió Laura con convicción–. Además, para una doctora o una enfermera, mover un cuerpo no sería difícil. Lo hacen todo el tiempo ayudándose de sábanas para arrastrarlo y hacerlo rodar.

Greg se puso en pie mientras ordenaba sus pensamientos.

–Pero ¿por qué iba a arriesgarse a que encontraran a la mujer entre tanto? A menos que insinúes que la llevaba escondida en el maletero mientras limpiaba el coche… Ahora bien, de ser así, la mujer habría fallecido. Habría estado ya muerta cuando la ambulancia llegó al lugar y no habría sangre salpicada por toda la pared.

–Lo único que digo es que pudo hacerlo. Que pudo dejarla inconsciente, envolverla en una sábana, trasladarla y luego quitar la sábana. Entonces la mujer se desangra hasta morir. Y Taylor tiene que tomar decisiones: o dejar el cadáver allí mientras lleva el coche a limpiar o llevárselo con ella. Pero yo apuesto a que lo dejó allí. Quizá incluso quisiera que lo hallara otra persona y quitarse del panorama. Lo que ocurre es que llega y la mujer sigue ahí, y entonces ella se ve obligada a interpretar su pequeña pantomima.

–¿Y qué hay de la hora de la muerte? –interrumpió Peter Spencer–. Cuando la ambulancia llegó, acababa de morir.

–Pero ¡si fue la doctora Taylor quien dijo que acababa de morir! –exclamó Laura excitada–. Es médico. ¿Cómo no iban a aceptar la hora de la muerte que les indicó ella?

–No obstante, como bien dices, la doctora Taylor estaba cubierta de sangre. ¡La habrían visto! –objetó Greg.

–No necesariamente. A las cuatro ya ha oscurecido. Y en muchos trenes de lavado ahora es uno mismo quien lava el coche. Bajas la ventanilla, metes las monedas en una ranura y conduces tú mismo a través del tren. Pudo no verla nadie. Entonces ella regresa y ve una ambulancia, así que vuelve a marcharse en coche o regresa y encuentra a la mujer muerta tal como la dejó y puede llevar a cabo su pequeña actuación de pedir asistencia.

Laura hizo una exposición impecable y Greg se sintió indefenso mientras ella aportaba un argumento tras otro.

–Entonces ¿por qué iba a decirnos que la mujer tenía una marca de neumático en el pecho? No tiene sentido.

–Tenía que decírnoslo. Sabía que lo averiguaríamos. Esta historia es mucho más creíble que sus otras historias –respondió Laura–. Secuestro…

–Estoy un poco confuso –intervino Peter Spencer–. Pero ¿por qué crees que la doctora está implicada en este asunto?

Greg respondió por Laura:

—La detective Best tiene la teoría de que la doctora Taylor padece una forma de Munchausen y está creando situaciones para llamar la atención.

—Ha ocurrido antes —argumentó Laura—. Conocí a la doctora Taylor en octubre. Denunció que la habían secuestrado, la habían llevado a un quirófano del hospital y la habían amenazado con practicarle una cirugía o violarla y luego, milagrosamente, sus colegas la encontraron en el aparcamiento del hospital y la trasladaron a urgencias. Estaba ilesa, salvo por un pequeño chichón en la cabeza. No había ningún indicio de violación o cirugía. Nos lo tomamos con escepticismo, por no decir algo peor. Un par de semanas después llamó a Greg para que acudiera a urgencias porque, según decía, una paciente que se le acababa de morir había sido asesinada.

—¿De quién se trataba? —preguntó Peter.

—De la enfermera desaparecida, Amy Abbott —aclaró Greg—. La trasladaron en ambulancia al hospital con una hemorragia y falleció poco después. El forense estableció que había sido un aborto autoinfligido.

—Es interesante que aún no sepamos nada del paradero de Amy Abbott durante el tiempo que estuvo desaparecida —dijo Laura—. Nadie parece saber dónde estuvo. Estuvo sola durante cinco días, sin sacar dinero de su cuenta bancaria y, al parecer, sin que nadie la viera. ¿Dónde estaba, Greg? ¿Dónde tuvo lugar ese aborto? Quizá la doctora Taylor lo sepa.

—La doctora Taylor y tú habéis comprobado y confirmado ese punto. La doctora Taylor estaba en Barbados cuando Amy Abbott desapareció. Tal vez nunca averigüemos dónde pasó Amy los días previos a su muerte. Pero lo que sí sabemos es que la doctora Taylor no pudo llevarla a ningún sitio porque estaba a 6500 kilómetros de distancia. Y Laura —añadió Greg en tono cortante—, por si no te has dado cuenta, no estamos investigando la muerte de Amy Abbott.

—Pensaba que la doctora Taylor estaba de compras en Bristol y, al regresar, había encontrado a Lillian Armstrong ya herida —intervino un oficial que había sentado junto a Laura.

–Eso dijo ella –espetó Laura–. No hemos comprobado sus movimientos ni verificado su coartada. Dice que estaba en Bristol, pero ¿cómo lo sabemos?

–Supongo que debió de regresar volando –comentó el mismo oficial con tono divertido.

Laura Best se volvió hacia él y, por segunda vez en la última media hora, a los agentes les tomó por sorpresa el cambio de carácter de alguien. Solo que esta vez no fue su oficial jefe quien les sorprendió, sino Laura Best, que normalmente se comportaba con serenidad.

–Pues no lo descartes… –replicó con frialdad–. Porque la muy puñetera también sabe pilotar helicópteros.

Los ojos de Greg se dirigieron hacia ella como flechas para comprobar si lo miraba mientras se preguntaba cómo sabía aquello. Pero Laura, enfadada, estaba concentrada en el agente que tenía al lado y hacía caso omiso de Greg.

No había hecho nada malo saliendo por ahí con Alex aquel día; a fin de cuentas, solo era una testigo, pero eso no detendría a Laura a la hora de intentar ocasionarle problemas. Lo notaba en sus celos casi patológicos cada vez que mencionaba a Alex y sabía que debía andarse con cuidado. No podía impedir que investigara a Alex Taylor, pero no tenía por qué contribuir a su causa mencionando su salida.

Greg dirigió sus últimas instrucciones a Peter Spencer.

–Obtengamos la marca del neumático lo antes posible. En cuanto sepamos eso, podremos seguir adelante.

–¿Y qué hay de la doctora Taylor? –preguntó Laura.

Greg posó la mirada en Laura y dijo con voz firme:

–No nos acercaremos a la doctora Taylor a menos que encontremos pruebas que justifiquen que lo hagamos.

Capítulo 33

A Richard Sickert le sorprendió verla aparecer en la puerta de su casa, pero enseguida le dio la bienvenida e intentó tranquilizarla al verla tan afligida.

Alex telefoneó al hospital desde el salón de Richard e informó a Caroline de que no se encontraba bien y no podía ir a trabajar. Caroline parecía estar esperando su llamada y le dijo que no se preocupara, que la lección que tenía que impartir podía reprogramarse. Los médicos en formación podían dedicar ese rato a hacer prácticas en el departamento. Lo primordial era que ella se pusiera bien.

—Tómate unos días libres, Alex. Necesitas reponerte del todo. Patrick está muy preocupado por ti —le aconsejó, con lo cual confirmó que Patrick había contactado con ella en cuanto había salido de su casa.

«Es una injerencia por tu propio bien», argumentaría él sin duda. Había empeorado la situación hablando con personas como Fiona y Pamela. Incluso si Alex hubiera querido hablar con ellas acerca de lo que estaba viviendo, ahora él se lo había imposibilitado. Pensarían lo mismo que él. Que necesitaba ayuda. Ayuda de verdad.

La infusión de hierbabuena empezó a destensarle el pecho y, poco a poco, fue relajándose.

—Gracias por no darme la espalda. Siento interrumpir su mañana —se disculpó con Richard Sickert.

Iba vestido con unos tejanos y un jersey a rayas azul marino, blanco y rojo, y vio que tenía briznas de césped en los zapatos de golf negros y marrones. Había documentos sobre su escritorio y una taza de té llena junto a estos, lo cual le indicó que o bien estaba trabajando o estaba a punto de ponerse a ello cuando ella había llegado.

—Me iré en cuanto me acabe la infusión.

—No hay ninguna prisa. Hoy yo también estoy un poco indeciso. Llueve demasiado para salir y el papeleo... Aunque, bueno, probablemente también llueva mañana.

—No se me ocurría adónde más ir. Maggie Fielding acabará harta de mí si no dejo de presentarme sin avisar en su casa.

Richard Sickert sonrió al oír aquello.

—No creo que se harte. A mí no me parece el tipo de persona que finge ser una buena samaritana a menos que le apetezca. Las amistades son importantes y, si la doctora Fielding te ofrece la suya, deberías sentirte segura y aceptarla.

—Ella no cree que me pasara lo que me pasó.

—¿Te lo ha dicho ella?

Alex asintió con la cabeza.

—Sí, claro. Dice que es imposible.

—Seguramente eso te habrá entristecido.

Alex no contestó.

—¿Le has preguntado qué más piensa?

—El motivo por el que he venido a verle es porque ella cree que tengo alguna especie de estrés postraumático, algo en mi pasado o relacionado con el trabajo que hago.

Él asintió levemente.

—Eso sí que me lo comentó, pero lo importante es lo que piensas tú. ¿Hubo algo que te alterara en los días previos al incidente?

—Esa mañana perdí un bebé. —Suspiró cansada—. Una niña de tres meses. Fue espantoso. Llegó azul. Su madre y su padre no dejaban de proclamar a los cuatro vientos que su hija volvía a respirar, pero estaba fría. De hecho, la ambulancia no debería haberla trasladado al hospital. Sospechábamos que fue un caso de muerte súbita infantil, y la autopsia así lo confirmó. Pero, una vez nos la trajeron, sus padres creyeron que podíamos reanimarla, volver a traerla a la vida. Los deditos ya se le estaban poniendo rígidos. —Volvió a suspirar—. Así que sí, sí que sucedió algo bastante estresante antes del incidente.

—¿Algún otro momento de estrés? ¿Algo que pudiera desencadenar una crisis?

Alex permaneció muda. No quería explicarle el episodio del año anterior. Si lo hacía, relacionaría al instante ambos eventos y pensaría que su secuestrador era solo producto de su imaginación. Pero, por otra parte, no podía seguir eludiendo el tema. Tenía que darle todos los datos si revelárselo podía ser de ayuda.

–El año pasado intentaron violarme.

Richard Sickert mantuvo la calma, imperturbable.

–¿Eso es todo lo que quieres contarme?

Alex rompió a llorar desconsoladamente y tuvo que morderse con fuerza el labio inferior para retener el control. Tras tomar varias respiraciones para tranquilizarse, se sintió preparada para hablar.

–No me violó. Solo para que lo sepa. No me violó.

Richard Sickert asintió con la cabeza y Alex continuó.

–Era un actor que tenía que convertirse en mi sombra durante unos días para estudiar cómo trabaja un médico. Era el protagonista de un *thriller* médico que iban a rodar. Mi jefa me lo asignó, en parte porque ella estaba demasiado ocupada y en parte porque él manifestó su deseo de que lo emparejaran conmigo. Era muy simpático. Un hombre encantador e inteligente, muy amable tanto con los pacientes como conmigo. Llevábamos juntos cinco días y yo no había detectado ningún problema con él. Si le soy sincera del todo, su compañía era muy agradable.

–¿Te sentías atraída por él? –le preguntó Richard Sickert con voz queda.

Ella afirmó levemente con la cabeza.

–Un poco, supongo. Era una estrella de la televisión. Me resultó familiar desde el primer momento, por el mero hecho de salir en la tele, y era modesto y parecía realmente interesado en aprender. Me pidió prestados un montón de libros de medicina. Me hizo explicarle términos médicos hasta entenderlos bien. Y supongo que lo admiraba por eso. No solo iba a ser fiel al personaje que interpretaba… En cualquier caso, como le decía, sucedió el quinto día. Hacía mucho calor. Fue aquel final de verano tan caluroso… El departamento parecía un horno, los ventiladores estaban encendidos y todo el mundo bebía agua sin parar y se moría de ganas de regresar a casa para poder tumbarse al fresco en el jardín.

»Yo estaba en la sala de incidentes graves con él. Quería mostrarle el material que utilizamos y los trajes que tenemos que ponernos cuando hay un caso grave. Se colocó de espaldas mientras yo batallaba por meterme en uno de aquellos trajes. Normalmente, para una formación, me habría dejado los pantalones y la camisa debajo del traje, pero hacía demasiado calor en la sala y, si me los hubiera dejado puestos, me habría desmayado.

–¿Y él se dio media vuelta?

–Sí –respondió ella en voz baja–. Yo también estaba de espaldas, para tener más intimidad. Tenía el traje subido hasta las caderas mientras intentaba meter los pies en las gruesas botas cuando, de repente, me agarró por detrás. No podía ponerme en pie. Estaba completamente inclinada hacia delante y el traje me resbaló hasta los tobillos.

Cerró los ojos con fuerza mientras rememoraba el momento y el corazón empezó a palpitarle con fuerza.

–Me metió una mano en las bragas y la otra por debajo del sujetador y se apretó contra mí. Intenté apartarlo, pero dejó caer todo su peso sobre mi espalda. –Tragó saliva con dificultad y notó que todo el cuerpo le empezaba a temblar–. Joder, no quiero pensar en esto, no quiero recordar sus manos manoseándome por todas partes. Noté que intentaba desabrocharse los pantalones. Estaba aterrorizada. Entonces me tocó… Lo noté contra mi piel. Me estaba bajando las bragas. Forcejeé con él para que me soltara, empujándolo adelante y atrás y entonces me caí de rodillas. Me estampé la cabeza contra las estanterías inferiores y pensé en lo ridículo que era estar mirando todo aquel material médico mientras lo tenía encima. Lo notaba… Sabía que iba a pasar… Yo…

Cogió aire con dificultad y abrió los ojos como platos, intentando sentirse segura de nuevo. Richard Sickert adelantó su butaca para consolarla. Ella hizo un ademán con la mano para detenerlo.

–Estoy bien. Solo necesito un momento.

–¿Quieres un vaso de agua? –le preguntó.

Ella negó con la cabeza.

–Estoy bien.

–¿Quieres seguir?

–Sí. Ya no queda mucho por explicar. Conseguí agarrar una bota y empecé a pegarle a diestro y siniestro en las piernas. Debí de golpearle con fuerza porque enseguida se apartó de mí y pude darme media vuelta. Estaba inclinado hacia delante, con los pantalones desabrochados y el pene fuera. Le grité. Le dije que lo denunciaría, que no saldría indemne de aquello. Y él… se rio. Dijo que nadie me creería, que todos sabían por qué lo había llevado a aquella habitación, que todos sabían que me gustaba. Me dijo: «Sé sincera, Alex, llevas pidiéndolo a gritos toda la semana. ¿A quién crees que van a creer?».

Por tercera vez en el día, tenía el rostro mojado.

Richard Sickert le tendió unos pañuelos y Alex recordó la ocasión en la que Greg Turner había hecho lo mismo. Últimamente, su vida parecía girar en torno a personas que le tendían pañuelos.

El psicoanalista fue a preparar otra infusión mientras ella recobraba la compostura y, cuando regresó, se sentó con ella en silencio durante un largo rato hasta que al final le preguntó:

–¿Lo denunciaste?

Alex movió la cabeza a lado y lado.

–No podía hacerlo. Me daba miedo que no me creyeran. ¿Usted cree que lo que me ha pasado recientemente está solo en mi cabeza?

Le respondió con un leve encogimiento de hombros.

–Es posible. Podría ser tu manera de lidiar con lo que te ocurrió el año pasado. No puedo decirte si el ataque en el aparcamiento fue o no real. Lo que sí puedo decirte es que necesitas superar lo que te pasó hace un año. Un hombre estuvo a punto de violarte y saliste de esa situación con la sensación de que nadie te creería. –Dudó y Alex vio indecisión en sus ojos–. Y también creo que deberías denunciarlo a la policía –añadió.

Tenía la piel del rostro irritada y los párpados hinchados y escocidos por las lágrimas saladas. Maggie le dio un paño frío para que se lo colocara en la cara y se le calmara la piel. Alex bebió un sorbo de vino y notó que empezaba a relajarse. Estaba agotada, pero también se sentía extrañamente tranquila.

–Entonces ¿tenía yo razón? ¿Sufriste un trauma en el pasado? –La voz de Maggie hizo una suave intrusión.

Alex afirmó con la cabeza.

–Ahora ya lo sabes todo.

–Richard Sickert tiene razón, Alex. Deberías denunciarlo a la policía.

Alex subió las rodillas, intentando hacerse un ovillo y hacer caso omiso del consejo de su amiga.

–No me creerán, Maggie –lloró enojada–, a menos que consiga que él lo admita.

–Pues… hagamos eso.

Alex pareció confusa.

–¿Que hagamos qué?

–Conseguir que lo admita. Yo te ayudaré –propuso Maggie con determinación–. Confronta a ese hombre, Alex, y todo esto habrá acabado.

Laura Best colgó la llamada y guardó su móvil con una sonrisita de satisfacción. El día había empezado bien. Había enfocado correctamente la situación transmitiendo compasión al principio y ahora iba a obtener resultados. Habían acordado un lugar y una hora de encuentro y antes de la tarde sabría qué le sucedió a la doctora Taylor el año anterior.

Convencida de que lo que fuera que hubiera ocurrido dejaría a la doctora en mal lugar, ya planeaba qué hacer con la información. Antes de aquella noche esperaba que el coche de la doctora fuera incautado y que la trasladaran a la comisaría para interrogarla.

Entonces Greg Turner tendría que disculparse por el escaso apoyo que le había brindado y, con suerte, lo haría delante de agentes de más rango que él.

Entre tanto, quería comprobar las cámaras de vigilancia de las gasolineras que tenían trenes de lavado y encontrar la que había utilizado Alex Taylor. Recorrería el trayecto entre Bath y Cribbs Causeway, en Bristol, donde Taylor decía que había estado de compras y, con suerte, no solo encontraría la gasolinera, sino que también descubriría a qué hora había estado allí.

El lado positivo de aquella pequeña expedición es que solo quedaban tres días de comercios abiertos antes de Navidades y Laura todavía no había comprado ni un solo regalo para su familia y amigos. De manera que podría matar dos pájaros de un tiro mientras invertía de aquel modo el resto de la tarde.

–¿Pensando en quién será el siguiente al que te lleves a la cama? –le susurró con amargura Dennis Morgan al oído.

Al volverse para mirarlo, topó con su mirada de resentimiento.

–Hola, Dennis. Justo estaba pensando en ti –le mintió con dulzura.

Pero él no se dejó seducir por su mentira y se alejó de ella con mirada de desprecio. Quizá debería intentar ser sincera.

–Dennis –lo llamó, y él se dio media vuelta–. No puedo evitarlo. Cada vez que noto que me acerco a alguien, lo ataco y le hago sufrir. Así evito que me hagan daño a mi primero.

Los hombros de él se destensaron un poco y abrió los brazos.

–Yo nunca te haría daño. Eres la primera mujer en mucho tiempo que me ha gustado de verdad. No voy por ahí acostándome con la primera que se cruza en mi camino, Laura. Nunca lo he hecho.

–Ya lo sé, Dennis –dijo ella en voz baja.

Él se ablandó.

–¿Crees que podríamos salir por ahí alguna vez? ¿Ir al cine, tal vez, tener una cita de verdad o algo así? –le preguntó.

Ella afirmó con la cabeza.

–Me gustaría mucho. –Y luego le sonrió–. Puedes decirme que no y lo entenderé si estás ocupado, pero ¿te apetece venir a comprobar algunos trenes de lavado conmigo? ¿Y luego quizá cocinar y cenar juntos o algo así?

–No puedo, Laura. El inspector Turner me ha enviado al hospital.

Al oír mencionar el hospital, Laura se enderezó en la silla, con todos los sentidos alerta.

–¿Por qué? –preguntó sin rodeos.

Dennis se encogió de hombros.

–No hay nadie más disponible.

–Me refiero –dijo ella, intentando no perder la paciencia– a para qué te envía al hospital.

–Ah –rio él–. Solo para tomarle declaración a una doctora implicada en un accidente de tráfico. Acompáñame, si quieres.

Laura no necesitó que le insistiera.

Capítulo 34

Alex mantuvo los ojos apartados del reloj mientras atravesaba el departamento y le gritaba un «lo siento» a la coordinadora por llegar tarde. No formaba parte del plan. Estaba decidida a que dejaran de considerarla «la que había perdido la chaveta» y, por primera vez en mucho tiempo, se había levantado con un plan para retomar el control de su vida. Y sin embargo, allí estaba, veinte minutos tarde, sin un buena motivo, más allá de haberse tomado otra pastilla azul de madrugada. Debería haberse resistido y haberse presentado cansada en el trabajo, haber sido más decidida y recordar que ya no estaba sola. Contaba con el apoyo de Maggie y juntas localizarían a aquel actor y lo confrontarían. Entre tanto, Alex tenía que concentrarse en el día a día y hacer bien su trabajo.

–Vaya, ya estás aquí –le dijo Nathan sin rodeos en cuanto la vio entrar en la sala de médicos.

–Lo siento. Te lo compensaré. ¿Qué tenemos?

–Un problema –respondió él–. Tres pacientes a punto de superar el objetivo si no los ingresamos o les damos el alta.

«A punto de superar el objetivo» era la expresión que utilizaban en el área de urgencias para referirse a los pacientes que se aproximaban al tiempo máximo de cuatro horas en el que se suponía que tenían que haberlos atendido y, o bien ingresado, o bien dado el alta.

–Y también han traído a la doctora Cowan –añadió Nathan.

–¿Qué tiene? –preguntó Alex con nerviosismo.

–Un latigazo cervical. La atenderemos a ella primero.

–¿Crees que deberíamos separarnos? No puedes supervisarme con tanto trabajo por hacer. Yo me ocuparé de Caroline y tú te encargas de empezar con los demás. Será más rápido.

Nathan dudó y ella irguió la barbilla.

–Tiene sentido, Nathan, y soy perfectamente capaz de examinar a una paciente de prioridad tres. A fin de cuentas, ¿qué posibilidades hay de que la doctora Cowan permita que me equivoque de diagnóstico?

Caroline parecía absolutamente vulnerable, sentada sobre la camilla de observación abrazada a sus rodillas y tapada hasta la barbilla con una manta hospitalaria. Su rostro pálido y redondo había perdido toda la vitalidad.

Consternaba verla tan afectada. Le había salido un chichón en la frente del golpe que se había dado con el volante y le dolía el cuello del latigazo. En su estado actual, resultaba irreconocible como la especialista al frente de aquel mismo ajetreado departamento.

La policía esperaba para hablar con ella, pero Alex insistió en asegurarse primero de que estaba en condiciones de hacerlo. Por lo que ella podía ver, el accidenta había sido un golpe por detrás a baja velocidad. El coche de Caroline estaba detenido, a la espera de incorporarse a una carretera principal. No había perdido la conciencia, pero estaba confusa; era el miedo a lo que podría haber sucedido lo que alteraba su aspecto. Si el coche de atrás la hubiera golpeado con más fuerza, el Nissan de Caroline se habría interpuesto directamente en el camino de un camión pesado que se aproximaba.

Alex la examinó con detenimiento y confirmó la ausencia de una lesión medular. Tras completar la exploración final, se guardó en el bolsillo su linterna médica. Luego alargó la mano hacia el interruptor de la pared y encendió la luz de techo principal. Estaba satisfecha con la escala de coma de Glasgow de Caroline y con la reacción de sus pupilas. Se apoyó en el borde del colchón y frotó con suavidad el dorso de una de las manos de Caroline.

–Todo parece estar bien. Voy a por unos analgésicos y te traeré un té. ¿Te ves preparada para hablar con la policía?

Caroline hizo amago de asentir con la cabeza y se estremeció de dolor. Apoyó la cabeza con cuidado en la almohada.

–No vi nada, Alex. Todo pasó tan rápido. No había nadie detrás de mí. Estaba mirando a izquierda y derecha, a punto de arrancar, cuando escuché un estruendo y noté que el coche se movía violentamente. Salí disparada hacia delante, me golpeé en la cabeza y, al mirar por el retrovisor, no había ningún coche detrás. La carretera estaba completamente desierta. El conductor ha estado a punto de matarme y se ha dado a la fuga.

–Es increíble que alguien pueda hacer algo así. ¿A quién se le ocurre?

Caroline pestañeó para contener las lágrimas.

–¡Eso digo yo! –Utilizó la sábana para enjugarse los ojos–. Madre mía, cuántas cosas malas parecen estar pasando últimamente. Primero tú acabas en una cama aquí. ¡Y ahora yo! ¿Quién será el siguiente?

Alex notó que se tensaba mientras su mente repasaba diversas posibilidades. ¿Era posible que el mismo hombre las hubiera atacado a ambas? ¿Iba a por Caroline por culpa de Alex? ¿Se estaba dedicando a hacer daño a gente que ella conocía?

–Caroline, ¿crees que esto podría tener algo que ver conmigo?

–¡¿Qué?! –preguntó Caroline con aspereza y abrió los ojos como platos, incrédula–. No… ¡claro que no! –Y a continuación, con voz casada, añadió–: Dile a alguien que me traiga unos analgésicos.

–Pero…

–No puedo hablar con este dolor –replicó Caroline tajante. Y luego, mirándola fijamente a los ojos, aclaró–: No puedo hablar contigo, Alex.

Media hora más tarde, Alex vio a Laura Best y a un agente de policía salir del cubículo cerrado con una cortina. Se levantó de la mesa y se dirigió hacia allí.

Laura Best se interpuso en su camino.

–Déjela tranquila, doctora Taylor. Lo único que quiere es descansar hasta que venga a recogerla su marido.

–¿Perdone?

Laura Best le habló con voz firme.

–No quiere que la molesten.

Alex notó que se sonrojaba y miró fijamente a la policía, con resentimiento.

–¿Le importa apartarse? ¡La doctora Cowan es mi paciente! Y tengo que verla para poderle dar el alta.

–Ya se la ha dado el doctor Bell –le contestó Laura Best sin perder la paciencia.

Alex miró a través de la ventana hacia el despacho de médicos. Nathan estaba allí dentro examinando una radiografía. Le habría gustado entrar y preguntarle qué estaba sucediendo, pero él había mantenido las distancias todo el día, parecía inalcanzable. Lamentó haberle pedido una cita. Había vuelto a relegarla a su papel de colega del trabajo o, lo que es peor, de colega molesta, y ella añoraba su amistad.

Mientras se retiraba a su asiento para seguir leyendo las notas sobre un paciente, notó que Laura Best la seguía con la mirada. El mensaje no podría haber sido más claro. «Aléjese de ella. No quiere verla».

Laura suspiró aliviada al colgar la llamada. A su iracunda interlocutora no le había hecho ninguna gracia que la dejara plantada, y Laura tuvo que prometerle que no se saltaría ni llegaría tarde a su próxima cita, aquel mismo día. Al ir a ver a la doctora Cowan, se le había olvidado por completo su reunión. Dennis y ella habían pasado el resto del día intentando localizar al conductor que había colisionado contra el coche de la doctora Cowan. No se saltaría aquella segunda cita. Podía ser un encuentro interesante, sobre todo ahora que Alex Taylor empezaba a inquietarse.

Su comportamiento aquella mañana solo había servido para que Laura se reafirmara en su convicción de que Alex Taylor tenía una enfermedad mental. Lo que le preocupaba era que siguieran dejándola ejercer. «Pero no será durante mucho tiempo», imaginó Laura. Estaba en terreno resbaladizo, y caería muy pronto.

Laura se aseguraría de escaparse con tiempo suficiente para llegar a la reunión reprogramada. Debería enviarle un mensaje de texto a Dennis para cancelar su cita. Aunque se alegraba de haber recuperado la amistad, una cita no era motivo suficiente para volverse a saltar su encuentro. Necesitaba concentrarse en su trabajo.

Le quedaban unas horas libres antes de la cita y las invertiría revisando el expediente de Amy Abbott. Comprobaría si se les había pasado algo por alto, alguna pista que no hubieran seguido y pudiera haberles indicado su paradero mientras estuvo desaparecida. Dondequiera que se hubiera practicado aquel aborto tenía que haber sangre. Y mucha. Amy Abbott prácticamente se había desangrado antes de llegar a urgencias.

Su caso no se investigaba por homicidio y ya ni siquiera como persona desaparecida. Amy Abbott estaba muerta y enterrada y, a todos los efectos, su caso estaba cerrado. Greg le diría que estaba malgastando el tiempo y que debería concentrarse en el caso de Lillian Armstrong, pero Laura detestaba los cabos sueltos y no podía ignorar el hecho de que había sido la propia Alex Taylor quien había indicado que su muerte era sospechosa. Los hallazgos en la autopsia no avalaban sus conjeturas: el veredicto del forense había sido «muerte accidental». Si se trataba de un homicidio, costaría demostrarlo. Sin duda, Alex Taylor era lo bastante inteligente para asesinar a alguien e irse de rositas.

Estaba en Barbados cuando Amy Abbott desapareció, pero, suponiendo que la conociera de antes, seguramente sabría que estaba embarazada y depresiva. Es posible que Alex Taylor le hubiera dado refugio, que le hubiera permitido utilizar su apartamento en su ausencia y luego, al volver a casa, le hubiera provocado la muerte. A Amy Abbott la encontraron cinco días después de desaparecer, pero falleció la noche después de que Taylor regresara de sus vacaciones. Ahora lo único que Laura tenía que hacer era establecer la conexión entre ambas mujeres. Si podía demostrar que Alex Taylor conocía a la enfermera muerta, entonces tendría motivos para solicitar que se reabriera el caso.

Laura se emocionó ante tal perspectiva. Aquello podía ser su billete a un ascenso, su camino a una nueva vida.

Capítulo 35

Vio la delgada caja de cartón apoyada contra la puerta de su casa al salir del ascensor y dejó en el suelo sus bolsas de la compra. En la caja había pegado un trozo de papel azul con celo y Alex vio que su vecino de al lado le había dejado un mensaje:

Ha llegado esta tarde y he firmado la recepción. Espero que te parezca bien.

Trevor

Cogió la caja y la metió en su apartamento. Comprobó el buzón y vio sobres de postales navideñas. Casi era Navidad y ella todavía no había enviado las suyas. La verdad es que apenas se había preparado para las fiestas, salvo por los regalos que había comprado y que aún tenía que envolver. No había puesto el árbol de Navidad ni había comprado bebidas ni dulces especiales. Su casa tenía el mismo aspecto que cualquier día corriente de la semana: los sofás de piel, la mesa de centro de vidrio y el suelo limpio. Ni siquiera había una fotografía de su familia en el salón para darle un toque personal. Patrick le había dicho que las fotografías enmarcadas que tenía de ellos necesitaban un cambio, porque eran demasiado anticuadas. Ahora se daba cuenta de cuánto se equivocaba: no se podía crear un hogar solo con mobiliario. Una casa había que amarla, vivirla; de lo contrario, la frialdad se colaba por todos los recovecos.

Ahora estaba sola. Lo único que le quedaba era su trabajo y un piso vacío al que regresar, e incluso eso estaba en cuestión. Desde aquella mañana, el ambiente en el trabajo había estado cargado de palabras tácitas. Todo el mundo parecía evitarla. Fiona parecía andar siempre muy ocupada cuando Alex intentaba hablar con ella. Nathan prácticamente no le dirigía la palabra, a menos que fuera para hablar de un paciente. Todo el mundo recelaba de ella. Las cosas iban de mal en peor y su jefa probablemente contemplaba mantener otra reunión, con la diferencia de que esta vez sería formal. No debería haberle dicho aquello a Caroline. Debería haber seguido su propio consejo, pero últimamente sus acciones parecían impulsivas y, a ojos de los demás, irracionales. El accidente de Caroline probablemente no tuviera nada que ver con su situación y ahora, a ojos de su jefa, Alex parecía aún más lunática.

Dentro de la caja había un cuadro enmarcado envuelto en papel de burbujas. Notaba el vidrio y divisaba los colores bajo el plástico. La galería había enviado una descripción de la obra, pero no había nota del remitente. Desenvolvió el lienzo y vio a una mujer desnuda tumbada en una cama. La pared que había tras ella era de color azul luminoso, parecido al azul del mar. Su rostro quedaba oculto de la vista por el brazo que alargaba hacia una figura que se alejaba. A Alex le encantaba aquella imagen. Imaginó quién se la había enviado. Se apresuró a abrir el correo y encontró una postal navideña de Maggie. Su amiga no la había firmado, pero sabía que aquel considerado mensaje era de ella.

Espero que te guste. Aunque aprecio otras versiones de esta pintura, creo que esta de Euan Uglow traslada a esa encantadora mujer a tiempos modernos. Recuerda, Alex, no todos los hombres son unos indeseables.

A Alex la asombró la consideración y la generosidad de Maggie y se sintió un poco abrumada. Le caía bien a alguien. No estaba del todo sola.

La llamada en la puerta de su apartamento la sobresaltó. Aún con el abrigo puesto y suponiendo que era su vecino para asegurarse de que había recibido el paquete, abrió.

Nathan Bell estaba en la puerta con una botella de vino envuelta en papel en la mano. La sostuvo en alto.

–Un regalito de Navidad –anunció con tono reticente y algo incómodo, como si dudara de si era o no bienvenido.

–Entra –lo invitó ella, atónita porque hubiera ido a visitarla, porque supiera incluso dónde vivía.

—Fiona me ha dado tu dirección; ha dicho que no te importaría.

—No me importa. ¿Cómo está? Parecía demasiado ocupada para hablar conmigo en el trabajo.

—Creo que está un poco preocupada por ti. Creía que iba a quedar contigo después del trabajo. Dijo que quería hablar contigo.

Alex pareció desconcertada.

—Pues no me ha dicho nada. Pero, como digo, no hemos hablado. Probablemente me haya enviado un mensaje de texto y ahora piense que la estoy ignorando. Maldita sea. Ahora lo miro. En cualquier caso, me alegra que te haya dado mi dirección. Me alegro de verte.

Lo condujo hasta el salón y se dio cuenta de que él iba asimilando cada detalle.

—No es como me lo esperaba —dijo.

—¿Qué te esperabas?

—Algo más acogedor. Distinto. Es un poco aséptico —le respondió él sin rodeos, como era su costumbre.

Alex no se importunó, porque tenía razón. Aquella era la idea de Patrick de un hogar, no la suya.

—Lo voy a renovar pronto. Voy a hacerlo más acogedor.

—Me parece bien… porque este salón no va contigo.

Se quedaron de pie incómodos, con el silencio extendiéndose entre ellos. Alex fue consciente de que Nathan se marcharía pronto si ella no rompía el hielo y le decía algo.

—¿Te apetece una copa?

Nathan le entregó la botella y respondió.

—Solo si a ti te apetece y solo si tú puedes.

Alex sabía que le estaba preguntando si era capaz de tomarse una copa sin acabar emborrachándose. No sabía qué responder a eso, porque hacía un tiempo que no se ponía a prueba, pero se sintió lo bastante segura en su compañía para probar.

—Casi es Navidad. Me gustaría tomarme una copa con un amigo.

Nathan se quitó su abrigo negro. Con la camisa gris oscuro metida por los pantalones sastre negros y la corbata plateada que llevaba tenía un aire sofisticado y algo distante.

—Si vas a por un abridor, yo hago los honores.

Con paso ligero, Alex cogió rápidamente unas copas y un sacacorchos de la cocina, deteniéndose de camino a comprobar su aspecto en el espejo del vestíbulo. Tenía la cara sonrojada, enmarcada por unos rizos encrespados que se le habían soltado de la coleta, pero al menos iba limpia y olía bien. Se quitó el abrigo y la blusa y se quedó solo con una camiseta de color crema y unos tejanos. Al regresar al salón, encontró a Nathan estudiando la pintura.

—¿Un regalo? —le preguntó.

—Sí. Es la esposa de Putifar. Es bonita, ¿verdad?

Nathan la estudió un poco más.

—A mí me parece un poco desesperada, agarrándose así a la ropa de él.

—Intenta hacerle saber que lo desea —le explicó Alex, pese a no tener un conocimiento real sobre la obra.

Aún tenía que leer la historia de la esposa de Putifar.

—¿Es un regalo de tu novio?

Alex negó con la cabeza.

—No tengo novio. Ya no.

Nathan arqueó una ceja al escuchar aquello.

—Así que se ha acabado... Después de la fiesta de aquella noche me preguntaba...

Alex le dio un sorbo a la copa de vino tinto que le tendió Nathan, consciente de que tenía que decir algo.

—No te habría pedido una cita si no se hubiera acabado.

—Lo siento —se apresuró a decir él—. Debería haberte dado una explicación. Es difícil... Yo...

—Tienes novia —remató ella por él, sin querer escuchar por qué la había rechazado y sintiéndose de nuevo abochornada.

—No —respondió él en voz baja—. Esa es la parte difícil de explicar.

Echó un vistazo a la estancia, lo repasó todo salvo a ella, y Alex se dio cuenta de que era él quien estaba avergonzado. Incluso al acercarse a él, evitó mirarla. Solo cuando alargó la mano para tocarlo, sus ojos finalmente se posaron en los de ella, y era tal la necesidad que transmitían que resultaba desgarrador.

—Nunca he tenido novia. Ninguna mujer me ha pedido una cita antes. Cuando tenía dieciséis años, me enamoré de una chica y sabía que solo me dirigiría la palabra si formaba parte de una pandilla. Así que escogí a los chicos con los que me interesaba trabar amistad, chicos menos listos que yo a quienes insinuaba que podía ayudarles con los deberes. Enseguida me integré en su pandilla y poco después conseguí hablar con ella.

Hizo una pausa, rememorando aquella época.

—Me sentía muy afortunado. Iba a salir conmigo. Nuestra primera cita fue en un parque, por la tarde, cuando no había nadie; nos sentamos en los columpios, agarrados de la mano durante horas. Nuestra segunda cita fue en el muro de un callejón, cerca de su casa, y de nuevo nos pasamos horas sentados charlando. —Sonrió, pero sus ojos no transmitían diversión—. Estás esperando el desenlace, ¿verdad? La tercera cita fue en su cama. Nos desnudamos y estábamos tumbados muy cerca. Todavía no nos habíamos besado y yo me moría de ganas de hacerlo. De repente, ella se puso bocabajo y me dijo si podía hacérselo por detrás para no verme la cara. Cuando acabamos, enfadado conmigo mismo, me vestí aprisa y me largué de allí. Varios de mis amigos estaban al cabo de la calle, sentados en el muro del callejón. Me preguntaron qué había estado haciendo y, por supuesto, yo contesté: «Nada». Se rieron, me abuchearon y me dijeron que no me creían. Me dijeron que sabían exactamente lo que había estado haciendo porque lo habían pagado ellos. Lo más irónico es que se tenían por buenos amigos. Sabían que me gustaba aquella chica y le habían pagado para que se acostara conmigo.

Alex levantó una mano y agarró con delicadeza su mejilla manchada. Él apartó bruscamente la cara. Su voz transmitía una profunda emoción.

—No te compadezcas de mí, Alex. No lo soporto.

Ella dejó la copa de vino y puso su mano libre en su otra mejilla y le giró el rostro hacia ella para impedir que pudiera apartar la mirada.

—Yo no siento pena por ti, sino por mí. Te deseo… y tú no pareces desearme a mí.

Nathan se la quedó mirando un largo instante, contemplándola intensamente a los ojos para comprobar si le decía la verdad y, con un gemido, la estrechó entre sus brazos. Su primer beso no fue una aproximación vacilante y sus brazos la envolvieron con seguridad. Quizá no hubiera tenido una novia antes, pero la avidez y la habilidad con la que exploraba sus labios y su boca decían lo contrario.

Sus manos fuertes la presionaron contra él y Alex notó su cuerpo esbelto. No era tan delgado como parecía, estaba musculado y tonificado.

Alex temblaba y supo que lo único que la mantenía en pie eran los brazos de Nathan.

—¿Me dejarás que te haga el amor? —le susurró con pasión, mirándola fijamente a los ojos.

Alex no podía hablar. Se había quedado muda. Su respuesta fue el beso que le dio. Entre sus brazos, la llevó a la cama y, con una sensibilidad extraordinaria, Nathan Bell hizo el amor por primera vez en su vida.

De pie, junto a la ventana de su dormitorio, Alex contemplaba el cabello oscuro y ondulado con gracia hacia atrás de Nathan. Tenía la piel suave e inmaculada. Dormía profundamente desde hacía horas, pero a Alex no le sorprendió. Las emociones que había expresado lo habían dejado exhausto. Había acabado en cuestión de segundos. Ella lo invitó a dejarse ir, sabedora de que ya aprendería a controlarse y la segunda vez lo haría mejor. Y así fue. Esperaba haberlo complacido tanto como él a ella.

Nathan se removió y lo vio darse cuenta, lentamente, de que no estaba junto a él en la cama. Levantó la cabeza y los hombros de la almohada para buscarla y el fuego que desprendía su mirada cuando se posó en ella casi la hizo marearse.

—Vuelve a la cama —le susurró.

Alex, consciente de que olía a sudor y a sexo, pensó en lavarse.

—Deja que me duche primero —le dijo en voz baja.

Él negó con la cabeza.

—No, porque te quitarás ese olor tan delicioso que tienes y que apenas empiezo a conocer.

Un calor instantáneo la derritió por dentro y, con una sensación de pesantez entre los muslos, regresó despacio a la cama.

Capítulo 36

–La marca de neumático en la chaqueta de Lillian Armstrong corresponde a un Pirelli 205/45 R17. Pero, como ya he dicho, miles de coches usan esos neumáticos. Es muy posible que muchos de los vehículos de ese aparcamiento los utilicen, porque hay varios coches deportivos aparcados ahí abajo.

Greg se quedó mirando a Peter Spencer con la necesidad de volver a escuchar lo que había dicho.

–Pero ¿pueden colocarse en un Mini?

–Sí. Tengo el informe aquí. –Sostuvo en alto la hoja de papel y empezó a leerla–: Pirelli 205/45 R17. Puede colocarse en…

–¿Y es la marca de neumático que dejó la huella en la chaqueta de Lillian Armstrong? –preguntó Greg, repitiendo las palabras de Peter como si quisiera cimentar el dato en su cerebro.

–Sí.

Greg se preocupó. La probabilidad de que hubiera sido el vehículo de Alex Taylor aumentaba.

–De acuerdo. Pues empecemos por comprobar los vehículos de todos los inquilinos del edificio primero.

Peter Spencer asintió con la cabeza, pero su expresión reflejaba duda.

–¿No crees que deberíamos comenzar por el coche de la doctora Taylor? ¿Aunque solo sea para descartarla?

–¿Me estás diciendo que has comprado la teoría de la detective Best? ¿Que la doctora Taylor atropelló a esa mujer para llamar la atención?

–Yo no compro la teoría de nadie. No hemos demostrado que el neumático corresponde al de su coche, pero no he visto qué neumáticos usa. Puede llevar Pirellis o no. Y, si los lleva, yo buscaría alquitrán reciente. Eso fue lo que dejó una huella tan nítida. Aunque tal vez sea demasiado tarde para eso, porque la doctora llevó su coche a lavar. Creo sinceramente que necesitamos comprobarlo y borrarla del panorama. O… Te estoy diciendo lo que hay, Greg. No estoy atando ningún cabo.

Greg miró a su alrededor, observando la espaciosa sala del Departamento de Investigación Criminal, y comprobó que, pese a ser solo las siete de la mañana, ya estaba a pleno rendimiento. Los agentes estaban sentados a sus mesas, comprobando información en sus ordenadores o imprimiendo notas para la reunión informativa matinal. La mesa de Laura Best aún estaba vacía, lo cual le concedía unos minutos de gracia. Llegaba tarde, cosa insólita en ella.

Greg asintió con la cabeza en señal de apreciación.

–Gracias, Peter. Sigue con ello. Necesitamos localizar una ubicación recién asfaltada. Mientras tanto, mantengamos la información sobre los neumáticos en silencio. Laura Best se ha propuesto colgar a la doctora y no me gustaría arrestar a nadie por error, y menos a un médico. Los medios de comunicación se pondrían las botas si nos equivocáramos.

–Tú decides –respondió Peter Spencer–. Haré lo que me ordenes. –Se giró para marcharse, pero se detuvo. –Para mí, sigue sin tener sentido. ¿Por qué iba a atropellar la doctora Taylor a una mujer y luego decirte lo de la marca de neumático en la chaqueta? Me parece todo un poco raro.

Greg asintió con la cabeza.

–Es justo lo que pienso yo. Y por eso necesitamos comprobar los hechos primero.

–¿Crees que es posible que alguien le cogiera el coche mientras ella estaba comprando?

Greg se encogió de hombros. No tenía respuesta a eso.

–Si Lillian Armstrong estuvo en el coche de la doctora Taylor, aún habrá pruebas de ello.

–Lo sé –respondió Greg–. Y también sé que aún no tenemos respuestas. –Suspiró apesadumbrado–. Hazlo, Peter. Pero con discreción. Comprueba qué neumáticos tiene su coche. Y entonces lo sabremos.

Capítulo 37

Maria Asif abrió la puerta con el codo, con cuidado de no volcar la bandeja de instrumental sucio que transportaba. Era la última bandeja que tenía que llevar a aquella habitación. Había apilado las otras sobre un mostrador para poder hacer una última comprobación rápida y asegurarse de que no había agujas ni cuchillas sueltas antes de enviarlas a esterilizar de nuevo.

Había sido una noche ajetreada, sobre todo las últimas horas, y, además, poco productiva. El cadáver de un joven aún yacía en una de las mesas de operaciones, a la espera de ser recogido por los camilleros y trasladado a la morgue. Tenía diecinueve años, pero parecía incluso más joven. Había llegado a urgencias con prácticamente todos los huesos del cuerpo rotos tras salir disparado de su moto a alta velocidad.

Poco podían hacer por él, y el intento de detener el sangrado de varias arterias cercenadas, órganos dañados y huesos rotos había sido más bien un gesto simbólico. En su opinión, habría sido mejor dejar que muriera rodeado de su familia, en lugar de en una sala de operaciones fría y estéril rodeado por una docena de profesionales desesperados por ayudarlo pero conscientes de que eran incapaces de hacerlo.

Maria Asif había rezado una oración por él y había permanecido con sus padres mientras lo despedían con besos y abrazos entre lágrimas. Faltaban dos días para Navidad, su hijo había fallecido, y no había palabras para consolarlos. María no podía decir nada que aliviara su pena. Lo único que quería ahora era regresar a casa con sus propios hijos. Quería besar a su hijo mayor mientras aún tenía edad para dejarse achuchar y sostener a sus dos hijos pequeños en brazos durante el resto del día.

Eran momentos como aquel lo que le hacían odiar su trabajo. Mientras comprobaba todos los instrumentos que se habían utilizado con aquel muchacho ahora fallecido, notó que las lágrimas se deslizaban por su rostro. Era injusto. La muerte súbita de alguien tan joven era una injusticia. No había respuestas, solo preguntas. Y si… Se enjugó rápidamente las lágrimas con la manga de su bata quirúrgica.

Al dirigirse al montacargas que quedaba a la altura de la cintura, divisó sangre en la pared que había debajo del ascensor. Debía de haberse filtrado del ascensor y haber chorreado por la pared.

Al personal se le recordaba constantemente la importancia de la higiene, la gravedad de una infección cruzada y de la SARM descontrolada que arrasaba la mayor parte de los hospitales y, sin embargo, algo tan sencillo como limpiar las manchas que dejaba el instrumental ensangrentado se pasaba por alto. Era evidente que alguien había puesto una bandeja con instrumentos chorreantes en el montacargas sin envolverlos primero. Debería informar de ello cuando llegara el personal diurno, porque aquel desastre era del día anterior, no se había producido durante la noche.

Enfadada con el estado del montacargas, que la alejaría de su familia durante más tiempo, levantó la compuerta exterior. Primero enviaría los instrumentos a la unidad esterilizadora de abajo y luego volvería a llamar el montacargas y lo limpiaría. Agarrando la puerta interior, la levantó y vio que la sangre no la provocaban instrumentos goteantes, sino un cuerpo hecho un ovillo, vestido, con las ropas ensangrentadas.

Los alaridos de Maria Asif llegaron a oídos de sus colegas. Retrocedió a trompicones hasta salir de aquella habitación y vomitó en el pasillo.

Greg volvió a comprobar la hora en su reloj. La reunión informativa matinal se acercaba, Laura seguía sin aparecer y empezaba a preocuparse. La había llamado al móvil y a su casa varias veces y no contestaba. No era propio de ella y, por muy mal que le cayera, tenía cierta responsabilidad con ella.

Todos los agentes sabían lo importante que es mantener el

contacto. Todos eran objetivos y sabían que en cualquier momento de sus vidas podían encontrarse en peligro. Las represalias y la venganza de personas que pensaban que la policía las había perjudicado o de delincuentes acorralados que intentaban huir cuando iban a apresarlos suponían un riesgo potencial.

Greg había enviado a un agente a casa de Laura, pero no parecía estar allí. Cuando acabara la reunión informativa, enviaría a otro y, si era necesario, llamaría a un cerrajero para que les abriera la puerta.

Vio a Dennis Morgan comprobar su móvil otra vez y le molestó la mala educación del joven agente. Caminó hasta detrás de su silla y, como si fuera un profesor, Greg le arrebató el teléfono de las manos.

—Tienes que prestar atención cuando estás en esta sala, Morgan. No deberías estar comprobando tu vida amorosa. Ven a pedírmelo al final de la reunión.

El alto y recién formado agente se ruborizó.

—Lo siento, señor. Estaba comprobando el paradero de la detective Best.

Greg se lo quedó mirando de hito en hito con interés renovado. ¿Había encontrado Laura un nuevo amiguito?, se preguntó. Esperaba que así fuera. De verdad. Quería quitarse a Laura Best de encima antes de que acabara el año.

—¿Y por qué ibas a hacer eso?

—Por preocupación, señor. No ha aparecido.

—Me refiero —dijo Greg de manera más concisa— a por qué ibas a ser tú precisamente quién comprobara su paradero.

—Pues porque… porque la he estado viendo últimamente.

Greg sonrió.

—¿Y con ese viéndola te refieres a… verla en sentido romántico?

Morgan asintió con la cabeza.

—¿Y has sabido algo de ella hoy?

—No, señor. Ayer había quedado en reunirse con alguien. Me envió un mensaje de texto para cancelar nuestra cita y no he sabido nada de ella desde entonces.

—¿Y esperabas que contactara contigo?

Otra afirmación con la cabeza.

–Pensaba que me telefonearía después de su cita.

La puerta de la sala de reuniones se abrió y Stella Cartwright, una oficial superior de apoyo civil, entró por ella.

–Disculpa la interrupción, Greg. Acabamos de recibir una llamada de emergencia del hospital. Tienen un cadáver y no ha muerto en una cama.

Dennis Morgan ahogó un grito y Greg lo miró rápidamente.

–¿Qué pasa, Dennis?

Su apuesto rostro había palidecido y se le habían abierto los ojos como platos.

–La cita de Laura era en el hospital. Es allí donde fue.

Laura no estaba del mejor humor. Llegaba tarde al trabajo, lo cual era un pecado capital para ella. Se le había caído el móvil en la bañera por la mañana y la persona con la que había quedado la tarde anterior la había dejado plantada. Venganza, quizá. Pero estaba harta. Ya había malgastado toda una tarde y parte de su mañana.

Estaba en el área de urgencias intentando hablar con la coordinadora y recibir una explicación sin que un teléfono las interrumpiera constantemente, y hasta el momento había averiguado que la persona que la había dejado plantada la noche anterior tampoco se había presentado a trabajar.

Necesitaba el número de teléfono de esa persona y no podía acceder a él desde su propio móvil para poderse poner en contacto con ella y concertar otra cita a la mayor brevedad posible.

Cuando el enfermero jefe colgó otra llamada, Laura volvió a intentar hablar con él.

Le sonrió compungido.

–Lo siento. Es el pan nuestro de todas las mañanas. Deme un segundo y enseguida le facilito el número.

Agarró una carpeta roja y luego levantó las cejas resignado y suspiró sonoramente al oír que le sonaba el busca. Marcó un número en su teléfono y Laura detectó su conmoción instantánea mientras hablaba con su interlocutor. Estaba a punto de marcharse cuando los oyó decir que habían avisado a la policía. Estaba blanco como el papel cuando colgó el teléfono y Laura tuvo que preguntarle dos veces qué sucedía.

Tenía los ojos vidriosos y pestañeaba muy rápido.

–Quirófano. Está en el quirófano principal. Tiene que ir allí –atinó a balbucear.

Recorriendo aprisa los pasillos, Laura se cruzó con otras personas que también corrían hacia los quirófanos y, cuando llegó a la puerta, le cerraron el paso hasta que sacó su identificación e informó al camillero de que era agente de policía.

Había personal médico y de enfermería congregado en el largo pasillo, todos ellos con batas y visiblemente conmocionados por lo ocurrido, y una mujer, asiática y diminuta, lloraba histéricamente.

En el suelo, justo fuera de la puerta abierta, había un charco de vómito, y Laura empezó a percatarse de que había sucedido algo muy grave.

Un hombre con uniforme azul consolaba a la mujer asiática y, junto a ellos, una segunda mujer, la única persona que parecía mantener remotamente la compostura, permanecía de pie en silencio.

Laura se le acercó.

–Me llamo Laura Best. Soy detective de la unidad criminal. ¿Podría decirme qué está sucediendo?

La mujer le tendió la mano para darle un apretón y, al darse cuenta de que llevaba un guante quirúrgico puesto, la dejó caer a un lado.

–Soy Sandy Bailey, enfermera de quirófano sénior. Tenemos una situación horrible. Una de las enfermeras del personal ha hallado un cadáver.

–¿En esa habitación? –preguntó Laura, señalando hacia la puerta abierta junto al charco de vómito.

La enfermera de quirófano hizo un gesto afirmativo con la cabeza.

–Sí. Es donde enviamos el instrumental a esterilizar y recogemos el material nuevo. Se ha llevado un susto terrible al entrar.

Consciente de que probablemente entraba en una escena del crimen, Laura le dijo a la mujer que no permitiera que nadie abandonara el departamento ni dejara entrar a nadie a menos que se tratara de policía. Le preguntó si podía facilitarle un par de fundas de plástico para los zapatos.

La enfermera negó con la cabeza.

–Ya no las utilizamos. Ahora todos llevamos zuecos.

–Por favor, no permita que entre nadie –advirtió a la enfermera.

Se quitó la chaqueta y la dejó en el suelo junto con su bolso, lejos del vómito, apoyados en la pared del pasillo.

Lo primero que pensó era que era una habitación pequeña y que no parecía una zona de esterilización. Lo segundo fue que no había ningún cadáver en el suelo. Al volverse impaciente hacia la enfermera, vio una abertura en la pared, en el lado izquierdo de la sala. Había una mujer acurrucada dentro, con las rodillas y los muslos a la vista, muy pegados al pecho. El antebrazo derecho estaba aplastado sobre su regazo y su largo cabello moreno colgaba suelto, ocultándole el rostro.

Laura se sacó un bolígrafo del bolsillo de la camisa y, al retirarle el pelo, entendió el motivo de que la hubieran dejado plantada.

Fiona Woods no había podido acudir a su cita porque estaba muerta.

Capítulo 38

Maggie recibió a su visita con expresión de alegría y curiosidad al verla entrar tan feliz y ruborizada. Alex estaba resplandeciente y rebosaba tanta energía que parecía no ser capaz de permanecer quieta o hablar despacio. Le agradeció a su amiga que la recibiera, le dio también las gracias por el bello cuadro que le había regalado y le habló con entusiasmo de aquel bonito día.

Maggie arqueó las cejas al oír aquello, pues soplaba un vendaval y llovía a mares. Al final, consiguió meter baza y preguntarle a su nueva amiga a qué se debía aquel cambio y tanta felicidad.

Alex se sonrojó aún más y se le llenaron los ojos de lágrimas de alegría.

–Nathan. Vino a verme anoche.

–¿Nathan Bell, el de urgencias?

–Sí –respondió Alex–. Y es absolutamente maravilloso.

–Entiendo que se quedó a dormir –apuntó Maggie con sequedad.

Alex frunció el rostro con culpabilidad, pero sus labios sonreían de felicidad.

–Bueno –dijo Maggie, abriendo camino hacia el bonito salón–, hay que concederle que no pierde el tiempo.

–No –replicó Alex en su defensa–. Es tímido y reservado y le sorprende que una mujer pueda desearlo. Es hermoso, Maggie, y no lo sabe.

–Si no fuera tan temprano, diría que esto es motivo de celebración, pero –añadió con un suspiro– tú y yo tenemos otra cosa de la que ocuparnos. Eso si aún quieres, claro está.

La felicidad de Alex decayó un poco. Por primera vez desde hacía mucho tiempo, la vida parecía sonreírle y aquella perspectiva la llenó de temor. Podía elegir ignorar lo que debería hacer y seguir con su vida tal como estaba, olvidarse del pasado e incluso aceptar que aquella espantosa noche con el psicópata era producto de su imaginación. Eso le había dicho Richard Sickert. Y podía enfrentarse al hombre que la había agredido el año pasado en otro momento.

Podía ignorar su conciencia y convencerse de que aquel tipo no volvería a poner en peligro a ninguna otra mujer. Incluso podía dejarle que quedara impune.

Cuando había sucedido, Alex había sido incapaz de mirar la tele por temor a verlo, pero poco a poco se había ido relajando hasta permitirse ver alguna serie al vuelo, sin leer la sinopsis y comprobar el reparto de antemano. Por suerte, no había tenido que sufrir su rostro devolviéndole la mirada desde la pantalla, y no hacía mucho incluso se había preguntado si se habría ido a Hollywood o estaría haciendo teatro. Esperaba que no. Esperaba que el motivo para no verlo en la tele fuera que estaba sin trabajo y que su estrellato iba perdiendo lustre. La idea de ir en su búsqueda o de consultar su nombre en Internet le revolvía el estómago.

Ese era su dilema. Seguía aterrorizándola y controlando su vida.

–¿Me ayudarás?

Maggie asintió con firmeza.

–Ya sabes que sí.

Alex temblaba.

–No puedo llamarle, Maggie. Necesito que lo hagas tú. Yo quedaré con él, pero no puedo ocuparme de organizarlo.

Maggie se le acercó y la abrazó.

–Ya lo hago por ti. Pero, recuerda, estamos juntas en esto.

–Ha sido fácil –dijo Maggie al entrar en la cocina agitando unas hojas de papel en el aire–. Lo he buscado en Google y su agente me acaba de dar el teléfono.

Alex siguió untando mantequilla en los panecillos tostados, removió el huevo en la sartén y vertió agua en la tetera. No hizo ninguna pregunta.

–¿Me has oído? –quiso saber Maggie.

Afirmó con la cabeza.

–Ha interpretado papeles pequeños en *Holby City*, *Casualty* y *Lewis* y ahora se está preparando para interpretar un personaje de un drama de época. ¿Y adivinas dónde está ambientado ese drama de época, Alex? –le preguntó Maggie.

–Está en Bath, ¿verdad? –respondió ella, depositando la cuchara de madera sobre la encimera y volviéndose para mirarla.

Maggie hizo un gesto afirmativo.

–Está aquí ahora mismo. Su agente me ha dado su número de móvil y voy a telefonearle y a citarlo esta misma noche.

–Es posible que no quiera verme.

–Querrá –contestó Maggie con firmeza–. No pienso dejarle más alternativa.

El olor y la visión de comida le provocaron náuseas a Álex y se alejó de los fogones. Se frotó las manos y luego cruzó los brazos, nerviosa.

–No estoy preparada. No sabré qué decir.

–Ensaya, Alex. Interpreta el papel. Toma el control. Si lo que te pasó es producto de tu imaginación, lo del secuestro, la amenaza de violación y la amenaza de muerte, a causa de lo que él te hizo el año pasado, podría ser una manera de afrontar ambas situaciones de golpe. Encárate con él, Alex. No dejes que ese hombre te controle por más tiempo. Vuelve a ese aparcamiento. Ponte la ropa que llevabas aquella noche. Míralo a los ojos y apuesto a que enseguida te darás cuenta de que él es tu verdadera pesadilla y lo que te ocurrió en el aparcamiento hace varias semanas solo tuvo lugar en tu mente por lo que él te hizo. Te volvió vulnerable, Alex, y miedosa.

Alex sonrió con los ojos anegados en lágrimas.

–El único problema es que ya no tengo el vestido. Lo tiene la policía. Todavía no me lo han devuelto. Tengo otro parecido, el de dama de honor, pero sigue en la tintorería. Ni siquiera sé dónde tengo el tique para ir a recogerlo. Lleva allí desde que mi hermana se casó, porque no soporto ni siquiera mirarlo.

Maggie volvió a acercársele y la abrazó.

–Yo iré a buscarlo. Tú no pienses en eso. Ve a tumbarte a mi cama y duerme el resto del día. Mira la tele o acaba por mí el crucigrama que tengo empezado. Estoy atrapada en el 13 vertical.

Alex sonrió, esta vez con aspecto de estar más serena. Cogió el diario de la isla de la cocina y vio que gran parte del críptico crucigrama estaba rellenado. Leyó el número 13. «Fondea – Cuando lo siente, toca fondo (6)».

–Es un anagrama –dijo–. «Fondea» te da la palabra: «enfado». Es lo que yo debería sentir. Debería estar enfadada. Y así no tendría miedo.

Capítulo 39

Los quirófanos se cerraron de inmediato, las cirugías se cancelaron y el personal fue trasladado a otro sitio para interrogarlo. Se prohibió la entrada al departamento, salvo a la policía.

Greg había recorrido la zona a conciencia, asegurándose de que no hubiera otras salidas y entradas al ala de quirófanos. El asesino había atravesado la misma puerta que él, había matado a Fiona Woods y luego había salido por el mismo camino. Ordenó confiscar inmediatamente las grabaciones de las cámaras de seguridad para verlas. Organizó una investigación por homicidio a gran escala, habló con numerosos agentes, se reunió y explicó la situación al personal superior y delegó funciones en el personal de menor rango, todo ello con una gran pesadumbre en el corazón.

No encontraban a la doctora Taylor por ninguna parte y Peter Spencer no había sido capaz de localizar su vehículo; un grupo de agentes encabezados por Laura Best llevaban buscándola toda la mañana. En aquel mismo instante estaban interrogando a sus colegas y familiares. Greg había recibido una llamada de uno de los agentes que había desplegados en el área de urgencias con información acerca de un médico llamado Nathan Bell que había pasado la noche con ella. Estaban verificando su historia y estaban inspeccionando el apartamento de la doctora en busca de pruebas que les dieran pistas de dónde se encontraba.

Circulaba el rumor de que se había escondido tras asesinar brutalmente a su amiga porque había descubierto que la enfermera ahora difunta tenía previsto reunirse con Laura Best.

Laura había explicado que había quedado con Fiona Woods en el hospital el día anterior, a las siete de la tarde, en la cantina del personal. La enfermera no se había presentado y, cuando Laura había ido a preguntarles dónde podía localizarla, sus colegas le habían indicado que había acabado el turno a primera hora de la tarde y que no regresaba hasta la mañana siguiente. Laura estaba segura de que Fiona Woods iba a contarle algo importante acerca de la doctora Taylor relacionado con lo que le había ocurrido un año antes. Fiona Woods le había comentado a Laura que empezaba a estar preocupada por la doctora. El día anterior habían trasladado a urgencias a la especialista del área, la doctora Caroline Cowan, tras sufrir un accidente de tráfico y Alex Taylor le había insinuado que creía que la persona que había colisionado con su coche era la misma que la había secuestrado a ella en el aparcamiento. En realidad, el conductor había informado del accidente el día anterior por la tarde; su excusa barata para abandonar el lugar de los hechos había sido que tenía una reunión.

Greg no sabía qué pensar. Seguía sin concebirla como una asesina. Principalmente, sentía preocupación por ella, por la mujer amable y cariñosa que había conocido fugazmente; le inquietaba su seguridad. Si estaba involucrada en aquello, y rezaba al cielo por que no fuera así, ¿podía cometer alguna estupidez contra sí misma?

Solo había dos agentes en la sala cuando regresó a la escena del crimen: Peter Spencer y el fotógrafo policial. Fiona Woods seguía encajada dentro del montacargas, dado que el forense todavía no había dado permiso para mover el cuerpo. Estaba en el pasillo al teléfono y había hecho un examen preliminar con el cadáver *in situ*. Regresaría enseguida.

Antes de sacar el cuerpo del ascensor, quería que fotografiaran y grabaran en vídeo hasta el último recoveco de aquella sala.

Aún no se había determinado la causa de la muerte, pero Greg le había levantado el pelo y había visto el bisturí clavado en el lado derecho de su garganta. Por la cantidad de sangre que había perdido, estaba bastante seguro de que le habían cercenado una arteria principal. Tenía veintiocho años, era soltera y no tenía hijos. Era una enfermera con un talento portentoso, y alguien había puesto fin a su vida.

Todavía tenía fresco en el recuerdo el día de asueto que había pasado con Alex; su risa cuando Seb Morrisey la había levantado del suelo y la había hecho dar vueltas en el aire aún le resonaba en los oídos. Recordaba la amabilidad y paciencia que había demostrado al curar a Joe mientras el pequeño, sentado y aún sangrando, gritaba, y recordaba la leve sonrisa insegura en su rostro cuando los había invitado a volar en helicóptero. Le caía bien Alex Taylor. Esperaba poder demostrar que era inocente.

Aminorando la velocidad a un ritmo de paseo, Alex alzó la mirada hacia los negros nubarrones del cielo. Pesados y a baja altura, prometían más lluvia. Las barcazas atracadas a lo largo del río estaban cerradas, sus dueños refugiados en la calidez de su interior. Los vivos colores, los rojos, azules y verdes, lucían amortiguados y la madera de unas cuantas barcas parecía empapada y esponjosa. En las cubiertas había abandonadas bicicletas, pequeñas mesas y sillas de plástico, y grandes lonas impermeables marrones cubrían las cubiertas de algunas embarcaciones.

Solía ver a un perro o dos despatarrados en las cubiertas o de pie con el pelo erizado, ladrándole mientras caminaba o corría por delante de las barcas, pero aquel día sus dueños se habían apiadado de ellos y les habían dejado guarecerse de la lluvia.

Abrió la tapa de su botella de agua, le dio un largo trago y comprobó la hora en su reloj. Faltaban otras cuatro horas hasta su encuentro con él. El lugar y la hora de la cita estaban decididos, lo único que tenía que hacer era esperar. Había pensado que la mejor manera de pasar el tiempo era salir a correr y distraerse de la tarde que le aguardaba haciendo ejercicio. Pero no estaba funcionando. Su mente solo conseguía pensar en una cosa: en cómo estaría cuando lo viera. ¿Reuniría el valor de enfrentarse a él? El sudor le había mojado la cinturilla de los pantalones de correr y empezó a tiritar al notar la piel fría por efecto del aire.

Había aparcado el coche en Weston Lock, a las afueras de Bath, en el lado oeste, y había recorrido corriendo el trayecto de ida y vuelta a Saltford, una ruta de trece kilómetros por las orillas de hierba y bajo los árboles de sombra que en verano protegían del sol y en invierno de la lluvia. Conocía bien aquella ruta, pues la había recorrido con frecuencia cuando vivía en la zona del hospital. Aquel día no le apetecía estar cerca de casa y utilizar el carril para corredores que pasaba justo por delante de su puerta, porque podía acabar desdiciéndose. Dentro de poco regresaría a casa de Maggie y empezaría a prepararse para la noche. No tenía intención de acercarse a su propia casa hasta haber hecho lo que tenía que hacer.

Cuando regresara a su apartamento aquella noche, se habría enfrentado a él y su hogar sería un lugar donde ya no volvería a pensar en él. Se las apañaría para reunir el valor de encararse con él y, si tenía que llamar a la policía y hacer que lo arrestaran, lo haría. A partir de ahora, tenía la intención de vivir la vida con optimismo, sin rastro de él. Aunque no la creyeran, al menos tendría la satisfacción de haber hecho cuanto podía para llevar a ese hombre ante la justicia.

Deseó por enésima vez llevar el móvil encima. No lo había encontrado por la mañana y empezaba a pensar que se lo había dejado en el trabajo. Le apetecía escuchar la voz de Nathan. Quería decirle que no podía quedar con él aquella noche y que esperaba que lo entendiera. Habían hecho el amor otra vez antes de que él se marchara a trabajar y Alex jamás se había sentido tan adorada como entre sus brazos.

Había contemplado la angustia en los ojos de Nathan cuando le había relatado su dolorosa experiencia y supo entonces que siempre amaría su rostro. Nathan, creía ella, era un hombre que quería ser amado por quien era, no por su aspecto.

Le angustiaba que él pensara que lo estaba rechazando por no haberse puesto en contacto.

A decir verdad, probablemente fuera mejor no llevar el móvil encima. Así no podía llamarlo. Aquel día tenía que enfrentarse a algo sola, a una situación sucia y desagradable que quería bien lejos de su nueva vida. Le hablaría a Nathan de eso dentro de un tiempo, cuando no hubiera posibilidad de que enturbiara lo que acababan de empezar.

Con el pensamiento lleno solo de él, de su voz, de su aspecto y de su tacto, acometió el trayecto a pie de un kilómetro hasta su coche.

Greg miró al hombre alto y delgado procurando no posar los ojos en la mancha de nacimiento que le cubría el lado izquierdo del rostro. Parte de su frente, un párpado, el lateral de la nariz, la mejilla y un lado de su boca eran de un color morado intenso. Aquel era el hombre con quien Alex había pasado la noche. No era su novio. Laura le había tomado declaración a un hombre llamado Patrick Ford.

Nathan Bell era un hombre peculiar con unos modales a un tiempo humildes y dignos. Greg imaginó los retos que debía de afrontar a diario. Sus ojos rebosaban una serena desesperación ante la idea de que Alex pudiera haberse metido en problemas. Greg no estaba en disposición de ofrecerle palabras de consuelo.

Los agentes encontraron pruebas evidentes de que un hombre había pasado la noche en el apartamento de la doctora Taylor y Greg creía que había sido Nathan. Y también daba crédito a las horas en las que aseguraba haber llegado y haberse ido de allí. Pero nada de eso servía de ayuda a Alex Taylor. La muerte de Fiona Woods había tenido lugar antes del rato que Nathan y Alex Taylor habían pasado juntos; las imágenes de las cámaras de seguridad mostraban a la enfermera en un pasillo saliendo de urgencias a las 18:05 h y la esfera de su reloj de pulsera se había roto a las 18:35 h.

Peter Spencer y el forense habían elaborado la teoría de que se había resquebrajado al cerrar la puerta del montacargas contra su muñeca. Las lesiones en los tejidos de su brazo mostraban dos líneas paralelas, lo cual sugería que la placa interior de la puerta había impactado contra la carne y el reloj. Probablemente, el asesino hubiera levantado la puerta del montacargas de nuevo y le hubiera empujado el brazo hacia dentro para poder cerrarla bien.

Nathan Bell no podía proporcionarle una coartada a Alex Taylor. Lo que más perplejidad causaba a Greg era la hora de la muerte. Los quirófanos debían estar aún ocupados y ese montacargas podría haberse utilizado en cualquier momento. Quien había matado a aquella mujer estaba muy seguro de lo que hacía. El forense creía que la enfermera seguía con vida cuando la metieron a la fuerza en el montacargas. El patrón de sangre en el techo y las paredes del ascensor indicaba que había manado a chorro. No debió de permanecer con vida mucho tiempo, pero es posible que estuviera consciente y supiera que iba a morir allí sentada, aprisionada en aquella caja de acero. «Alguien muy seguro de sí mismo había abandonado la escena del crimen, alguien que quizá sabía que no importaba que lo vieran –pensó–, vestido con uniforme de quirófano, con gorro de papel y máscara».

–No ha sido ella –dijo Nathan Bell por segunda vez desde que Greg había entrado en el despacho–. No es una asesina.

–¿Se ha puesto en contacto con usted a lo largo del día de hoy?

–No, desde que salí de su casa esta mañana no.

–¿Y ha intentado usted contactar con ella desde que lo ha sabido?

–Sí. Quería avisarla, pero tiene el teléfono desconectado, así que le he dejado un mensaje diciéndole que se ponga en contacto conmigo. Quiero estar con ella cuando se entere de lo de Fiona.

–¿Qué le dijo esta mañana?

–Nada. Nos despedimos con un beso. Esperaba volver a verla esta noche.

–¿Tienen planes?

–No. Pensé que ya hablaríamos más tarde.

–Cuando fue usted a su apartamento ayer, dice que la encontró aún con el abrigo puesto.

–Sí.

–Y eso fue justo después de las siete y media de la tarde.

–Sí.

–La doctora Taylor acabó su turno a las cinco y media. ¿Sabe que hizo entre tanto?

–No. No tengo ni idea.

El interrogatorio había concluido ahí y el doctor había regresado a su departamento con aire apesadumbrado. Greg lo comprendía. Ninguno de los dos quería que Alex Taylor tuviera problemas. Se interrogó a todos los miembros del personal, a algunos de ellos durante un largo rato, y lo más preocupante era que, aunque la muerte de Fiona Woods los había dejado perplejos, ninguno de ellos parecía sorprenderse de que la policía formulara preguntas acerca del paradero de Alex Taylor. Varios de ellos habían aportado información sobre la doctora de manera voluntaria, habían indicado a los agentes que hacía un tiempo que Alex Taylor les preocupaba, que últimamente no parecía ella.

A Greg le quedaban dos interrogatorios a domicilio que quería hacer en persona. El primero era al exnovio de Alex (daba por supuesto que era su exnovio, dado que ella había iniciado otra relación) y el segundo a su jefa, Caroline Cowan. Los dos la conocían bien y esperaba que uno de ellos pudiera confirmar su paradero y que estaba bien.

Tom Collins caminaba por el pasillo principal cuando Greg lo vio. Le saludó con la mano y se reunió con el alto examinador médico forense. Parecía cansado y Greg supuso que había tenido turno de noche.

—Mal asunto, ¿eh, Tom? —le dijo Greg para darle conversación.

—Desconcertante. Fiona Woods era una joven encantadora. La última vez que hablamos me preguntó sobre ir a trabajar a Nueva Zelanda. Se la habrían rifado. Es una auténtica tragedia.

—¿Qué opina de que la doctora Taylor pueda ser la asesina? —le planteó Greg.

Tom Collins se detuvo y sus hombros descendieron un poco.

—Sería una lástima que lo fuera. Otra joven con mucho talento.

—Usted estaba presente la noche que la ingresaron en urgencias. ¿Qué le pareció todo aquel asunto?

Tom sacudió la cabeza a lado y lado.

—No lo sé. Es difícil opinar. Desde luego, estaba en *shock* y, al principio, creí que se trataba de un caso de violación, pero las piezas no parecían encajar. Tenía la ropa puesta, sin indicios de desgarros, y durante la exploración no se encontró ninguna lesión, solo un pequeño chichón en la cabeza.

Greg quería ganarse la confianza de aquel hombre para poder exponerle la idea de Laura Best. Le interesaba recabar la opinión de alguien neutral.

—Una de mis agentes tiene la teoría de que sufre alguna forma de Munchausen por poderes.

Los ojos del examinador médico forense se abrieron como platos ante tal sugerencia y Greg percibió su escepticismo.

–Eso es un poco rebuscado. No es la primera conclusión a la que yo habría llegado. Normalmente, habría un patrón de comportamiento en el que fundamentar un diagnóstico así.

–¿Y si lo hubiera? –preguntó Greg, dicho lo cual le explicó la conexión de Alex Taylor con las muertes de Amy Abbott y Lillian Armstrong, el error con la medicación que había cometido, lo de la llamada anónima y lo del mensaje que le habían pintado en el coche.

Tom Collins frunció el ceño.

–Lo que se hace cuando se padece ese trastorno mental es intentar enfermar a una persona, no asesinarla. Suena más a muertes piadosas que a un Munchausen. Y aun así, es un poco rebuscado.

Se dirigieron hacia la salida del hospital mientras Greg hablaba. Los últimos comentarios de Tom Collins no dieron a Greg ni respuesta ni consuelo.

–En cuanto al primer caso, hizo bien en avisar a la policía y sí que se trataba de una muerte sospechosa, ¿no es cierto? La mujer se practicó un aborto a sí misma. Y por lo que concierne al segundo: le puede pasar a cualquiera. Se cometen errores con la medicación. No a menudo, sobre todo teniendo en cuenta la cantidad de medicamentos que se administran en urgencias, pero es algo que pasa. En el tercer caso: atropello y fuga, parece que Lilly Mediodía se puso en una situación de peligro con un cliente chiflado. Y la llamada telefónica anónima y el mensaje que dejaron en el coche de la doctora Taylor, diría que son bromas muy pesadas.

Tom rotó los hombros hacia atrás y describió un círculo con el cuello.

–Madre mía, qué cansado estoy. –Luego volvió a concentrarse en Greg–. Lo que pasa, Greg, es que cualquier tribunal desestimaría todo lo que me has contado. No tenéis ninguna prueba.

–¿Y qué hay de Fiona Woods?

Tom hizo una mueca de dolor.

–Quienquiera que la haya matado, Greg, por lo que a mí concierne, es un psicópata y un asesino a sangre fría. Hacía mucho tiempo que no veía un asesinato tan brutal. Huelga decir que espero que te equivoques con respecto a la doctora Taylor. No te envidio en absoluto por tener que transitar ese camino. –Mientras salía por las puertas acristaladas, se despidió de Greg de manera informal–: Nos vemos pronto, sin duda.

A Greg le habría gustado poder regresar también a su casa y meterse en la cama, enterrarse bajo las mantas y no ser la persona que tenía que investigar a Alex Taylor.

Capítulo 40

Empezaba a anochecer y los densos nubarrones ocultaban la luna. La fría brisa la hacía tiritar y notaba los músculos de los muslos y las pantorrillas rígidos.

Estaba sola en el camino y contempló las hojas de los árboles agitarse con cada ráfaga de viento mientras ella serenaba su respiración y dejaba que su corazón se ralentizara. No había allí nada que pudiera perturbarla, se apoyó en un árbol e intentó relajarse.

Durante los últimos tres kilómetros había notado que las piernas le flaqueaban de miedo al pensar en la noche que le aguardaba. No estaba preparada para enfrentarse a él y su mayor temor era que Richard Sickert y Maggie la hubieran malinterpretado. Había empezado a permitirse pensar que tenían razón, a creer que su secuestro en el aparcamiento solo era cosa de su imaginación. Pero ¿qué pasaba si se equivocaban y realmente la habían secuestrado, y no un psicópata desconocido imaginado por ella, sino el mismo hombre con quien había quedado aquella noche? Pudo ser él quien la secuestró en el aparcamiento. Era actor. Sabía cómo caracterizarse. Había aprendido a interpretar el papel de médico precisamente con su ayuda. No había conseguido reconocer la voz del hombre que la había agredido, pero ¿y si había sido él?

Podría ser su venganza por haberlo rechazado. En su mente retorcida, tal vez pensara que el año pasado merecía que la violaran y ahora volvía a tenerla en el punto de mira. En tal caso, incluso era posible que estuviera involucrado en la muerte de Amy Abbott. Y que hubiera asesinado a Lillian Armstrong. Pero ¿por qué? ¿Por qué iba a atacarlas también a ellas? ¿Qué conexión había entre esas mujeres y ella? Amy Abbott era enfermera. ¿Era posible que la hubiera conocido en el hospital durante el tiempo en que se convirtió en la sombra de Alex? En aquel hospital trabajaban más de tres mil quinientas personas y Alex no la conoció hasta que fue su paciente. Y Lillian Armstrong era prostituta. ¿Era posible que también la conociera? ¿Podía él haberle robado el mando del *parking* a Alex y haber llevado engañada a aquella mujer hasta su edificio?

A Alex la aterrorizaba pensar que podía tener razón y que el hombre que la agredió el año anterior de hecho pudiera ser un asesino en serie y un violador.

Necesitaba volver a casa de Maggie y hablarlo con ella. No quería ponerlos a ninguno de los dos en riesgo si existía la mínima posibilidad de que estuviera en lo cierto.

Oyó un ruido entre los arbustos que había a su espalda y no eran las hojas agitadas por el viento, de eso estaba segura. Se tensó y esperó a que alguien saliera de allí y se abalanzara sobre ella. Notó sudor fresco en la piel. Transcurrieron un par de minutos y no se produjo ningún movimiento más en los arbustos. Dejó ir una respiración entrecortada, se apartó del árbol y empezó a subir el terraplén resbaladizo que conducía hacia su coche.

La especialista jefe del área de urgencias tenía un ojo levemente amoratado y un chichón visible en la frente, pero eso no le impedía arrojar balas frescas de heno en una hilera de establos. Su marido le había indicado a Greg la dirección del patio y le había dicho que los establos estaban a la izquierda. Le prometió llevarles un té en breve y dejó que Greg fuera solo en busca de la doctora Cowan.

La doctora era una mujer musculosa. Iba vestida con una camisa de cuadros y unos tejanos metidos en unas botas de agua. Le costaba imaginarla lidiando con situaciones peliagudas, tener que utilizar habilidades motrices finas para suturar o hacer una incisión en la carne. Parecía la esposa de un granjero, diestra en el uso del tridente.

A la doctora Cowan no le sorprendió su visita. Le dijo que, una vez acabara en los establos, tenía previsto ir al hospital a hablar con sus empleados. Algunos podían necesitar asistencia psicológica. Ya había telefoneado a los padres de Fiona Woods para darles el pésame y había hablado con el director general varias veces desde la mañana. Tenía las mejillas inflamadas y Greg se preguntó si sería por la lesión reciente o de tanto llorar. Se le habían humedecido los ojos al oír el nombre de Fiona Woods.

—Me cuesta creer que esté muerta —le dijo, parando de trabajar y apoyándose en la horca—. No puedo creer que no vaya a volver a verla.

Se frotó los ojos con el dorso de la mano.

—¿Cuándo fue la última vez que la vio? —le preguntó Greg.

—Ayer —respondió con un hondo suspiro—. Parece que haga toda una vida.

—¿Le dijo si la inquietaba algo?

—Solo me habló de Alex. Últimamente parece que no hablamos de otra cosa. Hablamos de lo preocupadas que estábamos por ella. ¡Por ella! ¡Y ahora la pobre Fiona está muerta! —Cerró los ojos y sacudió la cabeza a ambos lados desesperada—. ¡La culpa es mía! Debería haber obligado a Alex a tomarse una baja en cuanto noté que estaba atravesando una crisis. Es culpa mía, mía y solo mía. Lleva pidiendo ayuda a gritos desde hace mucho tiempo y yo debería haber hecho algo por ayudarla. Ha empezado a beber. Y sospecho que también toma otras sustancias. Debería haberlo hecho ayer, después de esto. —Se señaló el chichón de la frente—. Alex fue quien me atendió y, después de examinarme, me preguntó si creía que mi accidente de coche estaba conectado con ella. —Suspiró hondo—. Como probablemente sepa usted, el conductor que chocó conmigo al final ha confesado. Debería haberle dado la baja por enfermedad a Alex de inmediato. Ahora tengo la muerte de una joven en mi conciencia porque no me ocupé del otro asunto cuando debía hacerlo.

A Greg le impresionó lo dispuesta que estaba a condenar a Alex Taylor. Todo lo que dijo la incriminaba.

—Parece estar usted convencida de que ha sido la doctora Taylor quien ha matado a Fiona Woods. Tenía entendido que eran muy buenas amigas…

—Y lo eran —respondió—. Pero ¿quién, si no, podría hacer algo así? Alex lleva varias semanas desmoronándose. He recibido llamadas de muchos colegas expresándome su preocupación, y debería haberles prestado más atención. Tuve que poner a otro médico para que la acompañara en el día a día, para asegurarme de que no cometiera más errores. Probablemente le explicarán, si es que no se lo han explicado ya, que estuvo a punto de administrarle a un hombre un medicamento que lo habría matado.

–¿Sería fácil cometer un error de ese tipo?

Negó con la cabeza.

–Desde luego que no. Había bebido; ese es el único motivo por el que ocurrió, y Fiona Woods intentó encubrirla.

A Greg se le aceleró el corazón al escuchar aquello. Desconocía que Fiona Woods hubiera sido testigo del error con la medicación. Es posible que hubiera intentado encubrir a Alex porque no se trataba de un error, sino de un cambio deliberado.

Greg meneó la cabeza con fuerza, intentado ahuyentar aquel pensamiento desagradable. Se sentía un traidor por el mero hecho de formulárselo.

–Fiona Woods iba a reunirse con una de mis subalternas ayer por la tarde. No se presentó a la cita. La agente cree que iba a proporcionarle información acerca de algo que le sucedió a la doctora Taylor el año pasado.

–Intentaron violarla –espetó Caroline Cowan.

Greg sintió una nueva conmoción.

–¿Quién?

–Un actor que vino al departamento. Interpretaba el papel de un médico en una serie de televisión y acompañaba a Alex para aprender.

–¿Y lo denunció la doctora Taylor a la policía?

–No. Intentamos convencerla de que lo hiciera, pero no quiso. –Caroline Cowan levantó una mano y se tocó con cuidado el chichón de la frente. Parecía cansada y triste al mismo tiempo–. La verdad –añadió con un tono cauteloso, en voz baja– es que yo no la presioné demasiado para que lo denunciara.

–¿Por qué no?

–Porque no estaba segura de que hubiera ocurrido. Lloraba y le incomodaba hablar de ello, pero no había pruebas. –Lo miró seria–. No estaba segura. Después de que Alex me explicara lo sucedido, él me telefoneó y me dijo que entendía que hubiera llamado a su agente solicitando que no regresara al departamento, pero que lamentaba que no hubiera hablado con él primero. Me dijo que tenía previsto venir a verme. Le preocupaba que Alex se estuviera enamorando de él. Decía que se inventaba pretextos para verlo. A él le parecía una mujer muy agradable y le agradecía toda la ayuda que le prestaba, pero se sentía un poco incómodo porque la había desairado.

Greg percibió que el interrogatorio se aproximaba a su fin y permaneció en pie, en silencio, unos momentos. Desde que tenía recuerdo, nunca había afrontado una situación en la que anhelara tanto estar equivocado. Quería que Alex Taylor fuera inocente. Y ahora, después de lo que aquella mujer acababa de decirle, le enojaba que nadie le hubiera demostrado apoyo. Le abrumó la idea de que no podría salvarla y se estremeció al notar las primeras sombras de duda colarse en su mente. Podía ser culpable. Podía ser una asesina a sangre fría.

–Disculpe la franqueza –le dijo con dureza–, pero creo que su deber era denunciar aquel incidente. Es irrelevante si usted le daba credibilidad o no. Su deber, ante todo, es cuidar de su personal y debería haber llamado usted misma a la policía. –Se dio media vuelta y respiró profundamente unos instantes. Cuando volvió a mirarla, la doctora Cowan tenía lágrimas en los ojos–. ¿Cómo sabe usted que aquello no ha desencadenado todo lo que está ocurriendo? ¿Cómo sabe que no la agredieron y que este es el precio que la doctora Taylor está pagando ahora? ¿Que no se ha desestructurado por completo y no solo está destruyendo su vida, sino la de otras personas? ¿Cómo sabe usted que ese hombre no ha hecho algo así antes? ¿O que no ha agredido a alguna otra mujer desde entonces? Quiero que me diga su nombre, porque tengo intención de hacerle una visita.

–Se llama Oliver Ryan –respondió ella casi sin voz.

Su nombre no le dijo nada.

–¿Es famoso? ¿Una estrella de cine? ¿De televisión, de Hollywood o qué?

Ella negó con la cabeza.

–No. Es uno de esos actores que uno reconoce inmediatamente pero que no recuerda dónde lo ha visto, y tampoco recuerda su nombre. Ha hecho muchos papeles… Era el submarinista, el protagonista de *Aguas oscuras*, aquella película sobre el lago Ness en la que desciende en un submarino, descubre el cuerpo de una mujer e intenta demostrar que la leyenda del monstruo del lago Ness fue una invención para encubrir un asesinato que tuvo lugar en la década de 1930. –Hizo una pausa y luego añadió–: La verdad es que no era demasiado buena…

Greg no conocía la película. Buscaría en Google tanto el título como el nombre de aquel hombre en cuanto regresara a la comisaría.

Se dio media vuelta para marcharse, pero ella lo detuvo. Greg la miró con ojos de reproche.

–Lo lamento muchísimo. No sé qué más decir. Le tengo mucho aprecio a Alex Taylor, créame.

Greg suavizó la expresión tanto como pudo y le agradeció sus palabras.

–La doctora Taylor va a necesitar a alguien fuerte y que la apoye cuando la localicemos, doctora Cowan. Va a necesitar a gente que la aprecie y se preocupe por ella.

Capítulo 41

La bolsa de papel se inflaba y desinflaba como un fuelle y Alex tenía los ojos completamente abiertos por el terror mientras se esforzaba por calmar su respiración. Maggie estaba detrás de ella, de pie, masajeándole suavemente la tensión de los hombros y ofreciéndole palabras de aliento.

–Respira hondo… y ahora suelta todo el aire. Tranquila, despacio. No hay ninguna prisa.

Hacía días que no tenía un ataque de ansiedad y aquel le había venido de la nada, mientras se secaba en el dormitorio de Maggie. Al cerrar la puerta, había visto su vestido de dama de honor colgado en la parte de atrás. Era idéntico en color al que llevaba aquella fatídica noche. Su mente se había llenado del horripilante recuerdo de ella tumbada en aquella mesa de operaciones y, de repente, se había quedado sin respiración.

Cuando notó que el aire le entraba y salía de los pulmones con más facilidad, se apartó la bolsa de la boca.

–Lo siento –se disculpó, exhausta.

Maggie le apretó los hombros para reconfortarla.

–Podemos dejarlo… He estado reflexionando sobre lo que dijiste y, aunque sigo creyendo que no pudieron anestesiarte como tú dices que ocurrió, te creo, Alex. Lamento mucho todo lo que has pasado y lamento mucho haber dudado de ti.

Alex se estremeció aliviada; le latía con fuerza el corazón y volvió rápidamente la cabeza y la enterró en el pecho de Maggie.

–Gracias, Maggie. Muchas gracias.

–Voy a acompañarte a la policía. Voy a asegurarme de que escuchen lo que tienes que explicarles, y más les vale hacer algo para solucionarlo.

–No me creerán –replicó Alex. Levantó la mano y, con mirada de absoluta convicción, añadió–: No lo harán, Maggie. La única manera de demostrarlo es enfrentarme a ese hombre y conseguir que admita lo que hizo. Quiero hacerlo. Quiero acabar con esto de una vez por todas. Ese hombre no va a seguir controlando mi vida. Esta noche voy a poner punto final a eso.

Maggie la miró con ojos de preocupación, pero finalmente asintió con la cabeza.

–De acuerdo. Y yo estaré contigo, no lo olvides –le dijo–. Estamos juntas en esto.

Alex pasó la siguiente hora concentrada en prepararse y mantener la calma. En un par de horas se reuniría de nuevo con Oliver Ryan y tenía que ser valiente.

A Greg no le gustó el exnovio. Su engreimiento empezaba a hartarle. Aquel hombre parecía darse palmaditas en la espalda a sí mismo por tener razón sobre el hecho de que Alex necesitaba ayuda. Greg llevaba los últimos diez minutos escuchando la opinión de Patrick Ford y aún esperaba que dijera algo positivo sobre Alex Taylor, pero lo máximo que obtuvo fue su lamento por no haber detectado antes que estaba cayendo por una espiral descendente.

–Es duro ver a la persona que amas comportarse de ese modo. Intenté creerla, de verdad, pero al final uno tiene que guiarse por la cordura.

Greg habría preferido que defendiera a Alex Taylor, que le mostrara su apoyo, que insistiera en que la creía hasta el amargo final, cuando se impusiera la verdad. Pero Greg sospechaba que aquel no era más que un hombre corriente, quizá incluso un poco débil. Aun así, le habría gustado borrarle aquella expresión de satisfacción del rostro.

Patrick Ford podía ser un hombre con formación y profesional, y sin duda hacía un trabajo impecable cuidando de animales enfermos, pero era un soplagaitas.

Daba la sensación de estar concediéndole a Greg un gran honor al invitarlo a entrar en la sala de tratamiento mientras examinaba a un perro para explicarle que primero debía concluir una intervención quirúrgica y, acto seguido, pedirle que lo esperara brevemente y así podrían hablar largo y tendido acerca de Alex.

Greg se apoyó en una pared y contempló pósteres anatómicos de gatos, conejos y perros mientras esperaba a que Patrick se duchara. Su comportamiento era extraño. Greg había acudido a verlo por un asunto policial urgente, para saber si tenía alguna información sobre el paradero de Alex Taylor, y el tipo se estaba dando una ducha antes de continuar con la conversación.

Greg se quedó mirando el despliegue de medicamentos que había en un armario abierto y se preguntó si habría alguna ley que pudiera imputarle que obligara a tener esos armarios cerrados bajo llave. Desde luego, la ketamina a la vista era imperdonable; cualquiera persona podía colarse allí y servirse una ampolla.

Se abrió la puerta y entró por ella una joven robusta con camisa y pantalones verdes. Lo estudió brevemente y luego agarró una chaqueta acolchada gris que colgaba de un perchero. Se la puso, se cerró la cremallera y llamó a la puerta de la ducha.

—Te has dejado el armario de las medicinas abierto, Patrick. Hasta mañana por la mañana.

Y, sin cruzar una palabra con Greg, salió por la misma puerta por la que había entrado.

Formaban una pareja extraña y Greg concluyó que ya había desperdiciado demasiado tiempo en aquel lugar. Quería regresar a la comisaría por si llegaba alguna información nueva. Fue él quien llamó ahora a la puerta de la ducha.

—Señor Ford, ¿sabe dónde está Alex?

La puerta se abrió y el hombre asomó por ella la cabeza chorreando.

—No, pero quédese tranquilo: cuando venga, le telefonearé.

Greg lo estudió con la mirada.

—¿Por qué está tan seguro de que vendrá?

—Somos un ente, inspector. Alex sabe que aquí estará segura. Vendrá a pedirme ayuda.

Greg sintió unas ganas terribles de propinarle un puñetazo en los morros. Su arrogancia era insoportable. Pero se relajó al caer en la cuenta de que tenía una manera más eficaz de castigarlo.

–¿Debo entender entonces que la doctora Taylor sigue siendo su novia, señor?

Patrick Ford abrió los ojos como platos y echó la cabeza hacia atrás como si lo hubieran golpeado, y Greg estuvo a punto de graznar. «Eso te ha dado que pensar, ¿eh?», le habría gustado decirle.

–¿Y por qué iba a pensar usted lo contrario? –le preguntó con la voz tensa.

Greg se encogió de hombros.

–Por nada. Solo quería verificarlo. Necesitaremos su ADN para contrastarlo con la ropa de cama y esas cosas.

El hombre se puso rojo como la grana, y no por el calor de la ducha que acababa de darse.

–¿Insinúa usted que ha dormido alguien más en la cama de la doctora Taylor?

Greg volvió a encogerse de hombros, fingiendo una disculpa, como si intentara retirar lo que acababa de decir. Giró sobre sus talones para marcharse.

–Estoy convencido de que el ADN será suyo, señor. Yo no me preocuparía por eso.

Con una sonrisa de satisfacción, dejó a un Patrick Ford menos engreído y arrogante del que había encontrado al llegar.

–Estás muy guapa –le dijo Maggie cuando Alex entró en el salón–. Es una pena que no vayamos a una fiesta de Navidad.

Alex había adelgazado desde la boda de Pamela y el vestido de dama de honor le quedaba holgado, pero el color combinaba bien con su cabello rubio oscuro y con su piel aún ligeramente bronceada.

Maggie vestía un chándal negro y zapatillas deportivas negras para pasar desapercibida en la oscuridad.

–En ese caso, tú deberías llevar algo un poco más refinado –le respondió Alex con una sonrisa en los labios.

Al día siguiente era Nochebuena; tal vez pudieran ponerse algo elegante, salir a algún sitio especial y pasar la velado olvidándose de la noche de aquel día y divirtiéndose, sin más.

Maggie le dio una copa de champán; le había servido un poco

antes para ayudarle a templar los nervios. Se encontraron en el centro de la estancia y brindaron.

–¡Juntas! –dijo Maggie con vehemencia.

Alex apuró su copa y luego echó un vistazo al salón. Maggie había decorado la repisa de la chimenea con un espectacular adorno de ramitas verdes y flores rojas y doradas. El árbol de Navidad, que era el doble de alto que el suyo, estaba ornamentado con lucecillas blancas, grandes bolas doradas mate y lágrimas de color rojo rubí. Era un árbol espectacular, alto y fuerte y, así decorado, con elegancia, le recordó a la propia Maggie Fielding.

–Juntas –brindó Alex, imbuyéndose en parte de la seguridad de su amiga.

Capítulo 42

Los zapatos que Maggie le había prestado le quedaban un poco grandes y la hacían perder el equilibrio. Llevaba allí plantada cinco o diez minutos, sola, en la oscuridad, y tenía el cuerpo rígido por la tensión. Si no se movía pronto, se caería. Saber que Maggie había aparcado cerca no le resultaba tan reconfortante como había imaginado. A Maggie le resultaría imposible rescatarla si aquel tipo decidía atropellarla.

Notó que le palpitaban las sienes y el ligero dolor de cabeza que le había empezado antes había empeorado y ahora le provocaba náuseas. «Demasiado champán y demasiado poca comida», pensó.

Escuchó el zumbido de un motor en la distancia y miró hacia el aparcamiento del hospital, a la espera de ver unos faros aproximándose. Un coche giraba esquivando una hilera de vehículos aparcados y, mientras aguardaba, se notó petrificada por el miedo.

Apenas notó la punzada en la nalga izquierda, hasta que la misma sensación le pellizcó el muslo. La pesadez de sus piernas fue casi inmediata, y una sensación de ebriedad se apoderó de ella. Se notó muy aturdida y desconectada de su cuerpo.

–Maggie –gritó con un hilillo de voz, notando desesperada lo que fuera que le hubieran inyectado.

Tenía que hacerle saber a su amiga lo que estaba ocurriendo. Entonces entendió aquella otra noche en aquel aparcamiento con una claridad dolorosa. Recordó todas las sensaciones que había tenido: el mareo haciendo que le flaquearan las piernas y sus rodillas impactando contra el suelo, un dolor en la nuca, una presión en la boca, falta de aire, asfixia y luego… nada. Eso era todo lo que había recordado hasta entonces. Hasta notar aquel leve pinchazo en la pierna. Había notado aquella misma sensación aquella noche, al salir del departamento. Un roce en el muslo y el pensamiento fugaz de que se le había enganchado algo en el vestido, seguido por su esperanza de que no hubiera deshilachado la delicada tela. Finalmente supo quién la había secuestrado.

–Tenías razón, Maggie –farfulló mareada.

Dejó caer su brazo a un lado y luego se desmoronó en el suelo.

Seguía teniendo los ojos abiertos y su mente continuaba funcionando, pero no podía gritar. Notaba la aspereza del suelo de grava contra la mejilla y escuchó el leve crujido de unos pasos que se aproximaban. La puntera de un zapato oscuro se detuvo a pocos centímetros de sus ojos, lo cual le imposibilitaba verla con claridad. Se preguntó si echaría el pie hacia atrás y le propinaría una patada en la cara.

«Solo fingiste asfixiarme para confundirme –le dijo amargamente en su pensamiento al hombre que había a su lado–. Sabías que no me creerían».

El pinchazo que notó en la nalga y en el muslo le confirmaron que tenía razón.

«Me pinchó, Maggie. Me anestesió. Joder, ayúdame, por favor».

Capítulo 43

La sala de investigaciones parecía un hervidero de personas que hacían llamadas, aún muy motivadas. El primer día de una investigación por homicidio se hacía todo lo posible por obtener un resultado. Greg echó un vistazo a las pizarras de las pruebas y pensó que mostraban muy pocos resultados para todo el trabajo que se había hecho aquel día. Pero tampoco había demasiada información que recopilar. Solo una sospechosa a la que capturar.

La fotografía de Alex estaba en la pizarra; una foto de carné que el hospital les había facilitado. Se la veía increíblemente joven y a Greg le invadía una profunda tristeza cada vez que la miraba.

Los agentes seguían buscándola por todas partes; aeropuertos, estaciones de tren y de autobuses estaban en alerta. Se buscaba su matrícula y un coche que se correspondiera con la descripción del suyo en las autopistas y, por supuesto, su fotografía se había enviado por correo electrónico a todas las comisarías del país.

Laura Best tenía agentes desplegados en todo el hospital para darle caza si por casualidad se ocultaba allí, y la poca reputación que le quedaba a la doctora se erosionaba por momentos.

Greg albergaba secretamente la esperanza de que se encontrara ya al otro lado del Atlántico, huida de toda aquella gente que esperaba echarle el guante. Le gustaría ser testigo de cómo derrotaba a Laura. Algún día le gustaría volver a verla pilotando un helicóptero. Suspiró hondo y deseó estar en cualquier otro sitio.

Se sentó ante un ordenador para hacer el trabajo que tenía previsto hacer al entrar en la sala, se conectó a Internet y buscó en Google el nombre de Oliver Ryan. Obtuvo diversos resultados. Vio las palabras «Black Waters» y «actor» en uno de ellos e hizo clic en el enlace para abrirlo.

Le sonó el móvil y, al sacárselo del bolsillo de la chaqueta, vio el nombre de Joe en la pantalla. Gimió para sus adentros al darse cuenta de que eran las diez pasadas y no le había telefoneado, tal como le había prometido. Se apartó del ordenador para que no pudieran oírlo y saludó a su hijo.

–¿Todavía no te has ido a dormir? –le preguntó con voz sorprendida.

–Quería darte las buenas noches y asegurarme de que vendrás mañana.

–¿Qué pasa mañana? –preguntó Greg, fingiendo que había olvidado qué día era.

–¡Es Nochebuena, papá!

«¿Papá?». Aquello era una novedad. Joe estaba desprendiéndose de su vocabulario infantil.

–¿De verdad? ¿Estás seguro de que no es pasado mañana? Creo que te has adelantado un día, Joe.

–Deja de bromear, papá. Ya sabes que es Nochebuena.

Greg sonrió. Le había comprado a Joe un regalo que sabía que le encantaría: un helicóptero teledirigido que se elevaba seis metros del suelo. Se moría de ganas de ver su expresión cuando lo abriera y esperaba poder ir a Oxford el día siguiente para dárselo.

–Joe –le dijo, poniéndose serio–. No te lo prometo, porque no puedo, pero, si es posible, allí estaré.

Se produjo un silencio al otro lado de la línea.

–¿Me crees, Joe?

–Sí, papá –le contestó, ahora con una voz queda que hizo que Greg lo carcomiera la culpa.

–Bien. Y ahora a dormir, pequeñajo, que mañana te espera un gran día. Quiero que te levantes temprano y bien contento y le eches una mano a mamá para que por la noche ella pueda tumbarse con los pies en alto.

–Va a salir.

–¿Ah sí? –preguntó Greg, muy sorprendido.

Sue nunca salía en Nochebuena; se quedaba en casa preparándose para el gran día.

No pudo evitar preguntarle dónde iba.

–Sale con Tony.

Un nudo en la garganta le impidió tragar saliva. Tenía que pasar en algún momento. Sue era una mujer maravillosa y habría muchos hombres en el mundo que querrían salir con ella. Notó un dolor en el pecho. Su primer amor de verdad, su mujer durante diez años, había pasado página.

–Tú podrías salir con Alex ahora –le dijo su hijo, como si fuera lo correcto.

Su madre estaba bien, así que su padre también podía estarlo.

Pero solo los cuentos de hadas tienen finales felices. No suelen darse entre asesinas y policías que las persiguen.

Cayó en la cuenta de que era la primera vez que pensaba en ella como una asesina y sintió un escalofrío recorrerle todo el cuerpo. ¿Era posible que Alex Taylor hubiera matado a Fiona Woods? Cerró los ojos con fuerza al imaginar a la enfermera muerta y deseó que estuviera inconsciente cuando la embutieron en aquella caja de acero. La habían dejado morir en la oscuridad, en un espacio tan reducido que ni siquiera podía levantar la cabeza, y es posible que incluso hubiera notado o incluso escuchado el siseo de su propia sangre salpicando las paredes que la rodeaban. Era una muerte fría y despiadada, solo un asesino desalmado podía poner fin así a la vida de alguien.

¿Podía Alex Taylor ser esa persona?

Alex abrió los ojos y tuvo que cerrarlos con fuerza otra vez porque el resplandor de las luces cenitales la cegó. El corazón le latía con fuerza y el más leve movimiento le provocaba náuseas. Una correa en la frente le impedía mirar girar la cabeza hacia los lados y temía vomitar y ahogarse en su propio vómito.

«¿Dónde estás, Maggie? Por favor, ven a salvarme».

Arriesgándose a que las luces la deslumbraran de nuevo, entreabrió los ojos y consiguió divisar el contorno circular. Supo que volvía a estar en el mismo quirófano que la otra vez. No la consoló confirmar que aquello no era producto de su imaginación. Había estado en aquel lugar antes, convencida de que iba a morir, y después había despertado sin que le pasara nada. Pero ahora sabía quién la había secuestrado… Oliver Ryan.

Armándose de valor, bajó la vista hacia su pecho y vio su cuerpo cubierto de paños quirúrgicos verdes. Se le cortó la respiración al distinguir la forma de sus piernas dobladas y elevadas. Volvía a estar en posición de litotomía, con las pantorrillas apoyadas en reposarrodillas y los tobillos sostenidos por estribos. El aire frío que le rozaba la piel bajo aquellos paños le dijo que estaba desnuda.

Escuchó de fondo ruidos de instrumental, el tintineo de acero contra acero, y le sobrevinieron unas ganas de vomitar tremendas por el miedo. Él estaba a su lado, preparándose para ocuparse de ella.

Conteniendo el aliento y apretando los dientes tanto que se le puso rígida la mandíbula, intentó apaciguar su terror creciente. Tenía que ser fuerte y pensar en una escapatoria a aquella situación. Tenía que creer que podían salvarla.

Esforzándose por permanecer lo más quieta posible para que él no viera que se había despertado, intentó determinar la fuerza con la que la había sujetado. Si solo la había atado con cintas de velcro, existía la posibilidad de que lograra soltarlas y liberarse.

Tenía los brazos apoyados en reposabrazos, pero no veía con qué los tenía sujetos, porque los paños también los cubrían. Movió ambos brazos al mismo tiempo y no notó que cedieran lo más mínimo.

Cerca de ella, un monitor empezó a emitir sonoros pitidos y su terror escaló al escuchar el sonido de su propio latido acelerado por el pánico. Palpitaba fuerte y rápido, y eso la atemorizó todavía más, porque le indicaría que estaba despierta. Era evidente que lo había conectado con esa intención y ahora simplemente estaba jugando con ella.

«Por favor, Señor, que se ralentice. Que no se dé cuenta de que estoy despierta».

Era una oración patética, pero, irónicamente, su corazón se ralentizó; se mordió el labio inferior al ver que él se inclinaba súbitamente sobre ella. Su cabeza y sus ojos quedaban fuera de la vista, pero tenía delante de la cara la bata quirúrgica azul y las manos con guantes lilas. Alargó la mano sobre ella y colgó una bolsa de fluido de un gotero.

–Por favor, no me hagas daño, Oliver –le rogó con dientes castañeantes–. Te lo suplico.

Él no respondió. En lugar de ello, se alejó de la mesa de operaciones y un segundo después lo escuchó en el armario metálico. Medicinas. Estaba sacando medicamentos.

Se le vació la vejiga y notó un torrente cálido entre las nalgas.

Sus chillidos de rabia llenaron la habitación y, por unos segundos preciosos, sintió que tenía el control. Alguien la oiría. Alguien acudiría corriendo. Sus gritos resonarían en el pasillo. Algún médico o alguna enfermera, un portero o incluso un visitante que pasara por allá la escucharía. Esta vez no cedería ante él, no cedería. Notó sabor a sangre en la boca y escupió en la dirección en la que pensaba que él estaba de pie.

–Maldito tarado. Maldito cobarde. Pedazo de mierda. Voy a matarte, psicópata.

Una furia incontrolable la consumía, tenía el rostro y el pecho empapados en sudor y la necesidad desesperante de luchar le infundió fuerzas. Levantó el cuerpo todo lo que pudo, separando el pecho y el abdomen varios centímetros de la mesa. Notó la tensión de la correa inflexible que le sujetaba la cabeza y un dolor atroz en los muslos y en la entrepierna cuando las correas de los estribos se tensaron y se le clavó el metal en los huesos de los tobillos. Le ardían las muñecas y los antebrazos mientras se frotaba y retorcía contra las retenciones, intentando liberarse. Utilizó hasta el último músculo de su cuerpo, hasta la última gota de energía, se giró y se retorció con la esperanza de que algo se aflojara o se rompiera y la liberara, pero no sucedió.

Al final, exhausta y jadeante, tuvo que admitir su derrota. La correa de la frente seguía firme en su sitio y sus piernas y brazos atrapados en los soportes y los estribos.

Era inútil. Estaba indefensa como una niña pequeña y él podía hacerle lo que quisiera. Nadie acudiría corriendo.

«Por favor, Maggie, que no te haya matado –suplicó mentalmente–. Por favor, ven rápido, no estés muerta».

Capítulo 44

Greg bebió un sorbo de café solo fuerte mientras intentaba catalogar mentalmente todos los acontecimientos de las últimas pocas semanas en los que Alex Taylor había estado involucrada: su denuncia de que alguien la había secuestrado, su presencia en el momento de la muerte de Amy Abbott, su presencia en el momento de la muerte de Lillian Armstrong y su presencia en un momento en el que estuvo a punto de cometerse un error letal con medicación.

Alex Taylor había estado presente en todo. ¿Tendría razón Laura Best al pensar que era la única responsable de todos aquellos sucesos?

Y ahora Fiona Woods yacía brutalmente asesinada, y también estaba conectada con Alex. Era la mejor amiga de Alex Taylor y, según Caroline Cowan, estaba presente cuando cometió aquel grave error con la medicación. ¿Estaría muerta por lo que sabía? ¿Sabía algo que pudiera incriminar a su mejor amiga? ¿Se había equivocado Greg al juzgar la situación por su ceguera obstinada y ahora, en parte, él también era culpable de la muerte de Fiona Woods? Suspiró hondo. ¿Dónde estaba Alex Taylor? ¿Adónde o con quién huiría? Patrick Ford parecía creer que con él. Estaba completamente seguro del lugar que ocupaba en la vida de Alex Taylor. Ni siquiera había cuestionado o dudado de cuál sería su próximo movimiento. De hecho, y Greg cayó en la cuenta de súbito, no se cuestionaba nada.

Ni siquiera había preguntado por qué la buscaba la policía. No era normal. Quizá se había equivocado al juzgar a Patrick Ford. Quizá ya le había proporcionado a Alex Taylor un escondite.

El ruido de sillas arrastradas su alrededor y de voces formulando preguntas lo sacó de su ensimismamiento. Laura acababa de entrar en la sala de coordinación y Greg observó que algunos agentes la rodeaban como si estuvieran dando la bienvenida a un héroe retornado de la guerra. Sus voces rezumaban admiración y la vio regodearse en su gloria. Llevaba un traje chaqueta azul marino entallado y una blusa de color cereza e imaginó que se había puesto aquel atuendo con la expectativa de reunirse con la plana mayor.

Era evidente que esperaba, o asumía, que vendrían a la comisaría si se efectuaba algún arresto, y probablemente tuviera razón. Habría que hacer declaraciones a la prensa y designar a un agente para que respondiera a los periodistas locales. Él no sería el elegido para hacerlo. No llevaba ni la camisa ni el traje adecuados y aún no había ido a cortarse el pelo, así que las posibilidades de que todos los focos se posaran sobre ella eran altas.

Se preguntó por qué había regresado. Lo último que sabía de Laura era que estaba vigilando el hospital. Parecía muy excitada por algo. Le brillaban los ojos y se mordisqueaba el labio inferior, enseñando los dientes de arriba. A Greg no le apetecía seguir esperando para enterarse.

–He asegurado la escena. Tienes que ir enseguida –le dijo, dirigiéndose solo a él, pero asegurándose de que los demás la escucharan.

Lo dijo con tono autoritario, como si ella fuera la jefa, y no al revés.

Greg le dio un lento sorbo a su café, sin demostrar ninguna prisa.

–¿Qué escena y dónde? –preguntó con calma, sin darle la satisfacción de verlo ponerse firme ante ella.

–Ha dejado su coche abandonado en la cara norte del hospital, sin cerrarlo con llave y con la puerta del conductor abierta. Tiene que haberlo dejado en la última hora, más o menos, porque antes no estaba ahí. No puede andar muy lejos. Apuesto lo que sea a que está en ese hospital, en alguna parte.

–¿Quién no puede estar lejos? –inquirió él.

–Alex Taylor, ¿quién va a ser? –respondió ella con impaciencia, como si fuera evidente.

Greg atravesó despacio la sala en dirección a ella; quería estar muy cerca cuando le dijera que borrara ese sarcasmo de su voz, cuando le dijera que, si volvía a faltarle el respeto una sola vez más, le abriría un expediente.

Dos cosas se interpusieron en lo que estaba a punto de decirle: la sonrisa petulante del rostro de Laura Best y el sitio de Internet que había consultado antes. La llamada telefónica de Joe lo había interrumpido antes de tener ocasión de leerlo con detenimiento y se le había olvidado.

La pequeña fotografía encartada mostraba a un hombre guapo, rubio y bien peinado que parecía acostumbrado a las cosas más refinadas. A Greg su cara no le sonaba demasiado. Junto a la foto figuraban su nombre y una fecha: OLIVER RYAN, 1979-2016.

El hombre con quien quería hablar estaba muerto.

Cerró los ojos, deslumbrada por la luz. Le escocían por las lágrimas derramadas y la única manera de notar algún alivio era mantenerlos cerrados. El corazón le palpitaba sonoramente, pero no tan rápido como antes. Ahora latía a un ritmo más soportable.

Si la aterrorizaba lo suficiente, no era descartable que le diera un infarto, a pesar de ser joven y estar en forma. Casi se regodeó en aquel pensamiento. Sería una muerte rápida y él perdería el control sobre ella.

La próxima vez que se le acercara no intentaría batallar con su miedo, no intentaría abstraerse de lo que estaba sucediendo y de lo que estaba a punto de hacerle. Lo dejaría penetrar en su mente y luego, con suerte, su corazón la traicionaría y moriría.

Contuvo el aliento al notar su presencia y, acto seguido, se obligó a abrir los ojos.

Una alegría inconmensurable la invadió al instante y se le agolparon más lágrimas en los ojos. Era tal la emoción, que notó la garganta cerrada y no fue capaz de articular palabra. Sus plegarias habían sido respondidas. El rostro de Maggie la contemplaba.

No tuvo tiempo de pensar cuándo y cómo había llegado allí, porque ya estaba pensando que tenían que largarse enseguida. Él estaba cerca y, si sorprendía a Maggie allí, entonces ella también estaría en peligro.

–Suéltame –le susurró con urgencia–. Rápido, antes de que regrese.

Maggie volvió la vista hacia atrás por encima de su hombro y luego miró a su amiga.

–No está aquí.

–Pues no puede estar lejos –le respondió Alex con fiereza–. ¡Rápido, Maggie! Vendrá en cualquier momento. Suéltame los brazos.

Maggie levantó el paño verde y volvió a dejarlo en su sitio.

–Estás desnuda.

–¡Da igual! –le siseó Alex–. Suéltame de esta puñetera mesa.

Maggie se mordió el labio y, por un momento, pareció que iba a echarse a llorar.

–Se ha dejado todo esto aquí fuera –susurró, mientras levantaba con las manos instrumentos quirúrgicos, desperdiciando unos segundos preciosos–. Te dije que no podía haber sucedido como decías.

–Maggie, ¡no tenemos tiempo! –le susurró Alex con urgencia–. Por favor, nos matará a las dos.

Maggie sostuvo algo en alto y con voz emocionada exclamó:

–¡Mira, Alex! ¡Mira lo que he encontrado! –Sostenía entre los dedos un pequeño disco de caucho del cual colgaba un fino cable–. Sabes qué es, ¿verdad?

Movió sin cuidado unas cuantas cosas en la bandeja metálica buscando con prisas algo. Los instrumentos tintinearon.

–¡Para ya! –le musitó desesperada Alex–. ¡Por favor, Maggie!

–¡No puedo! ¿Te das cuenta de lo que significa esto? –Se apartó de la cabecera de la cama y Alex la escuchó buscar algo frenéticamente–. Tiene que estar aquí, por alguna parte. ¡Lo sé! –Volvió hacia donde estaba Alex, dando palmaditas rápidas en el espacio alrededor de la cabeza de Alex y luego suspiró aliviada–. Dios, fue tan… –sostuvo en alto un artilugio cuadrado, plateado, no más grande que una caja de cerillas. Unió con destreza las dos piezas que había encontrado y volvió a suspirar–. Fue tan puñeteramente fácil… –Se acercó el disco de caucho negro a la boca y habló–: …engañarte.

Alex se agitó violentamente, como si se hubiera electrocutado, y abrió los ojos como platos, horrorizada. ¡Aquella voz! ¡Era su voz!

¡Y salía de la boca de Maggie! Dios santo, no podía ser verdad. Maggie, la persona en quien había aprendido a confiar, la única que la había creído, la que la había ayudado...

Maggie soltó una carcajada cruel y su voz masculina aterró a Alex. No se le había pasado por la cabeza que pudiera ser una mujer quien hablara.

Un simple distorsionador de la voz, un pequeño dispositivo oculto tras la máscara quirúrgica la había hecho creer que era un hombre quien le hablaba, cuando había sido Maggie quien había estado todo el tiempo a su lado, con máscara y bata, y un par de guantes lilas, creando una fantasía. Cegada por las lámparas de quirófano y con los brazos atados, Alex incluso había creído que le habían insertado vías intravenosas, cuando, en realidad, ninguna aguja le había perforado la piel. Solo le había puesto un trozo de esparadrapo sujetando la cánula contra la piel, como harían en una película de médicos; tal como Maggie había dicho, qué fácil había sido engañarla.

Maggie se apartó el aparato de los labios. Suspiró y le sonrió.

–¿Estás cómoda?

Ambos lados de la carretera estaban acordonados y, tras la cinta azul y blanca, había aparcados dos coches patrulla. Poquísimos vehículos habían transitado por allí y Greg entendía por qué. La salida por la cara norte del hospital permanecía cerrada de noche, de manera que todo el tráfico que entraba y salía de las instalaciones utilizaba la entrada principal. Así se reducía el ruido para las viviendas vecinas.

El guardia de seguridad del hospital pateaba el suelo para calentarse los pies. Laura Best lo había apostado allí desde buen principio, y allí seguía cuando Greg llegó a la escena. Greg pensó que el pobre hombre debía de estar muriéndose de frío.

–¡Oiga! –le gritó, y el hombre miró hacia él–. Vaya a entrar en calor un rato y tómese una bebida caliente.

El guardia encogió los hombros, con rigidez.

–Gracias. ¿Quiere que envíe a mi compañero a sustituirme?

Greg negó con la cabeza.

–No. Enseguida llegarán más agentes para vigilar el terreno. Vaya a informar al administrador del hospital de lo que está sucediendo. Aún no hemos informado a nadie del centro.

–Tiene usted razón. Ahora mismo voy –respondió el guardia.

Mientras se alejaba trotando sobre sus piernas frías y rígidas, Greg se colocó un par de guantes de látex en preparación para examinar el vehículo. Pisó con cuidado para no estropear posibles pistas y se asomó por las ventanillas. Estaba vacío; no estaba escondida allí dentro. Se arrodilló junto al asiento del copiloto y localizó la palanca para abrir el capó. Sacó una linterna de bolígrafo de su chaqueta, la encendió y se preparó para echar un vistazo en su interior. Imágenes de Fiona Woods se agolpaban en su mente y se dio cuenta de que temía encontrar otro cuerpo.

Se relajó al comprobar el contenido del maletero, en el que, por suerte, no había ningún cadáver. Una bolsa de deporte con el logotipo de un gimnasio; abrió la cremallera y encontró ropa deportiva, artículos de aseo y una toalla. Un par de botas de agua verdes y un paquete abierto de seis botellas de agua de 500 ml en el que faltaba un botellín. Una caja de cartón con material médico, vendas, apósitos y varias agujas precintadas y tubos intravenosos. Apartó la caja a un lado y vio que estaba colocada sobre ropa. Se le paró el corazón un momento al identificar una amplia sudadera con capucha oscura.

Al levantarla, quedaron a la vista un puñado de paños quirúrgicos de plástico azul, como los que se usan en las operaciones. Por como estaban plegados, ya habían sido utilizados. Desplegó un poco un borde para separar las capas y, a la luz de la linterna, distinguió manchas de un tono granate oscuro. Le tembló la mano y dejó que las capas volvieran a su sitio. Apartó los paños a un lado y, bajo todo aquello, halló un neumático de repuesto. Un Pirelli.

Fue recorriendo con el haz de la linterna los surcos de caucho y vio pedacitos de alquitrán incrustados. Tocó un surco con el dedo y la punta de su guante de caucho azul quedó ligeramente ennegrecida. Asfalto. Y entonces entendió por qué Laura estaba tan emocionada. Ella ya había visto el contenido del maletero. Ya sabía lo que Greg encontraría, pero, en lugar de quedarse junto al vehículo, se había apresurado a regresar a la comisaría para que fuera él quien hallara las pruebas y estar con todos sus colegas cuando el inspector les comunicara su hallazgo. Entonces Laura se regodearía en la gloria de tener razón. Debía de creer que, si hubieran inspeccionado el coche de Alex Taylor antes, el asesinato de Fiona Woods podría haberse evitado. Greg podría haber impedido su muerte.

Oyó el sonido de un motor diésel, miró hacia la angosta carretera y vio acercarse la furgoneta del equipo forense. Sin distinguir al conductor, le indicó con gestos que continuara acercándose.

A Greg se le revolvió el estómago. Cada vez que se resistía a creer que Alex Taylor era culpable aparecía algo que le demostraba que se equivocaba. Y ahora ese algo era abrumador. Todo lo que había en aquel coche indicaba que había sido ella quien había asesinado a Lillian Armstrong.

–¿Señor?

–¿Qué?

El agente de policía que lo había conducido hasta la escena alumbró con su linterna algo en el interior del Mini.

Greg se dirigió junto a él.

–Hay envases de pastillas vacíos en el asiento del copiloto.

El agente alumbró con la linterna a través de la ventanilla del conductor y Greg vio tres blísteres de pastillas vacíos. Alargó la mano, cogió uno y logró componer la palabra a partir de los trocitos rotos de papel de aluminio: diazepam.

«Mierda. Maldita sea –pensó–. Se ha tomado una sobredosis».

Capítulo 45

Alex seguía conmocionada por haber descubierto que era su amiga quien la había engañado. Los ojos de Maggie le revelaron que así era. Estaban llenos de odio, de una cólera que transmitía una necesidad malévola.

Aún tenía que sentir miedo, porque, en aquel instante, la conmoción se mezclaba con un hondo pesar por la pérdida de alguien a quien le había tomado tanto aprecio.

A través de sus labios resecos y pálidos consiguió preguntarle:

−¿Qué he hecho? No lo entiendo, Maggie. ¿Qué he hecho?

El desprecio en la cara de Maggie le dolió tanto como una arremetida física. Su infame acto resultaba inenarrable y, sin embargo, las lágrimas que se deslizaban por su mejilla eran testimonio de lo que Maggie pensaba de ella.

Maggie se inclinó hacia ella, hasta que sus rostros quedaron a apenas unos centímetros. Alex notó su cálido aliento cuando le preguntó:

−¿Alguna vez has visto morir a alguien?

Alex cerró brevemente los ojos para protegerse de tanto odio.

−Por supuesto que sí −respondió la propia Maggie con otro susurro gélido−. Lo ves cada día… Pero no es lo mismo cuando muere alguien a quien amas. Yo vi a Oliver morir. Y no fue agradable. La soga… Su rostro… Su lengua negra… Vivo con esa imagen grabada en la cabeza.

»Yo las culpaba a ellas, Alex. Las culpaba a todas y cada una de ellas. Y con razón. Hay mujeres en el mundo… zorras, furcias, prostitutas que se exhiben y luego dicen que no. Y luego están las inteligentes, las que seducen y provocan. Mujeres como tú, que creen que tienen derecho a engatusar a un hombre. A un buen hombre.

El monitor cardíaco de su lado traicionó a Alex; emitía pitidos a un ritmo fuera de los límites de seguridad. Revivió aquella mañana, vio a Maggie de pie en la cocina, agitando las hojas de papel con la información extraída de Internet impresa. Oliver Ryan estaba interpretando un drama de época en Bath. No podía estar muerto… a menos que Maggie hubiera mentido…, cosa que, evidentemente, había hecho. Todo era un teatro, una escenificación para que Alex creyera que iba a encontrarse con él.

Constatar que todo estaba planificado la aterrorizó aún más. Maggie había querido hacerle mucho daño desde hacía mucho tiempo.

—Yo no lo engatusé, Maggie. Intentó violarme.

El paño que de repente le presionaba la boca le apretó la dentadura hacia atrás. El dolor de la mandíbula se le propagó hasta el cuello. Tras aquella mano, Maggie se dejó caer sobre ella con todo su peso.

—Cierra esa boca tan sucia que tienes. Oliver nunca intentaría violar a ninguna mujer. Nunca se degradaría por alguien como tú.

Maggie movió el paño para que le tapara también la nariz. Alex no podía respirar. Intentó levantar un poco la cabeza, liberar la nariz, desesperada por tomar aire.

Boqueó cuando le apartó el paño de la cara.

—Casi cedo y te mato rápidamente —le dijo Maggie, respirando con dificultad—. Supongo que es lo que querrías. Pero tenemos una larga noche por delante, Alex. Tiempo suficiente para hacer lo que tengo previsto. Necesitas descansar. Quiero que estés en forma para lo que pretendo. Pero será mejor que estés calladita.

Levantó la grapadora para que Alex la viera.

A pesar del terror, Alex todavía no estaba dispuesta a tirar la toalla. Había tomado la decisión de no pelear, de dejar que todo aquello ocurriera con la esperanza de, literalmente, morir de miedo, y entonces aquello habría acabado por fin. Pero no podía. Tenía que creer que aún le quedaba alguna oportunidad.

—No saldrás indemne de esto, Maggie. Cuando me encuentren, irán a por ti. Hallarán alguna conexión contigo. Oliver les conducirá a ti. Descubrirán que era tu novio.

Maggie rio, pero su carcajada sonó falsa.

–Oliver era actor. Su vida privada era solo suya. Nadie lo relacionará conmigo. Me amaba y quería protegerme, así que mantuvo nuestra relación en secreto.

Alex quería hacerle daño, desconcertarla, lo que fuera que pudiera sacarla de su estado mental actual.

–¡No te amaba! Probablemente te estuviera utilizando. Tienes dinero, Maggie. Una casa que vale una fortuna. Tú misma me dijiste que solo iba a tu casa para usar el estudio de tus padres. ¡Te utilizaba! Y el único motivo por el que mantuvo vuestra relación en secreto fue para poder estar con otras mujeres.

El agudo clic de la grapadora volvió a hacer que se quedara sin el aire que acababa de entrar en sus pulmones. Maggie le golpeó con ella en el cráneo y la accionó una y otra vez.

–¡Zorra! ¡Maldita furcia mentirosa! Te voy a cerrar la boca de una vez por todas, te voy a grapar los labios.

Las lágrimas anegaron los ojos de Alex y a través de ellas vio el rostro borroso de Maggie. Haciendo acopio de valor, se esforzó por seguir provocándola. Prefería sacarla de quicio y arriesgarse a una muerte instantánea que tener que soportar aquella lenta espera antes de morir.

–Richard Sickert nos conectará a las dos. Le dirá a la policía que me enviaste a verlo. Él les pondrá sobre tu pista, Maggie.

Esta vez la risotada de Maggie sí sonó sincera.

–Serás tonta… ¿Por qué no iba a enviarte a buscar ayuda profesional? Todo el mundo sabe que has estado desmoronándote. El doctor Sickert solo confirmará lo que todo el mundo cree. Que estás loca. –Con una sonrisa demente, habló con un tono agudo, imitando una voz femenina enfermiza–: «Oh, Maggie, tengo tanto miedo. Ayúdame, Maggie. Ayúdame». –Le dio unos golpecitos en la frente con el dedo tieso–. ¿Por qué malgastaría Oliver su tiempo contigo? No lo entiendo. Si eres rematadamente tonta. Pero nada de eso importa ya. Él está muerto y mañana tú también lo estarás. Y ahora, tengo muchas cosas que preparar. Quiero que te quedes aquí tumbada y descanses. Necesitarás todas tus fuerzas. –Sonrió amablemente. –¿Te he dicho ya lo que tengo planeado?

Alex la miraba de hito en hito. Maggie tenía que estar enajenada para comportarse así. Su odio estaba completamente descontrolado.

Entonces se dio cuenta de que la desintegración de su vida había estado calculada al milímetro. Maggie Fielding se había colado en su vida de manera deliberada para destruirla.

–Irán a por ti, Maggie.

–No, no lo harán. Les dijiste que soy un hombre.

En la cantina del hospital, que el encargado había abierto especialmente para aquella reunión, se congregaban un gran número de policías. Greg los llamó al orden.

–Tranquilizaos y escuchad –dijo con voz fuerte.

Laura Best estaba sentada en primera fila, con aspecto de estar completamente despierta aún e inmaculada. La alimentaba la adrenalina de la caza que les aguardaba.

El encargado de la cantina había convocado rápidamente al director general y se habían obtenido los planos arquitectónicos de las instalaciones. El jefe de bomberos de la ciudad también estaba presente, dado que se conocía los terrenos del hospital mejor que la mayoría de las personas allí presentes.

Había requisado una mesa de la cafetería para extender los planos. Cuando estuviera listo, les explicaría a los agentes la disposición y luego Greg los dividiría en grupos para iniciar la búsqueda. Al final había aceptado que Laura Best tenía razón y que probablemente Alex Taylor estuviera escondida en algún rincón de aquel lugar. Contaba con la ventaja de saber dónde esconderse. Los terrenos y los edificios del hospital dificultaban la búsqueda. Aquel lugar era como un pequeño pueblo.

Antes de entrar en la cantina, a Greg le sonó el teléfono y le sorprendió escuchar la voz de Seb Morrisey y el claro zumbido de las aspas del helicóptero rotando.

–¿Qué haces, Seb? No puedes meterte aquí. ¿Qué haces volando por aquí arriba?

–Hemos hallado un cuerpo flotando –respondió con frialdad.

A Greg se le atragantó el aire en la garganta.

—¿Es Alex?

—No —respondió Seb, ahora con menos hostilidad—. Un hombre, de mediana edad. Acaban de sacar su cadáver del río. Han dicho que lleva placas identificativas militares, debería poderse identificar con eso.

A Greg le alivió que no fuera ella.

—Pero voy a quedarme aquí arriba para ayudar a buscarla.

—No puedes entrometerte, Seb. Esto es asunto de la policía.

—Te equivocas, Turner. —La voz del piloto transmitía claramente su enojo—. Alex no le haría daño ni a una mosca. Estás muy equivocado si, aunque sea por un segundo, has pensado que es la asesina que buscas. Fiona Woods era como una hermana para ella, y quien la asesinó es quien tiene ahora a Alex.

—Tenemos que encontrarla, Seb. Tenemos que interrogarla —dijo Greg con voz templada—. Y, si tienes noticias de ella, tienes que comunicármelo.

—Me equivoqué contigo, Turner. Me pareciste un tipo sensato, con perspectiva. Voy a quedarme aquí arriba y no intentes detenerme. Alex está en peligro y tú eres demasiado estúpido para darte cuenta de ello.

La opinión de aquel hombre, no en lo relativo a sus cuestiones personales, sino su idea de lo que estaba sucediendo, impactó a Greg. ¿Y si tenía razón y Alex Taylor no estaba escondida, sino atrapada con el verdadero asesino? Los paquetes de pastillas vacíos que habían hallado en su coche podía haberlos dejado cualquiera. Podía estar muerta y que todo el mundo que la creía culpable estuviera equivocado. La incerteza y la indecisión pesaban sobre él. Sin embargo, no podía permitir que las emociones lo cegaran ni seguir ocultándose de la verdad.

Había visto las grabaciones de las cámaras de seguridad del día anterior por la tarde otra vez y casi se le había pasado por alto el camillero que empujaba un carrito por el pasillo. Había hablado con él no hacía mucho y le había explicado que el carrito estaba cargado con instrumental sucio y bolsas con ropa para lavar. Era una práctica habitual en ese momento del día usar un carrito de jaula grande para transportar el material; el montacargas solo se utilizaba cuando alguien necesitaba algo de retorno rápidamente, sobre todo para un tipo de instrumental concreto o especializado. Las imágenes del camillero se habían filmado poco después de las seis de la tarde y Fiona Woods aparecía en la primera planta, cerca de los quirófanos principales, a las seis y veinte. Es posible que Alex Taylor conociera aquella práctica y hubiera aprovechado la ocasión de usar el montacargas para esconder el cadáver de Fiona Woods suponiendo que nadie lo usaría durante un rato. Nathan Bell había declarado que Alex aún tenía el abrigo puesto cuando se había presentado en su apartamento más tarde aquella misma noche. Quizá no se lo hubiera quitado para ocultar la sangre de Fiona Woods.

No obstante, la prueba más incriminatoria era la que le había entregado Peter Spencer hacía una media hora. En la taquilla de Alex Taylor habían encontrado su móvil.

El último mensaje se lo había enviado a Fiona:

Quedamos en los quirófanos. He encontrado la sala de operaciones. No se lo digas a nadie.

Se había enviado a las seis y dos minutos de la tarde.

Ante aquella última prueba fundamental, Greg no podía seguir ignorando la verdad.

Los agentes que tenía delante lo miraban con atención, a la espera de que empezara.

—Recordad que en este edificio hay gente enferma y que necesita cuidados. No alarméis a ningún miembro del personal de manera innecesaria. Efectuad todos los registros a conciencia para no tener que repetirlos y luego avanzad al sitio siguiente. Todas las salidas están bloqueadas, de manera que, si está aquí, no tiene escapatoria. Dentro de un momento, el jefe de bomberos os explicará la configuración del hospital y de los terrenos. Escuchadlo atentamente para no dejarnos ningún rincón. —Tomó aire y evitó cruzar la mirada con Laura Best—. Y, por último, tened cuidado si dais con ella. Puede ir armada y es peligrosa. No, repito, no os pongáis en situación de peligro. En cuanto la diviséis, pedid refuerzos.

—¿Vas a llamar a agentes armados? —quiso saber Laura Best.

Greg negó con la cabeza.

—No.

—Acabas de decir que podría ir armada y ser peligrosa —le rebatió ella con un deje de acero en la voz—. Creo que deberías replanteártelo, jefe.

Greg se hartó de su insolencia y de aquella actitud suya de «puedo hacer y decir lo que me plazca». Decidió quitarse a aquella pesada insolente de encima de una vez por todas, aunque tuviera que pagar un precio por ello.

—Detective Best, cuando quiera su opinión, se la pediré. Por favor, no piense que, porque hayamos cometido la indiscreción de retozar cinco minutos, eso le da derecho a mangonearme a mí y al resto de los agentes. —Greg miró intencionadamente a Dennis Morgan, que se había puesto rojo como la grana de la sorpresa—. Acatará las órdenes como todos los demás y hará lo que se le instruya. ¿Me he expresado con claridad?

El silencio en la sala fue ensordecedor, y Greg supo que acababa de enturbiar su carrera profesional, pero le pareció merecía la pena. Vio a muchos agentes mirándolo atónitos y luego mirándola a ella y sacudiendo con menosprecio la cabeza a un lado y a otro. Definitivamente, había merecido la pena, aunque solo fuera para ponerle freno al poder que tenía sobre él.

Capítulo 46

Alex tiritaba de frío; notaba la humedad de la sábana que había mojado antes bajo las lumbares y las nalgas. Temblaba y tenía sed. La bolsa de perfusión con suero que colgaba sobre su cabeza seguía llena y llegó a la conclusión de que o bien Maggie no la había abierto intencionadamente o bien no le había introducido el tubo intravenoso que salía de ella y, bajo los paños quirúrgicos, no tenía agujas en los brazos. De ser así, quizá todo el resto también fuera una pantomima. Se despertaría más tarde y descubriría que no era más que otra paranoia. Ni rastro de marcas de agujas ni ninguna otra prueba de lo que le había sucedido.

Qué lista había sido Maggie. El primer secuestro había sido la farsa perfecta para asegurarse de que no la creyeran. Alex parecería una perturbada al pretender que la policía, sus colegas y Patrick la creyeran. ¿Cómo iban a creerla, si, aparte de sedarla, no le había hecho nada más?

Hacía un rato largo que estaba sola, más o menos una hora, pero no tenía ni idea de qué hora era. La habitación en la que estaba tumbada estaba en silencio; Maggie había apagado el monitor y las luces sin avisarla. Se había limitado a desconectarlo todo y a dejarla a oscuras.

La idea que intentaba infiltrarse en su pensamiento y asentarse con firmeza en él era que Maggie la había abandonado allí para siempre. Iba a dejarla morir lentamente, de sed o de frío. Sus órganos ser irían condensando poco a poco, su corazón se debilitaría y su piel empalidecería y se enfriaría. Entraría en letargo y primero estaría irritable y luego confundida. Y sus riñones dejarían de funcionar hasta que, por fin, su cuerpo se rindiera del todo.

Alex pensó en todas las personas a quienes amaba y dejaría atrás. Se preguntó cuánto tardarían en dar la voz de alarma.

Su madre, antes de mañana, seguro. Era Nochebuena y se preguntaría por qué Alex no había telefoneado para saber qué iban a hacer en Navidad. Y Caroline también se alarmaría. Alex se incorporaba a trabajar a primera hora de la mañana. Fiona también empezaba temprano. Alex lo había comprobado porque tenía previsto darle el regalo que le había comprado. A Fiona le gustaban las cosas bonitas y cuando Alex había visto aquel pijama de satén gris perla, se lo había comprado sin dudarlo ni un segundo. Sabía que estaba hecho para su amiga.

Sin embargo, quizá quien antes la echaría de menos fuera Nathan. Es posible que incluso la llamara para darle las buenas noches. Si no le devolvía la llamada, tal vez pensara que estaba con Patrick. Alex esperaba que no, porque, si no sobrevivía a aquello, no quería que él sintiera ninguna culpa.

Le había hecho el amor de un modo que Alex nunca había experimentado, ni siquiera al principio de la relación con Patrick. Patrick nunca la había tocado por la mera necesidad de tocarla. Nathan la había besado y la había acariciado porque parecía desesperado por hacerlo. Incluso mientras dormía la había tenido abrazada.

El aplauso repentino y estruendoso la sobresaltó de pies a cabeza. Maggie había regresado y estaba en algún lugar en la oscuridad. Alex tembló de miedo. ¿Habría estado allí de pie todo el rato, a la espera de empezar?

Las palmadas se detuvieron y Alex pestañeó cuando las luces volvieron a encenderse. El resplandor le resultó tan torturador como antes.

La cara Maggie tapó momentáneamente la luz al inclinarse sobre la mesa de operaciones.

—Hora de despertarse… —canturreó en tono agradable.

Alex la escuchó moverse tras la cabecera de la cama. Sonó el pitido de una alarma al encender una máquina y empezó a oírse un resoplido. Alex reconoció inmediatamente de qué se trataba: había puesto en marcha un ventilador.

Finalmente iba a suceder. La espera había concluido. Esta vez Maggie Fielding la anestesiaría para hacerle cosas a las que no sobreviviría. Alex notó verdadero dolor físico al anticipar lo que su cuerpo iba a experimentar. Podía abrirla en canal o incluso descuartizarla, dependiendo de lo creativa que se pusiera.

Gimoteó de miedo al notar que se acercaba el final.

Y entonces, abriéndose paso entre su miedo, vio el rostro de su madre. Le sonreía, una sonrisa amable y serena, y Alex se sintió reconfortada. Pronto todo aquello habría terminado y ya no tendría que pensar más en ello. Aferrándose a la imagen de su madre, su llanto cesó.

El ventilador resoplaba, imitando el ritmo de una respiración normal. Alex escuchó las bombonas de gas liberando presión al ponerse en marcha. Sonaron silbidos y pitidos agudos mientras se llevaban a cabo las comprobaciones de seguridad.

Maggie volvió a asomarse por encima de ella. Sobre el uniforme azul, ahora llevaba una bata quirúrgica, un gorro azul desechable en la cabeza y unos guantes de látex lilas en las manos. Estaba lista para operar.

Extrañamente, en lugar de aterrorizarla, aquel atuendo familiar le infundió cierto consuelo y Alex se dio cuenta de que podía revertir su miedo. Maggie Fielding era médico y estaba en buenas manos. Se repitió aquella frase como un mantra, concentrándose en las palabras y lavándolas mentalmente.

«Maggie Fielding es médico y estoy en buenas manos».

–Al final no te he explicado lo que tengo planeado –la interrumpió Maggie.

«Maggie Fielding es médico y estoy en buenas manos».

–Recuerdas los rudimentos de la anestesia, ¿verdad, Alex? Por supuesto que los recuerdas. Estoy siendo condescendiente, pero, por si acaso se te han olvidado, voy a refrescártelos: la anestesia provoca un sueño sin sensación ni dolor.

«Maggie Fielding es médico y estoy en buenas manos».

Se gritaba aquellas palabras mentalmente.

–Imagina qué sucedería si solo te pusieran un relajante muscular. Tendrías que estar ventilada, porque no podrías respirar. Estarías despierta, pero serías incapaz de moverte. Y en cuanto al dolor… bueno, sí sentirías dolor. Notarías todo lo que se te hace.

Maggie sostuvo en alto una jeringuilla llena de líquido.

—Es un buen plan, ¿no te parece, Alex?

Hacía ya casi dos horas que habían iniciado la búsqueda y el aspecto inmaculado de Laura Best estaba algo maltrecho. Tenía el pelo empapado por la lluvia y se le había corrido un poco el rímel. La manga derecha de la chaqueta del traje se le había enganchado en un borde afilado en uno de los cobertizos de la basura y se le había hecho un pequeño desgarrón. Estaba sudada y le dolían los pies de caminar con tacones altos.

Estaba cansada, sedienta y muy, muy enfadada con Greg Turner. ¿Cómo se atrevía a avergonzarla así delante de los demás? Había escuchado a una agente detrás de ella reírse por lo bajo y se había jurado que encontraría la forma de vengarse. En cuanto a Greg, si pensaba que podía sacar a relucir su desliz e irse de rositas, se iba a enterar. Laura explicaría su versión de la historia: cuánto le había costado rechazarlo, sobre todo porque era su superior. No iba a salir indemne después de haberla tratado así.

Al llegar al siguiente cobertizo, se detuvo y dejó que Dennis entrara antes que ella. Ya se había estropeado suficientemente el traje. Dennis abrió la puerta y alumbró el interior con su linterna.

—Tienes que entrar y hacer una búsqueda como es debido, sacar los cubos de la basura y revisar su interior. —Y gritó hacia el interior del cobertizo—: Podría estar usted escondida en uno de ellos, ¿no es cierto, doctora Taylor?

Dennis permaneció junto a la puerta, sin entrar. Entonces le iluminó el rostro a Laura con la linterna.

—Si quieres mover los cubos de la basura, los mueves tú. No soy tu esclavo.

Desconcertada por un instante, solo pudo contener el aliento.

—Pero ¡¿qué narices?! ¡¿Cómo te atreves a hablarme así?!

—Te has estado tirando al jefe. Y ahora estás con un mindundi. Dime, Laura, ¿qué soy yo? ¿El pobre bobo al que has utilizado para fastidiarle?

Laura pateó el suelo.

–Presentaré un informe, Dennis Morgan. ¿Cómo te atreves a desobedecer una orden?

Dennis se iluminó su propio rostro con la linterna para que pudiera ver su respuesta. Con una sonrisa en la cara, le enseñó el dedo.

Greg oía el zumbido de las aspas del rotor del helicóptero a través de las paredes de la cantina. Seb había estado describiendo círculos e iluminando con su foco los terrenos del hospital durante la última media hora y fuera del área de urgencias había encendidas luces de baliza azules para cuando se dispusiera a aterrizar. De repente, le vibró el móvil en el pecho y se sobresaltó. Sintió un escalofrío al comprobar que quien le telefoneaba era el hombre de sus ensoñaciones.

–¿Qué quieres, Seb?

–Solo comprobar si ya has entrado en razón.

Greg se desplazó junto a una ventana para poder contemplar el helicóptero, aunque dudaba que Seb pudiera verlo.

–Solo hago mi trabajo, Seb.

–Tío, te equivocas tanto con ella… Alex no mataría a nadie. Te conté cómo me salvó.

–Seb…

–Ya lo sé. No necesitas oírlo. Solo haces tu trabajo. Pues bien, la has etiquetado de asesina y ni siquiera la conoces.

Greg suspiró.

–La gente cambia, Seb; se les afloja un tornillo y hacen cosas que normalmente no harían.

–¿Como qué? ¿Como matar a su mejor amiga? –replicó Seb encolerizado.

Greg lo escuchó tomar aire enfadado antes de volver a hablar.

–Alex no ha hecho esto y será mejor que te des prisa y te convenzas de ello o será a ella a quien encuentres muerta.

Capítulo 47

–Por favor, Maggie, dime por qué las mataste. Al menos déjame que entienda el porqué.

Los ojos de Maggie centellearon al mirarla por encima de la máscara.

–No vas a impedir que haga esto, Alex. Lo único que conseguirás es posponer lo inevitable.

–Pero ¿no quieres que lo entienda? ¿Por qué me dejaste vivir la primera vez? ¿Y por qué mataste a Amy Abbott?

Maggie se bajó la mascarilla por debajo de la barbilla.

–Te crees muy lista, Alex. Te crees que me voy a poner a hablar y al final acabaré perdonándote. Mi vida acabó el día que Oliver te conoció. Lo sedujiste. ¡Y luego lo acusaste!

Se lo dijo en voz baja, sin rencor, pero Alex no se dejó engañar. Sabía que su humor no se había suavizado.

–¡Intentó violarme!

–¿Violarte? –preguntó Maggie con tono desdeñoso–. Oliver no necesitaba poseer a la fuerza a ninguna mujer.

–No, por supuesto que no –se burló Alex–. ¡Le bastaba con pagar para conseguirlo! ¿Por eso mataste a Lillian Armstrong? ¿Porque tu maravilloso Oliver le pagó a cambio de sexo?

Los labios de Maggie se tensaron y sus dientes quedaron a la vista.

–Parecía una Barbie gorda allí de pie, esperando a un cliente que la había dejado plantada. Le ofrecí llevarla a casa en coche, le dije que solo iba a aparcar un minuto para coger algo de mi apartamento. Utilicé tu mando a distancia para abrir las puertas y conducir hasta tu plaza de aparcamiento y le pedí que me ayudara a aparcar hacia atrás… Ya sabes lo grande que es mi coche. Se mostró encantada de ayudarme. Allí de pie, me hacía señas con las manos. El primer golpe solo la derribó y, por supuesto, salí corriendo a ayudarla. Al verla allí con los muslos al aire, las tetas colgando y aquel maquillaje vulgar, sentí unas ganas terribles de decirle que iba a morir. Pero, en lugar de eso, me agaché y la coloqué en una posición cómoda. «No te muevas –le dije–. Soy médico. Tengo que examinarte». Debería haberle dicho: «Tengo que atropellarte».

Alex estaba asqueada.

–No quiero saberlo.

–Pero si me has pedido que te lo contara… –replicó Maggie burlona–. Tienes que saber la mejor parte. Mientras tú intentabas salvarle la vida, te vi. Casi me pillas, Alex. Te oí llegar y aparqué rápidamente mi coche. Me quedé sentada dentro, observándote, y debo decir que eres realmente buena, Alex. Me habría encantado quedarme a escucharte explicar otra muerte, pero habría sido demasiado arriesgado. Así que me limité a bajar de mi coche, lo dejé en tu *parking* y me fui.

–Eres un monstruo, Maggie. Y te pillarán. No eres tan lista como crees. ¡Le dejaste una marca con el neumático en el pecho!

Maggie sonrió.

–¡Bip! Te equivocas otra vez, Alex. Era tu neumático. Tu rueda de recambio. La pasé por un poco de alquitrán en el hospital y luego se la pasé por encima del pecho. Pero ya está otra vez en tu maletero, así que no hace falta que compres una nueva.

Lágrimas de frustración resbalaban por el rostro de Alex.

–¿Y Amy?

Maggie negó con la cabeza.

–Se acabaron las preguntas, Alex. Ha llegado el momento…

En la cantina, Nathan Bell se reunió con Greg en una de las mesas. Llevaba dos tazas de café fuerte. Iba vestido con la camisa y los pantalones del uniforme de urgencias y Greg se mostró sorprendido.

–Has trabajado esta mañana, quiero decir, ayer por la mañana –se corrigió al ver de refilón la hora en su reloj de pulsera.

Eran las dos de la madrugada pasadas.

–Van cortos de personal. He descansado unas cuantas horas. Y, además, me va bien mantenerme ocupado.

Greg levantó una de las tazas y, agradecido, le dio un sorbo al café.

–Tenemos que localizarla rápido. Podría estar inconsciente. ¿Cuánto tiempo más va a durar la búsqueda en el hospital? Si estuviera aquí, ya la habrían encontrado, ¿no?

Greg se encogió de hombros. Empezaba a pensar lo mismo. Habían inspeccionado prácticamente hasta el último centímetro de aquel lugar y había enviado a la mayoría de sus agentes de regreso a comisaría. Solo quedaban unos pocos efectuando el registro. Laura Best figuraba entre ellos, empecinada en creer que la doctora estaba en el hospital, en alguna parte. Greg le dejó que hiciera lo que quisiera. Mientras estuviera fuera de su vista, le era indiferente. Desde su ataque de sinceridad de antes, se sentía más tranquilo de lo que había estado en mucho tiempo. No le importaba tener que hablar con el superintendente al día siguiente, con toda probabilidad, ni tampoco que lo suspendieran. Si lo hacían, iría a ver a Joe. Pasaría el día con su hijo.

El cansancio, era consciente, estaba haciendo que se relajara en exceso con respecto a aquel asunto, pero le había reportado una gran satisfacción plantarle cara a Laura. Unos cuantos agentes le habían dado unas palmaditas en la espalda y más de uno había dejado caer un comentario del tipo: «Bien hecho». También le habían dicho un par de veces: «Bien por ti, tío». Lo decían en un tono que implicaba que había actuado correctamente. Pero Greg sabía que se equivocaban. No era ningún inocente. Había mantenido relaciones sexuales con una agente de rango inferior sin pensar en las consecuencias. Se había comportado con vileza y debería haber hecho frente a sus actos antes.

–Sigue usted convencido de que es la perpetradora –dijo Nathan Bell, sacándolo de su ensimismamiento.

No era una pregunta. Era más bien una afirmación.

Greg respondió con tacto:

–Todo apunta a que es culpable.

La frustración y el nerviosismo en los ojos del doctor eran evidentes, y Greg quiso ofrecerle una palabras de consuelo.

–Cuando todo esto haya acabado, necesitará a personas como usted que la apoyen. Es afortunada de tenerle, doctor Bell. Pocas personas permanecerían al lado de alguien en una situación como esta.

Nathan Bell negó con la cabeza rápidamente e hizo un sonido de objeción.

–¿Afortunada? El afortunado he sido yo. Toda mi vida he sido un solitario porque tuve una madre ignorante. Desde muy pequeño, me taladró diciéndome que la vanidad era un pecado y que debía aceptar cómo había nacido. Aprendí a no mirarme a la cara y a recordar en todo momento por qué los demás apartaban los ojos para no verme. –Se señaló la marca de nacimiento del rostro–. Y he seguido siendo un solitario hasta que he conocido a Alex. No es ninguna asesina, inspector. Es inconcebible.

Greg se abstuvo de recordarle que tenía una relación sentimental con ella y, por consiguiente, no era la persona más indicada para juzgarla. Prefirió guardar silencio.

–¿Cuánto tiempo más van a seguir buscando? –volvió a preguntarle el médico.

–Probablemente otra media hora. Ya quedan pocos lugares por comprobar. Se han batido la primera, la segunda y la tercera planta. Ahora están buscando las llaves para abrir las puertas del sótano del hospital. El jefe de bomberos dice que hace años que no se utiliza, pero tenemos que descartarlo.

–¿Y luego qué? ¿Se rendirán? ¿Darán el día por terminado? Por lo que sabemos, la vida de Alex podría correr peligro.

Greg notó una pesadumbre en el pecho al pensarlo.

Su móvil volvió a vibrar, esta vez sobre la mesa. Era Seb otra vez; su voz sonaba con algo de eco, pero sus palabras se oyeron claramente.

–La he encontrado. Está en el aparcamiento del ala oeste. Está en el suelo, Greg, y no se mueve.

Capítulo 48

El equipo de reanimación estaba a la espera. Caroline Cowan, con su ojo amoratado más visible bajo los intensos focos, junto con otro médico y dos enfermeras superiores, se preparaban para reanimar a la paciente. El equipo de una ambulancia aérea y Nathan Bell habían acudido al aparcamiento y la trasladarían al hospital enseguida. Caroline no disponía de información clínica sobre la situación de Alex, solo contaba con un informe de una posible sobredosis y, por ende, se preparaba para cualquier eventualidad.

Había solicitado a la centralita que enviara al equipo de intervención de urgencias, incluidos obstetras y ginecólogos; poco le importaba hacerles perder el tiempo. Quería tenerlos allí esperando a Alex, por si acaso. A fin de cuentas, era una de ellos.

Había ahuyentado de su mente los actos de Alex y estaba decidida a tratarla lo mejor que pudiera. Su trabajo era ayudar a los enfermos, y Alex estaba más enferma que la mayoría. Durante todo el día había tenido el presentimiento de que haría alguna tontería y había contactado con Nathan antes para pedirle que le enviara un mensaje al busca si se enteraba de algo. Cuando Nathan la había telefoneado informándole de que la policía creía que se había tomado una sobredosis, había descartado cualquier idea de echarse a dormir o quedarse en casa. Había conducido hasta el hospital por encima del límite de velocidad y había visto en dos ocasiones el fogonazo de los radares fotográficos.

Habían localizado a Alex hacía diez minutos, poco después de que Caroline llegara al trabajo, y, por el bien de Nathan, se alegró de haber tomado la decisión de acudir al hospital.

Sospechaba que Nathan tenía alguna relación con ella y, por buen doctor que fuera, no podían permitirle ponerse al frente de su cuidado. De hecho, si Alex estaba en estado crítico, lo quería fuera del equipo de reanimación enseguida. Ya se había quemado los dedos una vez autorizando a trabajar a una doctora incapaz de afrontar la situación. No quería cometer otra vez el mismo error.

La doble puerta exterior del pasillo se abrió de repente con fuerza y las dos enfermeras corrieron hacia las puertas de la sala de reanimación y las abrieron para dejar paso a la camilla.

Llevaba puesto un collarín e iba tumbada sobre una tabla espinal. Tenía los ojos abiertos y estaba despierta. Llevaba una máscara de oxígeno en la cara y estaba en un estado de agitación evidente.

Se estiraba del collarín que le recubría el cuello, retorcía los hombros, sacudía las piernas en un intento desesperado por soltarse de la camilla, y les escupía y les gritaba a los dos hombres, a Nathan Bell y Seb Morrisey:

—Alejaos de mí, cabrones. ¡Os voy a matar! Si os acercáis a mí, os voy a arrancar la puta cabeza.

Caroline silenció los pitidos de los monitores para aliviar el nivel de ruido y, a la cuenta de tres, ella y los dos hombres transfirieron a Alex a la camilla de reanimación. De repente, Alex consiguió liberar una mano y le clavó las uñas en la muñeca a Caroline y Seb Morrisey tuvo que estirarle los dedos para que soltara a la especialista.

—Tranquila, doctora. Estás en buenas manos —le dijo Greg con cariño.

Alex enseñó los dientes, con la intención de clavárselos en cualquier parte de él lo bastante cercana como para darle un mordisco. Solo los bloqueos de la cabeza y las correas que se la sujetaban a la camilla impidieron que lesionara a Seb.

—Trae lorazepam, necesitamos calmarla —instruyó Caroline a la enfermera que tenía más cerca.

Nathan Bell levantó una mano para frenar a la enfermera de salir de allí corriendo. De debajo de la camilla en la que habían transferido a Alex sacó un bolso de mano negro.

—Necesitamos comprobar qué se ha tomado ya. —Lo dijo con rostro pálido y mirada angustiada—. Tiene diazepam y ketamina en el bolso. Y jeringuillas y agujas. —Se llevó el bolso al pecho y su respiración se aceleró con su reacción retardada–. Todo esto es culpa mía. Sabía que estaba tomando algo. Debería haberla detenido. Debería habértelo dicho –le dijo a Caroline.

La especialista se le acercó al instante.

–Nada de esto es culpa tuya, Nathan. Absolutamente nada. Si alguien tiene alguna responsabilidad aquí, soy yo. Y ahora quiero que salgas de aquí; déjanos ayudar a Alex.

Nathan, afligido, negó con la cabeza.

–Necesito ayudar.

Caroline lo agarró por el hombro.

–Necesito que seas fuerte, Nathan. Necesito a alguien de mi confianza en el departamento para ocuparse del resto de los pacientes. Tienes que salir ahí fuera mientras yo me encargo de ella aquí.

Caroline sabía que había suficientes médicos en activo para ocuparse de lo que acababa de encargarle a Nathan, pero su presencia representaba una distracción y Alex era la prioridad. Seb dio un paso al frente, le quitó el bolso de las manos a Nathan, lo rodeó con delicadeza por los hombros y se lo llevó de allí.

Caroline respiró hondo y se volvió hacia el resto de los presentes: los traumatólogos, el obstetra y ginecólogo, el médico residente de urgencias, las dos enfermeras y Greg Turner. Le dio la impresión de que el policía parecía tan afligido como Nathan Bell y se sorprendió. Su paciente seguía escupiendo y gritando obscenidades: el vestido rosa que llevaba se le había remangado por los muslos y se le veía la ropa interior. Había que cuidar de ella y examinarla detenidamente.

Miró hacia el equipo de traumatología y el resto de los especialistas a quienes había convocado, todos los cuales estaban a la espera con sus mochilas llenas de material de emergencias en los hombros, y les sonrió con un mohín de disculpa. No los necesitaba. Podían marcharse. Indicó a la enfermera con quien acababa de hablar:

–Llama a seguridad y pídeles que vengan. Si empieza a dar patadas, necesitaremos a alguien más que nos ayude a contenerla. –Y al médico residente y a la enfermera de urgencias les dijo–: Necesitamos un examen ginecológico completo, un electrocardiograma y análisis de sangre. Comprobad el contenido de su bolso e intentar determinar, si es posible, qué cantidades ha tomado y de qué. Llamad al laboratorio y decidles que se preparen para evaluar los niveles de paracetamol y salicilato. Necesitamos saber exactamente de qué ha tomado una sobredosis.

Y a Greg Turner le dijo:

–Esto puede llevarnos un rato largo; si lo prefiere, vaya a sentarse. Lo mantendré informado. Y, si aún no lo ha hecho, le agradecería que telefoneara a la familia y les informara de que está aquí.

Varias horas después, Caroline entró por fin en la sala para familiares y habló con Greg Turner. Greg se había quedado allí prácticamente toda la noche, esperando a que lo pusiera al corriente de la situación, y Caroline había agradecido su presencia cuando los padres y la hermana de Alex llegaron. Caroline les comentó brevemente que Alex estaba estable, pero dejó que fuera Greg Turner quien explicara el resto de la historia, los atroces crímenes de los que era sospechosa. Los tres habían regresado a sus hogares con su mundo patas arriba.

Greg tenía los ojos cerrados y, cuando los abrió, Caroline vio que estaban inyectados en sangre. Rotó el cuello y pestañeó varias veces para acabar de despertarse y enseguida se puso en alerta.

–¿Qué ha pasado?

Caroline se sentó en la silla que había delante de él.

–Ahora está dormida, pero está lúcida. Es consciente de dónde está y de que está despertando de los efectos de lo que ha tomado.

–¿Algún daño irreparable?

Caroline negó con la cabeza.

–No. Pensaba que habría tomado otras sustancias, pero sus niveles de paracetamol son normales. Se tomó una dosis importante de diazepam y también un poco de ketamina. Por eso duerme ahora, y eso explica también su comportamiento cuando la trajeron.

Caroline arqueó el cuello cansada.

–Cuando esté más despierta, vendrá el psiquiatra a hacer una valoración.

Greg recordó haber visto ketamina en la consulta de Patrick Ford y se preguntó si la habría sustraído de allí, pero la especialista le reveló cuál era la fuente más evidente:

–Antes hablaba en serio. Si hay algún culpable, soy yo. Estaba segura de que estaba consumiendo algo, además de alcohol, y debería haber comprobado sus niveles de sustancias tóxicas en sangre hace mucho tiempo. Se ha estado desmoronando delante de mis narices y yo he mirado hacia otra parte. –Cerró los ojos y suspiró con desaliento antes de volver a fijar la vista en él–. ¿Qué va a pasar ahora?

–Dependerá del informe psiquiátrico. Si se considera que no está preparada para someterse a un interrogatorio, no la arrestaré. Mientras esté aquí, mantendré a un agente apostado. ¿Qué tratamiento médico necesita?

–Repetición de análisis de sangre y observación. Y esperar el informe psiquiátrico. –Suspiró–. Ojalá hubiera estado más atenta y me hubiera dado cuenta de que estaba teniendo una crisis.

Greg arqueó una ceja.

–Yo diría que no es una simple crisis. Es sospechosa de asesinar a dos personas, posiblemente a tres, si Amy Abbott también fue una víctima.

La especialista cerró los ojos brevemente, con gesto de desespero.

–Madre de Dios. ¿Y todo esto ha pasado por culpa de ese actor?

Greg se desabrochó el botón superior de la camisa y se aflojó un poco la mugrienta corbata. Y luego dijo:

–Eso me recuerda algo… ¿Me permitiría utilizar uno de sus ordenadores? He buscado a ese actor del año pasado y parece que no podré interrogarlo… porque está muerto.

Caroline pareció conmocionada.

–¿Y cómo murió?

Greg se encogió de hombros.

–Eso es lo que quiero averiguar.

Alguien llamó suavemente con los nudillos a la puerta y una enfermera asomó la cabeza por ella. Con una sonrisa educada, dijo:

–Perdón por interrumpir, pero pregunta por ti, Caroline.

Caroline se puso en pie, y lo mismo hizo Greg Turner.

–¿Le importa que la acompañe para oír yo también lo que quiere decirle? Me quedaré en un segundo plano para no alertarla.

Caroline hizo un gesto afirmativo con la cabeza. Se alegraba de que el agente estuviera en la habitación. Como especialista jefe, debería ser capaz de lidiar con cualquier situación que se presentara en el departamento, y había tratado con muchos delincuentes, pero nunca con un conocido sospechoso de asesinato. No tenía experiencia anterior en la que basarse ni manera de saber cómo se desarrollarían los acontecimientos.

Alex sonrió con lágrimas en los ojos y gestos de agradecimiento a las personas que la rodeaban. Todos parecían devastados y exhaustos por sus esfuerzos por salvarla. Era la segunda vez que Caroline Cowan cuidaba de ella, y no podía ni imaginar lo duro que debía de haberle resultado. Aparte de aquel ojo amoratado, estaba demacrada. Seb y Nathan estaban de pie a ambos lados de la cama, como guardaespaldas, ambos con aspecto de estar hechos pedazos; Alex siempre les estaría agradecida a aquellos dos hombres de su vida. La habían buscado, la habían encontrado y ahora finalmente podría dejar toda aquella pesadilla en manos de la policía y empezar a recuperarse. Finalmente la creerían.

–Oh, Caroline, gracias por estar aquí. Pensaba que iba a morir.

Caroline la miró y le sonrió con afabilidad.

–Ya estás a salvo, Alex, y no vas a morir.

–Gracias por encontrarme, Seb –le dijo Alex a su amigo con ojos llorosos–. Y, Nathan –añadió, alargando la mano para agarrarle la suya–. Gracias a todos por cuidar de mí.

Seb Morrisey la besó en la frente.

–Solo te estoy devolviendo el favor, doctora. Eres mi persona VIP, recuérdalo.

Nathan no dijo nada; se limitó a estrujarle la mano.

Alex desvió de nuevo la atención hacia Caroline.

–Me da miedo preguntarlo, pero ¿cómo de mal estoy?

Caroline la miró con expresión tranquila y le dijo con voz serena:

–Bastante bien. Tienes la tensión arterial un poco alta y una pequeña taquicardia. Y la temperatura un poco baja. Pero, por lo demás, todo parece estar en orden.

–¿Y físicamente?

–Nada.

Alex sonrió con amargura.

–Así que… ha sido otro de sus jueguecitos… –Se llevó el brazo por encima de la cabeza y se tocó el cuero cabelludo y, un segundo después, dijo–: Entonces ¿no me las puso de verdad?

Caroline frunció el ceño.

–¿El qué?

La voz de Alex subió un decibelio.

–¡Grapas! –Se mordió el labio antes de continuar–. Lo siento, no quería gritar. Pensaba que tenía la cabeza llena de grapas. Escuché el repiqueteo de la grapadora. La noté contra el cráneo.

Caroline se inclinó lentamente sobre la cabeza de su paciente y le examinó con detenimiento el cuero cabelludo.

–Tienes un par de rasguños –dijo–. Pero no tienes ninguna grapa en la cabeza.

Alex suspiró.

–Así que todo era teatro… ¡Qué lista! –Abrió los ojos como platos al recordar algo–. Pero me pinchó en el glúteo y en el muslo. Tuvo que hacerlo con una pistola de dardos o incluso con una pistola de aire. Quiero que me los fotografíen. Quiero que me los revisen a conciencia. Es evidente que no estuve anestesiada mucho tiempo y no sé exactamente que me administró, pero no fue un relajante muscular, como me amenazó con hacer, porque, en ese caso, me acordaría. –Hizo una pausa y tomó aire, temblorosa–. Supongo que la policía estará comprobando todos los quirófanos, ¿no?

–La policía está aquí –respondió Caroline.

–¿Y Maggie Fielding? ¿La tienen ya?

Caroline se la quedó mirando perpleja, con recelo.

–¿Por qué iban a tener a la doctora Fielding? ¿Le ha pasado algo?

Alex se quedó mirando fijamente a los ojos a Caroline, implorándole que la entendiera. Notó el lamento forjarse en las profundidades su pecho y serpentear por su tensa garganta hasta convertirse en un chillido.

–¡No me lo volváis a hacer! ¡Maggie Fielding es la tarada que me ha hecho esto! Me secuestró porque ese actor que me agredió el año pasado era su novio y se suicidó. Me ha hecho todo esto para vengarse. Y lo de las otras mujeres, lo de Amy Abbott y Lillian Armstrong y lo de la confusión con la medicación… todo fue cosa suya. Ella las mató. Tienes que decirle a la policía que la arreste antes de que sea demasiado tarde y huya.

—Alex, escúchame, por favor.

—¡No hay tiempo, Caroline! Maggie Fielding es una mujer muy peligrosa. ¡Volverá a matar!

—¡Cállate, Alex! ¡Cállate, por favor! —La orden, pronunciada con ternura, contenía una advertencia.

Alex miró entonces a Seb y Nathan.

—¡Seb! ¡Nathan! Tenéis que encontrarla. Tenéis que…

—¡Calla de una vez! —Las palabras reverberaron en las paredes y la habitación quedó en silencio.

Caroline clavó a Alex en la cama con la mirada mientras daba los últimos pasos hacia ella.

—Quiero que me escuches con mucha atención, Alex. La policía ha hallado en tu coche paquetes vacíos de diazepam. Y en tu bolso de mano hemos encontrado diazepam y ketamina. Te has tomado una sobredosis y has llegado aquí muy aturdida. No tienes otras lesiones. No tienes grapas en la cabeza.

Alex levantó la cabeza enfurecida y Seb se le acercó rápidamente. Alex se lo quedó mirando consternada. No podía ser. ¿Él también pensaba que era peligrosa? Con los ojos prácticamente fuera de las órbitas por la cólera, se apresuró a negar tal acusación.

—¡Yo no me he tomado ninguna sobredosis! ¿Cómo te atreves a insinuar algo así? Fue ella quien me la suministró.

Caroline se inclinó hacia delante, casi rozando a Alex, y, por primera vez, su voz y sus ojos transmitían auténtico enojo.

—¿Pretendes decirme que no has estado automedicándote y que no le has estado dando a la botella?

Alex negó con la cabeza rápido y apretó muy fuerte los ojos mientras gritaba, desesperada:

—¡Diazepam! Es lo único que he tomado. Hace semanas que no toco el alcohol.

Alex vio a Nathan bajar la mirada, vio a Caroline ser testigo de su gesto y supo que tenía que explicarse.

—Lo que intento decir es que no soy una alcohólica.

Alex cerró los ojos, intentando hacer oídos sordos a las acusaciones. Necesitaba calmarse y respirar antes de que la situación implosionara. De lo contrario, la etiquetarían como una alcohólica con trastornos mentales. Era evidente que no se creían lo que explicaba que le había ocurrido, lo cual significaba que Maggie se había vuelto a cubrir las espaldas. Tenía que conseguir que la creyeran antes de que fuera demasiado tarde y Maggie escapara. Caroline se alejó de la camilla para dar espacio a Alex y añadió, ahora con voz serena:

—Escúchame, Alex, por favor.

Alex abrió los ojos y se recostó de nuevo en la almohada, exhausta. Fijó la mirada en Caroline.

Caroline le sonrió con tristeza.

—Cuando te han traído corriendo esta madrugada, anoche, le había pedido a centralita que mandara con urgencia a un equipo de intervención por si los necesitábamos. Y también había convocado a un ginecólogo. Maggie Fielding no ha podido acudir, así que ha venido una de sus colegas. Y Maggie no ha podido venir porque estaba ocupada en un quirófano. Estaba en medio de una operación, haciendo una cesárea de gemelos. Maggie Fielding no te ha hecho esto, Alex. Lo que tienes que hacer es admitir que necesitas ayuda.

Alex miró frenéticamente a las personas que la rodeaban.

—Ninguno de vosotros me creéis. Vais a permitir que salga indemne de esto. Maggie Fielding mató a esas mujeres y vosotros creéis que fui yo. Fue ella quien montó todo este espectáculo. Se ha vengado de mí y de cualquiera que tuviera algo que ver con su novio.

Caroline, incapaz de controlarse por más tiempo, le habló con la voz rota por la emoción.

—¿Y qué hay de Fiona, Alex? ¿También la mató a ella?

Capítulo 49

Greg recorrió el pasillo vacío en dirección a las salas de obstetricia. Al pasar por delante de algunas habitaciones escuchó tintineo de porcelana y supuso que los pacientes estaban tomando las primeras tazas de té del día.

Siempre le habían gustado los hospitales; nunca había sentido el temor que provocaban a muchas personas. Le reconfortaba pensar que allí se cuidaba a los pacientes.

Al final del pasillo giró a la derecha y se dirigió a las puertas bloqueadas. Pulsó el interfono y, tras identificarse, sonó el zumbido que le abrió paso. Necesitaba conocer a la doctora Fielding y evaluar la situación por sí mismo.

Las acusaciones de Alex Taylor, por descabelladas que sonaran, tenían que verificarse. Greg había escuchado razonamientos similares, en gran medida de boca de hombres que, cuando los arrestaban, se proclamaban inocentes y aseguraban que lo había hecho otra persona o culpaban a las voces que oían o a las apariciones que veían. Cuando lo hicieron sargento, lo enviaron a casa de una niña de catorce años a la que habían asesinado. Le habían pintado el cuerpo con su propia sangre y se lo habían recubierto de plumas de loro. Su padre estaba sentado en un sillón con un pájaro desplumado en el regazo, acariciando su pálida carne, y su excusa para haber degollado a su hija era que su loro le había ordenado que lo hiciera.

Alex Taylor le había dicho a todo el mundo que era un hombre que se hacía pasar por médico quien la había secuestrado y luego había asegurado que ese mismo hombre estaba matando a aquellas mujeres. Y ahora, esa misma noche, en el área de urgencias, tras intentar convencerles de que habían vuelto a meterla en un quirófano, le habían administrado relajantes musculares y anestesia y le habían disparado grapas en el cráneo, les salía con el nombre de aquella otra doctora.

Era demasiado rebuscado para ser verdad.

Una enfermera le señaló hacia una puerta abierta tras la cual encontró a la doctora sentada en un despacho, a su mesa, con un bolígrafo entre los dientes mientras leía unas notas. Tenía el cabello moreno y era atractiva, y era evidente que estaba ocupada. Apenas levantó la vista cuando Greg se presentó.

Llevaba uniforme quirúrgico y una mascarilla colgando del cuello. Greg observó su rostro con atención mientras le revelaba el motivo por el que quería hablar con ella. La doctora levantó rápidamente la cabeza, con clara expresión de estupefacción, sobre todo cuando Greg le mencionó que la doctora Taylor creía que la verdadera asesina era ella.

Tragó saliva con dificultad y se quedó lívida.

—¿Por qué iba a decir algo así? Si ni siquiera la conozco… Me refiero a personalmente. ¿Cómo puede decir esas cosas? Esto es increíble… Me dan ganas de llorar.

Claramente afligida, alargó la mano hacia el vaso de agua que tenía al lado y le dio un sorbito, temblorosa. El bolígrafo desapareció brevemente entre sus labios de nuevo; Greg se dio cuenta de que era un hábito al detectar un segundo bolígrafo mordisqueado sobre el escritorio.

—¿Por qué diría algo así? —repitió—. ¿Por qué yo? No lo entiendo. ¿Tengo que hacer alguna declaración? ¿Demostrar que yo no he hecho nada de eso?

Greg asintió con la cabeza.

—Sí. Le preguntaremos dónde estaba en fechas y horas concretas.

—Madre mía. Habla usted en serio. ¿De verdad tengo que hacer esto? ¿Qué ha dicho que hice?

La miró atentamente mientras le contestaba con voz calmada:

—Asegura que la secuestró usted e intentó asesinarla, que ha asesinado a otras dos mujeres y que anoche intentó matarla otra vez.

Los ojos de la doctora se empañaron enseguida y Greg vio que le costaba tragar saliva. Cuando habló, su voz transmitía tensión:

–Anoche… anoche estuve aquí. Mi turno empezó a las 21:00 horas y, como puede comprobar, todavía no he me marchado. Hemos tenido una noche muy agitada. Tres cesáreas, una de las cuales de gemelos, y una mujer con una hemorragia postparto. Ha fallecido… Ha sido una noche horrible… y ahora esto.

–¿Y ha estado usted aquí toda la noche?

–Sí –respondió ella con contundencia–. He estado aquí. En este despacho. En la sala de operaciones. También he subido a cuidados intensivos a comprobar cómo estaba mi paciente. ¿Quiere que reúna a todo el personal que me ha visto esta noche?

–No, por ahora no. Si la doctora Taylor mantiene la acusación, entonces sí que tendremos que tomar declaraciones.

Con lágrimas en los ojos, alargó rápidamente la mano para coger un pañuelo.

Greg le concedió un segundo para recomponerse y luego añadió:

–La doctora Cowan me ha dicho que fue usted quien examinó a la doctora Taylor cuando la trajeron a urgencias hace un par de meses.

–Así es –confirmó ella, sacándose el bolígrafo de la boca y con un aspecto y una voz algo más serenos–. Tom Collins también estuvo presente. Era… una situación extraña.

–¿Y la ha visto usted alguna vez desde entonces?

Hizo un gesto rotundo de afirmación con la cabeza, pero su voz volvió a sonar ronca.

–Sí, por supuesto, aquí, y también en mi casa. Se presentó sin previo aviso hace cuestión de una semana. Ni siquiera sé de dónde sacó mi dirección, pero supongo que pensó que podía acudir a verme. Le había dejado en el contestador un mensaje con sus resultados, los resultados de la exploración, y le dije que, si necesitaba hablar, podía llamarme. No se me ocurrió que pudiera plantarse en mi casa. De hecho, en realidad no quería hablar de los resultados, quería que la ayudara a atrapar al hombre que la había secuestrado. Sentí mucha pena por ella.

Maggie Fielding se frotó la cara con fuerza.

–Le sugerí que se pusiera en contacto con un conocido, un psicoanalista. Le había derivado a algunos pacientes en el pasado y les había sido de gran ayuda. Richard Sickert. Puedo facilitarle su número de teléfono, si sirve de algo. En cuanto la doctora Taylor se marchó de mi casa, telefoneé inmediatamente a la doctora Cowan, porque me quedé preocupada. La doctora Cowan me aseguró que ella se encargaría del asunto. Si quiere que le diga la verdad, me sorprendió bastante.

–¿Que le pidiera ayuda? –le preguntó Greg de sopetón.

Empezaba a estar harto de comprobar cuántas personas le habían dado la espalda a Alex.

–¡No! –negó ella con vehemencia–. No tenía ningún problema en ayudarle. Pero lo que explicaba extralimitaba mi capacidad para ayudarla. Una mujer muerta en su aparcamiento, llamadas telefónicas que había recibido, su coche… No estaba dispuesta a ayudarle a buscar a alguien que no existía.

Greg aceptó sus explicaciones. Imaginó cómo reaccionaría él si un colega suyo se presentara con un cuento chino como aquel. También lo habría enviado en busca de ayuda profesional. Le dio la sensación de que aquella mujer decía la verdad y sabía que no era culpa suya que todo aquello hubiera sucedido; lo único que pretendía era compartir con alguien el peso de la culpa. Se le había ido encogiendo el pecho allí oculto, en el cubículo contiguo a Alex, de pie, mientras ella explicaba los acontecimientos. Oírla lo había roto por dentro.

–Tengo un par de preguntas más –dijo–. La primera: ¿alguna vez ha salido usted con un hombre llamado Oliver Ryan?

Ella negó con la cabeza.

–Era actor y pasó en el hospital un tiempo el año pasado. No estoy seguro de en qué fechas.

Volvió a negar con la cabeza.

–Yo me incorporé en agosto. No trabajaba aquí el año pasado. Pero, en todo caso, no conozco a ese hombre.

Greg le dijo con expresión cándida:

–La doctora Taylor afirma que era su novio.

–¡¿Qué?! Esto es increíble, de verdad. ¿Por qué se inventa esa patraña?

Greg se encogió de hombros.

–Todavía no lo sabemos. Y la otra pregunta que quiero hacerle es si conoció usted a Amy Abbott. Era enfermera aquí y quizá sus caminos se cruzaron en algún momento.

La dotora Fielding inclinó la cabeza ligeramente y soltó un pequeño suspiro de desesperanza.

–La única vez que la vi fue el día que murió. Nuestros caminos no se habían cruzado antes. Insisto, yo me incorporé en agosto. Probablemente habríamos acabado coincidiendo en algún momento. Y el hecho de que esté usted formulando preguntas sobre ella me dice que también sospechan sobre su muerte, ¿me equivoco?

Greg se puso en pie. La dejaría seguir con su trabajo.

–Lamento haberla disgustado.

–Sí que me ha disgustado, pero no solo por lo que ha dicho la doctora Taylor, sino también por el follón en el que está metida. Es una buena profesional. Ojalá no me hubiera precipitado en llamar a la doctora Cowan y, en lugar de eso, hubiera dedicado tiempo a hablar con la doctora Taylor como es debido en persona.

Mientras recorría de nuevo el pasillo en dirección a la salida, Greg deseó también que todos se hubieran tomado la molestia de hablar con ella como era debido. Les había estado pidiendo ayuda a gritos y nadie la había escuchado. Se incluía a sí mismo, y también a Laura Best, entre las personas que le habían dado la espalda. Patrick Ford, Caroline Cowan e incluso Maggie Fielding; todos eran responsables en cierta medida de permitir que aquello hubiera ocurrido.

En el exterior, el cielo seguía encapotado, pero ya había amanecido. El personal del cambio de turno empezaría a llegar en breve y los cuidados continuarían ininterrumpidos. Greg tendría que regresar más tarde y arrestar formalmente a Alex Taylor, y no tenía ningunas ganas de hacerlo. Tenía una montaña de papeleo que resolver antes de eso, pero todo ello podía esperar.

Cuando se montó en su coche, no lo hizo con la intención de regresar a la comisaría. Haría un alto en casa y luego pondría rumbo a Oxford para ver a su hijo.

Maggie repasó detenidamente con la mirada el suelo y se aseguró de que no quedara nada. El lugar estaba tal como lo había encontrado: oscuro, húmedo y desierto. Era Oliver quien le había hablado del sótano. Se lo habían enseñado durante su visita guiada por el hospital y le había parecido un lugar fantástico para rodar una historia de terror, una al más puro estilo *El silencio de los corderos*, según había dicho él, con él en el papel protagonista.

Aquella era la tercera y última incursión de Maggie en aquella sala en la última hora. Aún había policía rondando por el hospital y no quería arriesgarse a que la vieran. Ya no necesitaba usar más aquella sala y había devuelto las llaves y el material que había cogido prestado a su lugar. Una vez seca la sangre, había enrollado con cuidado las lonas de plástico que habían recubierto el suelo durante la visita de Amy Abbott y, si no seguían todavía en el maletero del coche de Alex, a aquellas alturas las estaría examinando el equipo forense de la policía. Tendría que deshacerse de la máscara de Schimmelbusch; por mucho que le apeteciera quedársela como recuerdo, era más seguro destruirla.

El numerito de derribar a Alex y sostener un pañuelo vaporoso contra su boca había sido arriesgado, pero Maggie quería que Alex creyera que la habían dejado inconsciente así para que, cuando contara su historia, resultara inverosímil.

Vestida para una noche de viento, con el cabello bajo un gorro de lana y una bufanda enrollada que le tapaba media cara, Maggie se había limitado a esperar y había visto a Alex salir del departamento. Con una jeringuilla cargada de ketamina, le había bastado con hacerle un pequeño pinchazo cuando había pasado por delante de ella y luego la había seguido hasta el aparcamiento y había interpretado la pequeña farsa de dejarla inconsciente, confiada en que Alex no opondría demasiada resistencia porque la droga ya estaría actuando en su organismo. Todo aquel teatro le había resultado muy estimulante. De hecho, las últimas semanas, en su conjunto, se le habían antojado muy entretenidas. Observar y esperar a que se presentara la oportunidad de manipular la historia que se estaba desarrollando, asumir riesgos y tener ocasión de contemplar lo que había hecho… y todo ello sin tener que hacer demasiados esfuerzos.

Dar el cambiazo del medicamento y esperar a que lo encontraran había sido facilísimo. Y también pintar con espray el mensaje en el coche de Alex mientras ella se perdía en la noche sin ningún testigo que pudiera corroborar que no lo había pintado ella misma… De hecho, aquello no habían sido más que bromas, como la llamada telefónica. Sin embargo, cada momento había derivado en una nueva oportunidad para avivar la creencia de que Alex Taylor se estaba desmoronando. Lo que Maggie no había previsto era la aportación de Alex a la obra. Y lo mejor de todo es que ella apenas había tenido que hacer nada. Si Alex no hubiera bebido, le habría resultado más fácil que la creyeran. Ella misma había destruido su credibilidad. Había sido tan sencillo…

Además, le había hecho otros regalos.

Olvidarse el bolso en el bar el día de la fiesta de médicos había sido uno de ellos. Una simple búsqueda y Maggie había dado con el lugar del siguiente asesinato. Dejar su propio coche aparcado cerca de la escena del crimen no formaba parte del plan y había urdido el pretexto que habría dado si la policía se hubiera presentado a verla preguntándole por qué estaba allí estacionado. Su excusa habría sido que había ido a visitar a su pobre compañera y, al no encontrarla en casa, había vuelto a su coche, pero no arrancaba. Si le preguntaban cómo había accedido al aparcamiento, diría que las puertas estaban abiertas. Pero no habían ido a visitarla porque no les interesaban los vehículos con neumáticos gruesos.

Ahora bien, todo eso ahora era irrelevante. Había interpretado un buen papel ante aquel inspector y él ahora seguía creyendo que la culpable era Alex. Eso era lo único que importaba. Alex había demostrado finalmente que era una asesina matando a su mejor amiga.

Se desharía de la pistola de dardos, una herramienta muy útil que no imaginaba que fuera a volver a necesitar, tras haberla usado en ambas ocasiones para incapacitar a Alex. Y también destruiría las cintas de audio, grabaciones reales de los sonidos de un quirófano creadas especialmente para Alex, para convencerla de que lo que oía era real.

La noche anterior había sido la puntilla final de una amistad ficticia. Alex seguramente pensara que, después de reunirse con Oliver y enfrentarse a él, ella y Maggie regresarían en su coche a casa de Maggie a cenar, aunque fuera tarde. Pero, por supuesto, eso no iba a pasar. ¿Cómo iban a cenar juntas si Maggie tenía que estar en el hospital cubriendo el turno de noche y Alex arrestada por asesinato? Además, por más que Alex protestara, su coche estaría lleno de pruebas incriminatorias. Su coche, el mismo en el que habían ido al hospital por sugerencia de Maggie.

Dio unos golpecitos a los zapatos que le había prestado a Alex para quitarles la arenilla de las suelas. No se había molestado en volvérselos a poner a Alex. ¿Qué sentido tendría brindarle a nadie la oportunidad de cuestionarse porque le iban tan grandes? Era mejor que pensaran que Alex los había perdido.

Echó otro vistazo a la habitación. Maggie escuchó el frío silencio y se estremeció. Era hora de marcharse. Tenía una vida por delante.

Capítulo 50

A Alex le dolía el cuerpo de la pena que sentía por la muerte de su amiga. Se había pasado gran parte del día dormitando y desvelándose, en parte a causa de la medicación que le habían administrado y en parte a causa del agotamiento. El psiquiatra la había visitado hacía poco y, por más que Alex hubiera insistido en que no necesitaba que la evaluaran, él se había mostrado igual de persistente y se había quedado a hacerlo.

Se pasó gran parte del día en la cama, adormecida, negándose a comer y beber y con miedo a hablar, por temor a empeorar aún más la situación para sí misma. Estaba desesperada por ver a sus padres y a su hermana; tal vez ellos pudieran ayudarla, pero el psiquiatra había dicho que habían ido a verla mientras estaba dormida y que lo mejor era que todo el mundo intentara relajarse el resto del día.

Alex se preguntó si su madre o Pamela se habrían puesto histéricas durante la visita y les habían indicado que se mantuvieran alejadas. Se imaginaba a su madre llorando y a Pamela gritando, preguntando qué pasaba. Su padre habría estado más comedido. Se habría retorcido las manos y habría caminado de un lado para otro, esperando en silencio a que le explicaran qué sucedía. Sus pobres padres debían de estar volviéndose locos de preocupación, y ella habría querido tranquilizarlos, pero no sabía cómo. Maggie Fielding lo había planificado todo hasta el último detalle, incluso estar en un quirófano durante el tiempo que pasó con Alex. Tenía una coartada perfecta, y Alex entendió entonces por qué la había dejado sola a oscuras tanto rato. Maggie no había estado esperándola; había continuado su vida con normalidad… trayendo al mundo a gemelos.

Notó el escozor fresco de las lágrimas. Le había pasado con frecuencia durante las últimas horas: de repente se descubriría las mejillas mojadas y un lado de la almohada, el lado en el que estaba apoyada, acurrucada sobre un costado, húmedo. Pero las lágrimas ahora eran por Fiona. Su querida y dulce amiga. Nadie quería decirle cómo había muerto, porque pensaban que ya lo sabía, y ella solo podía imaginar la situación que su amiga había afrontado y el miedo que habría tenido. Maggie Fielding era una mujer con recursos planificando muertes, y Alex rezó por que la de Fiona hubiera sido rápida y no hubiera sufrido durante mucho tiempo.

El motivo por el que Maggie había dejado a Alex con vida le resultaba evidente. En ningún momento había pretendido matarla, simplemente destruirla. La culparían a ella de todas las muertes, incluida la de Fiona, y Maggie se aseguraría de que no tuviera manera de demostrar su inocencia. Finalmente la declararían cuerda, o no, en función de cómo gestionara la situación; en cualquier caso, la encerrarían de por vida.

Su única esperanza ahora era la persona que esperaba que la visitara: Greg Turner. Era un buen hombre y tenía maña detectando cuándo la gente mentía. Él sabría que decía la verdad.

Se le llenó el corazón ante la perspectiva, pero, enseguida, como toda esperanza que había albergado aquel día, se desinfló, desconsolada. Greg Turner era un hombre normal y corriente que se enfrentaba a una asesina extraordinaria. Era imposible que pudiera liberarla.

Capítulo 51

Joe lo despidió con rostro sonriente a través de la ventanilla del coche mientras Greg le decía adiós con la mano. Enfundado en un pijama de Spiderman, con los mofletes sonrojados y con el pelo alborotado de dormir, abrazaba como si fuera un tesoro el helicóptero de juguete amarillo limón que le había regalado. Había sido una mañana maravillosa y ahora, sin remordimientos, Greg encendió el motor para regresar a Bath.

A mediodía, mientras cruzaba la periferia de la ciudad, le sonó el móvil, aparcó en el arcén y contestó la llamada. Su secretaria le había salvado la papeleta. Greg la había telefoneado desde casa de su exmujer y ella le había prometido que haría cuanto pudiera por localizar a Robert Fitzgerald.

Robert Fitzgerald tenía acento estadounidense y su voz sonó estridente en el oído de Greg.

—Dígame, ¿qué puedo hacer por usted, inspector? Mi secretaria me ha dicho que era urgente.

Greg se alejó el móvil de la oreja.

—Guarda relación con Oliver Ryan. Usted era su representante.

—Así es. Lo era.

—¿Puede decirme exactamente cuándo murió y cómo?

Lo único que Greg había conseguido documentar en sus búsquedas en Internet eran los años en los que el actor había nacido y fallecido.

—Fue en julio. Y fue una enorme sorpresa —respondió Robert Fitzgerald—. Oliver Ryan era un narcisista. Jamás habría imaginado que pudiera hacer algo así. No le encontraron drogas en la sangre al hacerle la autopsia, solo alcohol. Lo único que se me ocurre es que fuera una broma tonta que salió mal. Pero el forense no opinó lo mismo.

–¿Qué hizo?

–Se ahorcó.

–¿Y por qué cree usted que lo hizo?

–Lo dejé. Le dije que no quería seguir representándolo.

–¿Cuándo fue eso?

–El día antes de que se suicidara.

–¿Y por qué lo dejó?

–¿En pocas palabras? Ese tipo era una bomba de relojería. Le había dado una segunda oportunidad el año pasado, después de un problemilla en el que se metió. Le conseguí unos cuantos trabajos en varias series de televisión que se emitían en hora de máxima audiencia, lo mantuve en activo, le conseguí papeles populares. Y luego, en julio, mientras negociaba un papel protagonista para él con un productor de cine, una apuesta segura, ¿va y qué hace? Meterse en otro follón. Solo que esta vez no podía escaquearse. La mujer me telefoneó, llorando, preguntándome dónde estaba Oliver. Estaba embarazada y su amado se había largado. Me harté. Fue una línea roja. Me di cuenta del derrotero que estaba tomando su vida y de que, allá donde fuera, habría un escándalo. Ponerlo en una película importante solo le daría licencia para causar estragos. Así que mantuvimos una pequeña charla y salió de mi despacho con aire arrogante, amenazando con denunciarme.

Greg estaba levemente sorprendido. No se le había pasado por la cabeza que un agente pudiera dejar a alguien por un pequeño escándalo, sobre todo si estaba a punto de conseguir un papel importante. Quizá Robert Fitzgerald fuera un hombre de principios.

Había hecho cálculos mentales en cuanto había escuchado lo de la mujer embarazada y quiso saber quién era.

–¿Y todo esto sucedió en julio? ¿La negociación del nuevo papel y la llamada de la mujer diciéndole que estaba embarazada?

–Todo el mismo día, el 30 de julio. Me había pasado gran parte de la mañana al teléfono con el productor y su secretaria, discutiendo los términos del contrato. A la hora de comer, cuando me disponía a telefonear a Oliver para darle la buena noticia, recibí la llamada de aquella mujer embarazada.

–¿Le dijo su nombre?

–No, y yo no se lo pregunté, pero supongo que era de Bath. Me preguntó si sabía si él iba a volver. Supongo que sería una enfermera o una policía, porque me dijo que le dijera a Oliver que estaba de guardia y que podía llamarla al trabajo. El muy tonto se había metido en problemas con otra mujer allí el año anterior y volvió al mismo sitio a por más. Pero da igual, como le he dicho, para mí fue una línea roja. Le invité a venir a charlar y le hablé sin rodeos. Le dije que se olvidara de aquel papel y que dejaba de representarlo para siempre. Oliver tenía un problema, y es que no sabía mantener la cremallera cerrada más de cinco minutos.

«Tuvo que ser Amy Abbott a quien dejó embarazada», pensó Greg. Entró en urgencias a mediados de noviembre y, según el informe forense, estaba embarazada de dieciséis semanas.

Greg había utilizado el ordenador de su exmujer para buscar información acerca del actor y había leído un breve resumen de su carrera profesional. Tendría que conseguir más información sobre aquel individuo de otras fuentes, y también tendría que revisar los expedientes de Amy Abbott y Lillian Armstrong. Alex Taylor aseguraba que Maggie Fielding las había asesinado a ambas, pero la realidad era que probablemente lo hubiera hecho ella. Y eso significaba que Laura Best tenía razón, que Alex padecía alguna forma de Munchausen o, de no ser así, que las había asesinado a sangre fría por tener alguna relación con Oliver Ryan. Quizá, como había insinuado Caroline Cowan, Alex se había enamorado y se había obsesionado con él.

–Y eso de la mujer del año pasado, ¿de qué iba?

El agente estadounidense suspiró.

–Era una doctora. Oliver estaba en su hospital aprendiendo a interpretar un papel de médico. La jefa de la mujer me telefoneó a los pocos días de estar él allí y me dijo que no volviera más. Me explicó que había habido un problema, que una de sus doctoras había sido agredida sexualmente. Oliver lo negó, por supuesto, y la doctora no lo denunció a la policía, así que todo quedó en agua de borrajas. –Hizo una pausa–. Pero yo no me lo creí ni por un instante. Aquel tipo era un auténtico peligro con las mujeres.

–¿Había alguien especial en su vida? –preguntó Greg, y acto seguido decidió lanzar el nombre de otra mujer en la ecuación–. ¿Alguna vez ha oído hablar de una tal Maggie Fielding?

–No, nunca he oído ese nombre. Pero sí, sí que había alguien especial.

Greg notó una tensión momentánea en el pecho.

–Oliver Ryan. Esa era la única persona especial en su vida. No había espacio para nadie más.

De un humor sombrío, Greg continuó conduciendo, reproduciendo mentalmente la conversación que había mantenido con el americano. Fitzgerald no creía que Oliver Ryan se hubiera suicidado voluntariamente, sino que se trataba de un accidente. Greg se preguntaba si podía no ser ni un suicidio ni un accidente. Tendría que hablar con la policía que investigó su muerte. Un recuerdo vago del rostro del actor le venía una y otra vez a la mente. Sabía que podía haberlo visto en la televisión, pero algo le decía que no. Tenía la sensación de haber visto a Oliver Ryan en alguna otra parte, pero no recordaba dónde.

Todavía se estaba efectuando un registro en el apartamento de Alex Taylor y se encaminó hacia allí, para ayudar en lo que tenían que buscar, cualquier vínculo con Oliver Ryan, Amy Abbott y Lillian Armstrong. Incluso con el anciano que había estado a punto de matar en urgencias. Comprobarían su nombre en los registros informáticos policiales por si existía alguna conexión.

Si demostraban que, en efecto, había asesinado a todas aquellas personas, incluida a Fiona Woods, el nombre de Alex Taylor pasaría a engrosar los anales de la historia junto al de otros asesinos en serie célebres. Y él sería conocido como el detective al mando del mayor caso de homicidios que había golpeado la ciudad de Bath.

No sentía ninguna alegría ante tal perspectiva. Conocía a Alex Taylor desde hacía muy poco tiempo, pero, de alguna manera, aquella mujer había calado hondo en él. Quizá la respuesta fuera poner tierra de por medio. Cuando todo aquello acabara, podía solicitar un traslado a Oxford para dejar todo aquel asunto atrás y estar más cerca de su hijo. Así podría verlo con más frecuencia, en lugar de intentar encajarlo todo en aquellas visitas rápidas. En las últimas semanas había aprendido algo: es muy duro perseguir a alguien te cae bien.

Había un agente a punto de precintar la puerta de entrada con una cinta de policía amarilla en la mano, lista para utilizarla. Greg le pidió el libro de registros. Lo hojeó y vio que su equipo se había marchado del apartamento a las 12:15 h, hacía una hora. Le preguntó al agente si sabía por qué.

—Creo que no han encontrado gran cosa, señor. Han estado ahí dentro varias horas y se han llevado un ordenador y un montón de papeles, pero poca cosa más. Y al ser Navidad mañana, creo que tenían la esperanza de poderlo organizar todo en la comisaría. Estoy a punto de precintar la puerta.

Greg sospechó que el equipo se había decantado por la opción fácil. Sabía que debería estar molesto con ellos, que deberían haber registrado el apartamento en busca de indicios evidentes del crimen, de ropa manchada de sangre, de sangre de Fiona Woods… pero en el breve espacio de tiempo que habían pasado allí era imposible que hubieran efectuado una búsqueda exhaustiva. Sospechaba que habían echado el cierre rápido para poder ir al *pub* y empezar las celebraciones navideñas.

Le pidió al agente que esperara a que él echara un vistazo antes de precintar la puerta. Se puso unas fundas sobre los zapatos y unos guantes. A su espalda, se oyó el pitido del ascensor, se abrieron las puertas y un hombre salió al pasillo enmoquetado. John Taylor era un hombre delgado y con pelo canoso, iba vestido con tejanos y un jersey azul marino.

Greg apreció la semblanza entre él y su hija en los pómulos y la forma de la boca. El hombre parecía apesadumbrado y Greg se dirigió a hablar con él.

—Buenas tardes, señor Taylor. ¿Puedo preguntarle qué hace aquí?

El señor Taylor hizo un gesto con la cabeza en dirección a la puerta del apartamento.

—Probablemente lo mismo que usted… Buscar respuestas. Pero yo las busco para demostrar la inocencia de mi hija.

Greg asintió con gesto compasivo.

–No puedo dejarle entrar, señor. Estoy seguro de que entiende por qué.

El hombre bajó la vista hacia la caja que había contra la pared, etiquetada con las palabras «incidente grave». Contenía trajes Tyvek blancos con cremallera, zapatillas de plástico, mascarillas de papel y guantes para que quienquiera que entrara o saliera de aquel lugar no dejara huellas, ni tampoco se llevara pruebas con él.

–¿Y si me pongo todo eso? –preguntó Taylor.

Greg negó con la cabeza y John Taylor suspiró.

–A mi hija la acusan de doble asesinato. Y quizá para usted no signifique mucho, porque es policía, pero es mi hija y yo sé que es inocente, así que, mientras que usted continúa buscando pruebas para demostrar lo contrario, lo único que yo necesito es sentarme unos momentos en su casa. Estaba sedada en el hospital y no he podido hablar con ella… Solo necesito sentirla cerca.

La mirada de desconsuelo del hombre se agravó y Greg tomó una decisión. «De perdidos al río», se dijo. Ya esperaba recibir una llamada del superintendente con relación a su conducta indebida con Laura. Sacó otro par de fundas de zapatos y le entregó unos guantes.

–No toque nada y quédese siempre donde yo pueda verlo.

Los dos hombres entraron en el apartamento y contemplaron aquel espacio tranquilo y ordenado. Estaba casi tan inmaculado como la última vez que Greg lo había visitado. Ni un zapato en el suelo ni un periódico abandonado en la mesa ni un cojín fuera de sitio. Si las otras habitaciones estaban como aquella, entendía por qué los agentes habían entrado y salido tan rápido. El registro habría sido muy fácil.

Lo único que alteraba el orden era la gran pintura parcialmente desenvuelta y apoyada sobre papel de burbuja que había sobre uno de los sofás de cuero. Al lado había una caja de cartón delgada. Era un cuadro de una mujer desnuda tumbada en una cama, con los pechos al aire y estirando de una bufanda roja que sujetaba con la mano el hombre que salía de la estancia, como si quisiera atraerlo de nuevo hacia ella. Estaba pintada con colores vivos, luminosos. El padre de Alex se encorvó para inspeccionarla de cerca. Y luego dijo:

–No es algo nuevo que el mejor de los hombres sea falsamente acusado de los peores crímenes por los propios criminales que los han cometido.

Greg no tenía ni idea de a qué se refería.

–¿Qué quiere decir con eso?

–Génesis, capítulo 39.

Greg se sorprendió.

–¿Es usted religioso, señor Taylor?

–No. Pero sí me interesa el arte. Esto es una versión moderna de *La esposa de Putifar.* Existen varias versiones, pero todas explican la misma historia.

–¿Y cuál es?

–Una mujer poderosa acusa a su esclavo de violación. José era un esclavo leal y la esposa de su amo intentó seducirlo para que se acostara con ella. Tras ser rechazada por él, le contó a su marido que la había violado y encarcelaron a José.

Greg se quedó mirando el cuadro un rato y luego, casi por instinto, llamó a Nathan Bell. Estuvo de suerte: la recepcionista le dijo que acababa de empezar el turno. En cuanto Nathan Bell le saludó, Greg lo interrumpió:

–Nathan, soy Greg Turner. La noche en que viniste a ver a Alex, ¿había un cuadro sobre uno de los sofás?

El médico sonaba distante, pero respondió enseguida:

–Sí, y por cómo estaba, lo acababa de recibir. Todavía estaba a medio desenvolver. ¿Por qué?

–¿Te dijo si lo había comprado ella o de dónde lo había sacado?

–No. ¿Por qué? ¿Es importante?

Greg no lo sabía. Lo que sí sabía era que la historia tras aquella pintura le inquietaba. ¿Por qué iba a comprarse Alex una pintura como aquella, sobre todo teniendo en cuenta de qué había acusado a Oliver Ryan?

Escuchó a Nathan Bell ahogar un grito al otro lado de la línea, antes de añadir:

–¡Era un regalo! Le pregunté si se lo había regalado su exnovio y me dijo que no. Pero era un regalo, me dijo que era un regalo.

El padre de Alex Taylor lo miraba fijamente con ojos

esperanzados, pero Greg aún no podía darle ninguna esperanza. Consciente de que el hombre estaba escuchando, le preguntó con cautela a Nathan Bell:

—¿Recuerdas el sótano del hospital que no acabamos de explorar?

—Sí, por supuesto.

—¿Podrías reunirte allí conmigo?

—Sí. Dame una hora para que me cubran y nos encontramos aquí.

Greg se volvió hacia el padre de Alex Taylor.

—Ahora tengo que pedirle que se vaya, porque voy a regresar a la comisaría.

El hombre asintió con la cabeza.

—Me da igual adonde vaya usted, siempre que vaya en el buen camino.

Greg no sabía si estaba haciéndolo. Aquello podía ser un callejón sin salida y es posible que estuviera generándose unas esperanzas que acabaran desmoronándose como un castillo de naipes otra vez. Probablemente no existiera ni la más mínima posibilidad de encontrar nada, pero tenía que intentarlo.

Al salir del apartamento, le ordenó al agente que telefoneara a la galería de arte que había enviado la pintura y averiguara quién la había comprado, y que luego contactara con él de inmediato.

Capítulo 52

Mientras cocinaba, Maggie cayó en la cuenta del error que había cometido. Pensando en la Navidad y en los regalos que había comprado, le vino el recuerdo. Había dejado una prueba que podía relacionarla con Alex Taylor. Si registraban la casa de Alex y encontraban la postal navideña que le había enviado, aunque no la hubiera firmado, podían deducir que el mensaje escrito estaba relacionado con el cuadro.

Un error tan simple como aquel podía echarlo todo a perder.

Sobre todo a la vista de todo lo que había conseguido. El asesinato de Amy Abbott no había sido tarea fácil. Cuando Amy se había despertado atada a la mesa de operaciones, Maggie había aparcado la idea de matarla allí mismo para ceder espacio a la nueva idea que empezaba a cobrar forma en su mente. Mantenerla con vida desencadenaría una nueva manera de destruir a Alex Taylor. De hecho, conseguir que no muriera había sido todo un reto. Cuando sus gritos se habían vuelto demasiado estridentes, Maggie la había amordazado con cinta adhesiva, no por miedo a que la escucharan, sino porque sus alaridos la estaban volviendo loca.

Al final había empezado a delirar y, ante su muerte inminente, había sido fácil deshacerse de ella en los terrenos del hospital. Ni en sus sueños más descabellados Maggie podía haber previsto que la enfermera aún fuera capaz de hablar. Cuando había susurrado «Dijo que me ayudaría», era a Maggie a quien lógicamente dirigía sus últimas palabras.

Pero ahora aquel recuerdo se había fastidiado, porque el resultado había dejado de satisfacerla. Lo había arruinado todo por pasarse de lista. Lo que ella quería era que Alex viviera, destruirla. Y ahora tendría que cambiar el final.

La salsa de tomate empezó a borbotear en la gran cacerola y se apresuró a bajar el fuego. La pasta estaba lista, pero no se la comería ahora. Se le había quitado el apetito al pensar en lo que tenía que hacer. El aromático líquido rojo burbujeante era demasiado rojo y demasiado ligero para parecer sangre, pero le pareció que lo era al imaginar a Alex Taylor muerta.

Maggie se retorció las manos de rabia y de frustración. Regalarle el cuadro había sido un error. Había querido que un día Alex averiguara el significado de su regalo, pero ahora se daba cuenta de que había dado a la policía pruebas para interrogarla a ella.

Podía alegar que la doctora Taylor se había encandilado de la versión que ella tenía en el salón y prácticamente le había suplicado a Maggie que le buscara una. Ella se había compadecido y había accedido. No lo había mencionado cuando la habían interrogado porque no había pensado que tuviera mayor trascendencia. Pero era un riesgo que no estaba dispuesta a asumir. Una vez empezaran a investigarla, comenzarían a interrogar al personal acerca de sus movimientos de aquella noche y su coartada flaquearía. Explicarían que había tomado las riendas a media cesárea para traer al mundo a gemelos porque el médico residente no había sabido hacerlo. Cuando la centralita le envió un mensaje al busca solicitándole que acudiera a urgencias, respondió que no podía porque estaba en medio de una operación. Lo que no le interesaba que se supiera era que nadie sabía dónde había estado durante la primera parte de aquella intervención. Tenía que actuar rápido, antes de que dejaran libre a Alex Taylor.

Dylan se acercó al plato de pasta tapado y probó a robar un espagueti que asomaba por debajo de la tapadera. Maggie observó a la rata mientras sus zarpas desnudas y sus largos dientes se hacían con el espagueti y se lo llevaba a rastras. Sus redondos ojos negros la miraron con aire inocente y, con un odio hacia Alex Taylor que crecía como un puño gigante en su interior, Maggie olvidó que amaba a aquella rata parda. Sin dudarlo, agarró la cacerola de salsa roja hirviendo y se la vertió por encima. La rata chilló y se agitó violentamente para zafarse del líquido hirviendo. Sus ojos saltones se volvieron blancos y, a ciegas y agonizando, resbaló repetidas veces sobre la superficie mojada sin encontrar alivio. A Maggie se le aceleró el corazón, los chillidos de la rata cada vez eran más estridentes e, incapaz de pensar con aquel ruido o de alejarse del desesperado animal, la agarró con los dedos y la arrojó con fuerza contra la pared de la cocina. La rata cayó al suelo, se retorció lastimosamente unos segundos y luego se quedó inmóvil.

Por primera vez desde la muerte de Oliver, Maggie Fielding lloró.

«Es todo culpa de ellas, Maggs –le había dicho él, mencionando el nombre de cada una de aquellas mujeres–. Es culpa suya que me haya quedado sin ese papel».

La había invitado a cenar y le había contado que su agente había decidido dejar de representarlo y que había perdido el mejor papel que probablemente pudiera conseguir en toda su vida. Pero, para él, nada de aquello era culpa suya. Aquellas mujeres lo habían convertido en su diana.

Bajo la influencia del alcohol y después de que ella le asegurara que él no tenía ninguna culpa, Oliver le había hablado de Alex Taylor. Le dijo que le había estado dando coba todo el día y luego lo había rechazado.

–Soy un hombre, Maggs, no soy ningún santo. ¿Qué otra cosa podía hacer? Fue culpa suya que acabara yéndome con aquella jodida furcia. Si no me hubiera estado calentando la bragueta todo el día, no habría necesitado hacerlo. Solo fue para aliviarme, Maggs. Necesitaba aliviarme.

Maggie se había refrenado de preguntarle por qué había regresado a Bath seis meses antes para buscar alivio en otra mujer, y aquella vez dejando su semilla en su estela. Había descubierto lo de la enfermera leyendo los mensajes de texto que Oliver había recibido y le resultó bastante fácil localizarla una vez se mudó a Bath.

También se contuvo de comentarle que hacía tiempo que se había dado cuenta de su necesidad de acostarse con otras mujeres; había encontrado una tarjeta de visita rosa que decía DESCONECTA CON LILLIAN y en la que una mujer anunciaba su oferta de servicios.

–Todo es culpa de ellas, Maggs –repitió una y otra vez a lo largo de toda la noche.

Maggie había querido creerle hasta que regresaron a casa de él. Hasta que él le contó sus planes.

Nathan Bell llevaba una americana sobre la camisa y los pantalones verdes de su uniforme de médico de urgencias. Tanto él como Greg portaban linternas porque las envolturas de los fluorescentes de tubo del techo de aquel pasillo de treinta metros de longitud estaban recubiertas de polvo y mugre y la luz que emitían apenas iluminaba el camino.

Se encontraban más o menos debajo del bloque de quirófanos principal cuando Nathan señaló hacia el hueco del ascensor que antiguamente se utilizaba para transportar al personal y el material hacia la zona del sótano. En las dos primeras plantas por encima del nivel rasante, el hueco del ascensor se había tapiado y la mayoría de las personas desconocía su existencia tras el yeso.

Se asomaron al ascensor y vieron que en su interior había amontonados armarios de cabecera viejos, un par de butacas geriátricas y una vieja cama de hospital desmantelada con un colchón de caucho marrón. El ascensor en desuso había acabado convertido en un vertedero.

Kilómetros de cables y tuberías recorrían el bajo techo. Apartando con las manos las telarañas y pasando junto a más material abandonado, prosiguieron la búsqueda. La frágil esperanza que Greg había sentido al entrar en la zona del subsuelo se desvanecía a marchas forzadas. Hasta el momento no habían localizado nada que se pareciera ni remotamente a un quirófano y lamentó no haber caído en pedirle a Nathan que trajera los planos de planta.

Al final del segundo pasillo llegaron a una bifurcación. Greg le indicó con la cabeza a Nathan que él inspeccionaría la zona izquierda. A los diez minutos se reencontraron en la intersección y, despacio, desanimados, desanduvieron sus pasos. Su búsqueda había concluido sin éxito.

–¿Sabes? Si Alex dice la verdad, la verdadera asesina tenía que conocer la existencia de estos pasillos subterráneos. Y, si Maggie Fielding es la asesina, tiene que tener un cómplice. Es imposible que trasladara a Alex hasta aquí sola –comentó Nathan.

—Estaba pensando lo mismo —respondió Greg, intentando imaginar a una mujer cargando con otra persona hasta allí.

Sospechaba que era altamente improbable que Nathan y él encontraran aquel quirófano misterioso y que quizá no existiera.

Greg se preguntó por aquella pintura. ¿Podría habérsela enviado Oliver Ryan? Estaba muerto. Aunque, por supuesto, era posible que antes de morir hubiera dispuesto que se la enviaran como regalo de Navidad. Para mayor escarnio, ¿quizá? ¿O tal vez se la hubiera mandado alguna de las fallecidas? Quizá aquellas mujeres estuvieran muertas porque Alex Taylor se había enamorado de Oliver Ryan. Oliver Ryan…

Se detuvo en seco. Recordó dónde había visto a Oliver Ryan antes. Recordó al encargado del restaurante disculpándose ante él por permitir que aquella mujer lo molestara. Lo recordó intentando ocultarse detrás de un menú y recordó que entonces había pensado que se escondía porque se sentía abochornado. Pero Oliver Ryan intentaba ocultar su rostro porque pensaba que lo reconocerían, y porque su molesta visita era Lillian Armstrong, una mujer con la que, claramente, no quería que lo relacionaran en público. Y también recordó que Lillian Armstrong, al tiempo que enviaba a todo el mundo a hacer puñetas, aseguraba que la habían invitado.

Entonces Greg no la creyó, pero ahora pensó que quizá sí la hubieran invitado. Aunque quizá Oliver Ryan no la hubiera invitado al restaurante del hotel, sino solo a su dormitorio.

—Tenemos que encontrar alguna prueba de que la doctora Fielding está implicada —dijo Nathan.

Greg negó con la cabeza.

—Lo que necesitamos es hallar pruebas de la inocencia de Alex. De lo contrario, fin de la partida.

Fue pura chiripa que vislumbrara el contorno de una puerta tras un somier apoyado en vertical. El haz de su linterna rebotó luz y vio una placa metálica en la pared. Al inspeccionarla más de cerca, vio que la placa metálica estaba atornillada a una puerta: en algún momento había habido allí una manija. Dejó la linterna en el suelo, apartó el somier a un lado y luego abrió la puerta haciendo palanca con la punta de los dedos.

Ambos enfocaron las linternas hacia el interior. Barriendo con ellas el suelo, el techo y las paredes, calcularon que la habitación mediría unos cuarenta metros cuadrados. Contra una pared había apiladas y encadenadas cuatro bombonas de oxígeno oxidadas. Junto a otra había un taburete metálico bajo y una silla de ruedas plegada. Un objeto alto y voluminoso estaba cubierto con una lona vieja y opaca. Y en el centro de la habitación había lo que habían estado buscando… una mesa de operaciones.

–En una mesa quirúrgica Eschmann –le informó Nathan–. Ya no las utilizamos. Probablemente lleve años aquí abajo.

Nathan se acercó a la lona y, al estirar de ella, quedó a la vista una lámpara quirúrgica de aspecto anticuado casi tan alta como él mismo. Su brazo regulable se inclinaba como el cuello de una jirafa y sostenía una ancha placa de vidrio que se iluminaba al accionarla. Con el brazo elevado, era un par de metros más alta.

–Y esto tampoco. Deslumbra demasiado y molesta a los cirujanos. Y aquí –dijo, iluminando con la linterna la silla de ruedas– está la cómplice de Maggie Fielding. Podría haberlo hecho. Alex decía la verdad, Greg. Aquí es donde debió de traerla.

Los ojos de Greg revelaban su escepticismo. Nathan Bell se aferraba a un clavo ardiendo. Habían encontrado una vieja mesa de operaciones y una silla de ruedas y Nathan Bell ya había llegado a una conclusión, desesperado por demostrar la inocencia de Alex. Pero Greg no estaba nada convencido. Revisó con atención la habitación, en busca de indicios de actividad reciente, pero nada indicaba que la hubiera habido. El ambiente era frío y quedo. Los suelos estaban limpios. La mesa de operaciones, limpia también. La silla de ruedas… Le recorrió un escalofrío por la columna al volver a echar un vistazo a aquella habitación. Las chaquetas de ambos estaban cubiertas de polvo y telarañas y, sin embargo, aquel lugar al que habían tenido que entrar haciendo palanca para abrir la puerta estaba limpio como la patena. No había ni una mota de polvo. Ni telarañas. Y, para su asombro, cayó en la cuenta de que tampoco se había inspeccionado antes. Laura había dicho que el sargento McIntyre había efectuado un registro exhaustivo, y es probable que así fuera. Su objetivo era encontrar una sala de operaciones o a un hombre disfrazado de cirujano en plena fuga. Si hubieran buscado a una persona desaparecida, no se habrían saltado aquel lugar. Según Alex Taylor, ella había sido una desaparecida, no una fugitiva.

Greg intentó ahuyentar aquel pensamiento incómodo. Sabía que todavía no tenían pruebas suficientes para demostrar su inocencia. Tenían que encontrar algo más para respaldar la historia de Alex. La fiscalía podía argumentar que Alex conocía aquel lugar y se había inventado una historia que encajara con las pruebas. Tenían que hallar pruebas que demostraran que era inocente y que otra persona era la culpable.

–¿Has visto la película *El coleccionista de huesos*?

Nathan negó con la cabeza.

–Da igual –dijo Greg–. Tú haz lo que yo te diga. Vamos a hacer una búsqueda al dedillo de este lugar con ayuda de las linternas. Probablemente no encontremos nada, pero tenemos que intentarlo. Alex se lo merece.

Capítulo 53

Jakie Jackson, como lo conocía todo el mundo, incluida su esposa, se había levantado a estirar las piernas cuando saltó la alarma de incendios. La caja de resonancia estaba en la pared de fuera de su box y el ruido era ensordecedor. Su prisionera se enderezó de golpe, visiblemente asustada, e intentó zafarse de las mantas y salir de la cama.

Jakie vio lo indefensa y poca cosa que era y sintió lástima de ella. No le había gustado pasarse gran parte del día sentado en aquella habitación. Se le hacía extraño vigilar a una doctora, y además, por lo que le decía la experiencia, aquella muchacha no tenía aspecto de asesina. Sabía que era absurdo. No había un modelo de rostro de asesino en ningún libro. El estereotipo de los ojos muy juntos y cejas juntas en el entrecejo era una bobada. Un asesino no tenía pinta de asesino a simple vista. Ese era precisamente su problema. Aquella muchacha enclenque no parecía una asesina, pero él sabía que lo era.

Por encima de la chirriante alarma, le gritó para hacerse oír:

—Voy a comprobar que sea de verdad.

Sostuvo en alto un par de esposas.

—¡No! ¡Por favor! ¡No me moveré de aquí! —le gritó también Alex.

Jakie Jackson dudó. La doctora aún no había sido arrestada oficialmente. Su trabajo era vigilarla hasta que el inspector Turner regresara a detenerla.

—Será solo un minuto.

—Por favor, ¿y si hay fuego de verdad y usted no regresa a por mí? Por favor. Me quedaré aquí. Le esperaré. Pero no me deje encadenada.

—Déjeme ir a comprobarlo. Será una falsa alarma y regresaré enseguida.

La puerta se abrió de golpe y una enfermera le hizo señales frenéticas con la mano al agente.

—¿Puede acompañarme? Necesito ayuda enseguida. Hay un incendio y tengo un paciente atrapado en un cuarto de baño. La maldita puerta se ha encallado.

Jakie Jackson hizo algo que no había hecho en sus treinta y cuatro años en el cuerpo: dejó a la persona que tenía a su cargo sin vigilancia.

—Vuelvo en un periquete.

Desde el otro lado del pasillo, Maggie observó a gente pasando como flechas junto a ella, enfermeros y camilleros empujando camillas y sillas de ruedas con pacientes para llevarlos a un lugar seguro. Los médicos seguían intentando dar tratamientos en el trayecto. En Nochebuena, el hospital estaba lleno de gente que había llegado tras sufrir un accidente, pelearse o caer enferma, y luego estaban las personas que habían acudido porque no habían conseguido que les dieran cita con sus médicos de cabecera y querían encontrarse mejor para el gran día siguiente.

El alto y corpulento agente de policía les sacaba una cabeza a la mayoría de ellos.

Fue Nathan quien lo vio, pero no necesitó explicarle a Greg qué era. Greg había visto muchos capuchones de jeringuillas en el suelo antes, en callejones y en los suelos de los aseos públicos. El capuchón de plástico blanco era un protector de una aguja.

Como un detective avezado, Nathan se sacó un guante de látex del bolsillo.

—Es nuevo. No lo he llevado —aclaró sobre el guante.

Envolvió el capuchón en el guante y se lo entregó a Greg.

—Me apuesto lo que sea a que no obtendremos una huella. Es demasiado pequeño y, además, la asesina seguro que también usó guantes.

Nathan Bell le dedicó una sonrisa rara.

—A Maggie Fielding no la verás con una jeringuilla en la mano.

Le arranca el capuchón con los dientes y se lo queda en la boca mordisqueándolo como si fuera un mondadientes. Obtendrás ADN, Greg, y eso es incluso mejor que una huella dactilar.

Con la alarma aún soltando alaridos, Alex no escuchaba lo que sucedía fuera de la habitación. No quería arriesgarse a topar con el policía, pero sabía que aquella sería su única posibilidad de huir. Abrió la puerta con cuidado, centímetro a centímetro, y asomó por ella la cabeza. El agente de policía no parecía estar por ninguna parte; de hecho, no había nadie a la vista. La habían dejado allí mientras todo el mundo abandonaba corriendo el edificio. Escuchaba sus voces altisonantes por la excitación en el pasillo. Olía a humo y sospechó que alguien, un paciente, un visitante o incluso algún miembro del personal, le habría prendido fuego a una papelera tirando una colilla mal apagada.

Se arriesgó a abrir la puerta unos centímetros más y vio que el pasillo estaba desierto y completamente en silencio. Si pretendía escapar, tenía que hacerlo ahora, porque no se presentaría otra oportunidad. Era la primera vez que la dejaban completamente sola desde que la habían ingresado en urgencias la noche anterior. Tenía que aprovechar la ocasión e intentar deshacer todo el daño que Maggie había hecho y, como fuera, encontrar un modo de demostrar que era inocente. Si conseguía contactar con Seb, le pediría ayuda. Necesitaba tiempo y un lugar donde pensar. De todas las personas que conocía, él era el único con los medios para ayudarla a huir.

Antes de tener tiempo a cambiar de opinión, echó a correr por el pasillo; al otro lado de las ventanas pudo ver la muchedumbre que se estaba congregando. Al pasar por delante de la sala del personal, se coló dentro y, un par de minutos después, salió vestida con una bata blanca de médico y unos pantalones y una camisa verdes. Iba descalza, pero no había nadie cerca para darse cuenta.

Se colaría entre la multitud. En medio de toda aquella conmoción, esperaba que le resultara fácil. Se detuvo en seco al divisar al policía fuera y decidió no tomar aquella vía de escape. Se dirigiría hacia la cara norte del hospital y se marcharía por allí. Al ver que él le daba la espalda, no desaprovechó la oportunidad para pasar aprisa frente a las ventanas, con la cabeza gacha, y recorrió con paso ligero el pasillo sur, volviendo la vista atrás rápidamente para comprobar si la perseguían. Allí había menos ruido; de hecho, era tal el silencio que oía su respiración agitada. Respiró entrecortadamente mientras planeaba su siguiente movimiento. Necesitaba llegar a un teléfono, llamar a Seb y decidir qué hacer. Necesitaba ropa, dinero y una prueba de la culpabilidad de Maggie. Buscaría al agente de Oliver Ryan, averiguaría cómo había muerto y encontraría a alguien que supiera que mantenía una relación con Maggie, alguien que los hubiera visto juntos.

Ahora casi corriendo, llegó al final del pasillo, dobló bruscamente a la izquierda y estuvo a punto de desmayarse del terror cuando Maggie Fielding la agarró del cuello y le clavó algo afilado en la piel.

—Una sola palabra y te corto el pescuezo —le dijo con voz maléfica.

Tenía el rostro pálido por el odio y Alex notó que le temblaba mucho la mano mientras sostenía la cuchilla contra su cuello.

Sin moverse ni un milímetro, Alex revisó sus opciones. ¿Forcejear con Maggie y arriesgarse a que la matara? ¿Colaborar con ella y afrontar la amenaza de algo peor? Pensó en todo lo que había ocurrido ya y en lo que tenía que ocurrir. Vio el fin con claridad, como una película en su cabeza, y entonces tomó una decisión. Estaba cansada de huir y de sentir miedo. Estaba harta de todo. Separó los pies, asegurándose de que podía mantener bien el equilibrio y, a continuación, con un movimiento ágil y decidido, giró la cabeza hacia un lado para que la cuchilla le rajara el cuello. Empezó a manarle sangre y Maggie pareció enloquecer.

—¡Serás estúpida! Pero si apenas te has pellizcado la carne… No voy a matarte aquí, Alex, por mucho que intentes que lo haga.

Maggie le agarró un mechón de pelo y le inclinó la cabeza con fuerza, clavándole la cuchilla en el lado, atravesándole primero la ropa y luego la carne. Alex contuvo la respiración al notar el dolor de la cuchilla penetrándole en el cuello.

—Solo un rasguño para que te portes bien —le gruñó Maggie al oído—. Y ahora camina y no me obligues a darte una puñalada más fuerte.

Capítulo 54

Jakie Jackson revisó la habitación vacía con la esperanza de que Alex se materializara de algún modo. Se estaba poniendo frenético. Ya había comprobado debajo de la cama y en el cuarto de baño con ducha adjunto, e incluso había vuelto a salir al departamento donde estaba reunido todo el mundo, pero no había ni rastro de ella.

Se sacó el móvil del bolsillo, telefoneó a la comisaría y pidió que enviaran refuerzos para buscar a la doctora desaparecida. Luego volvió a recorrer corriendo el pasillo para empezar a buscarla él solo. Se sintió aliviado al ver a su jefe dirigirse hacia él. No le importaba haberse metido en un lío, lo único que le importaba era la seguridad de la joven que habían dejado a su cargo.

—¿Dónde está? —preguntó Greg Turner, adivinando ya la situación.

Jakie no desperdició demasiado tiempo explicándoselo o preguntándose cómo era posible que su jefe hubiera llegado tan rápido.

—Sonó la alarma de incendios. La dejé mientras iba a comprobar la situación y, cuando regresé, ya no estaba.

—¿La has dejado escapar? —le gritó Greg Turner por encima de los alaridos de la alarma de incendios.

—Sí, y tengo un mal presentimiento, señor.

El teléfono de Greg vibró en su pecho. Se lo sacó del bolsillo de la camisa y se tapó un oído con un dedo mientras se llevaba el teléfono al otro. Estaba gritando cuando la alarma cesó de súbito.

—¿Quién es y qué quiere? —continuó gritando frustrado.

—Soy yo, señor —le respondió una voz—. El agente Norman. Tengo la información que me ha pedido. Sobre la pintura.

A Greg se le aceleró un poco el corazón mientras esperaba a que le facilitara un nombre. ¿El nombre del asesino, quizá? Por un instante horripilante se preguntó si el nombre que le darían sería el de Alex Taylor. Temió que ella misma se hubiera enviado el cuadro. El nombre se deslizó de los labios del agente y Greg sintió al mismo tiempo estupefacción y alivio. Alex decía la verdad, y él había creído que era demasiado descabellada para serlo.

–Una tal Margaret Fielding. Pagó con Visa y pidió que lo enviaran a la dirección que estoy vigilando.

Greg le dio las gracias y colgó. Luego miró a Nathan Bell y a Jakie Jackson.

–Tenemos que encontrarla.

Le quemaba el costado y Alex sospechó que tendrían que suturarle la herida, si es que vivía para contarlo. Por tercera vez en tres meses, Maggie volvió a atarla a una mesa de operaciones. Salvo que esta vez Alex sabía exactamente en cuál se encontraba: en la mesa del quirófano de intervenciones urgentes. Tenía los brazos sujetos con cintas de velcro y luego atados con vendajes para asegurarlos aún más. Había utilizado una sábana para atarle las piernas a la camilla y ahora se encontraba sobre ella con un bisturí en la mano.

–Deseo cumplido, Alex. Se acabaron los problemas. Vamos a ponerles fin ahora mismo. Te hallarán muerta y declararán que ha sido un suicidio.

–¿Suicidio? –Alex se la quedó mirando con incredulidad–. Pero si me has apuñalado en el costado y tengo una raja en el cuello. No se lo creerá nadie.

Maggie no le respondió, pero a Alex le dio igual. Ya no sentía miedo; su mente se había hecho inmune al miedo. Ahora solo tenía pensamientos para su madre, su padre, Pamela y su querida amiga.

–¿Por qué la mataste, Maggie? ¿Por qué Fiona?

Maggie negó con la cabeza.

–Por favor…

Maggie se la quedó mirando de hito en hito y, por primera vez, Alex tuvo la sensación de ver a la verdadera Maggie Fielding, una mujer atormentada por su conciencia. Le palpitaba el pecho y tuvo que apartar la mirada de Alex.

—Me encontró con tu teléfono e intenté desembarazarme de ella. Me dijo que te había enviado un mensaje, pero que no le habías contestado. Le dije que acababas de llamar a tu propio teléfono, al darte cuenta de que te lo habías dejado en el trabajo. Fiona no me creyó. Le dije que había quedado contigo y que podía preguntártelo ella misma. Le dije adónde me dirigía y se fue. —Maggie hizo una pausa. El silencio se estiró. Parecía estar tomando una decisión sobre algo. Luego miró a Alex fijamente—. Si no hubiera vuelto la vista atrás, no la habría seguido, pero lo hizo y me dijo: «No te creo». ¿Qué podía hacer, Alex? Mi única opción era que pensaran que habías hecho algo gravísimo… como asesinar a tu mejor amiga.

—Irás al infierno por esto, Maggie.

En un instante, la cuchilla destelló delante de sus ojos y notó un dolor agonizante al hacerle un tajo profundo en la muñeca derecha. Su sangre brotó alto y rápido. Alex la observó salpicar las lámparas del techo del quirófano.

—Me caías bien, Maggie. De verdad.

La cuchilla se movió rápidamente de nuevo y esta vez le cortó la muñeca izquierda. El dolor fue peor, porque lo anticipaba. Notó que la mano se le mojaba rápidamente y los dedos calientes y resbaladizos.

Estaba muriendo. En cuestión de minutos, su corazón dejaría de latir. Su cumpleaños era el mes siguiente, pero no llegaría a cumplir los veintinueve. Respiró hondo y notó el latido de su corazón bajo el esternón.

—Dame la mano, Maggie —le susurró—. No me dejes morir sola.

No hubo respuesta, porque Maggie se había alejado de la mesa, pero Alex sabía que seguía allí, esperando a que ella muriera. Entonces podría soltar las correas y dejar la cuchilla a su lado para que, quienquiera que la encontrara, creyera que se había quitado la vida. Seguramente considerarían sus otras heridas intentos previos. Al final, Maggie iba a salirse con la suya y todo el mundo que había conocido y amado a Alex pensaría que era una asesina.

Notó la boca reseca y el cuerpo frío. Ya no veía el arco de la sangre ni notaba el latido de su corazón. Estaba flotando y un suave zumbido resonó en sus oídos.

Luego pestañeó y cerró los ojos.

Siguieron el patrón regular de la sangre por el pasillo, los tres en silencio, todos ellos con el corazón en vilo por lo que encontrarían. Pero la sangre que les condujo hasta las sala de operaciones no los había preparado para la imagen que hallaron. Cubría todo el suelo, a ambos lados de la mesa de operaciones. Los tres permanecieron inmóviles en la puerta de la sala. Había demasiada, litros derramados; espesa y roja, se había extendido por todas partes. Alex yacía en una mesa de operaciones con los brazos atados y la cabeza hacia un lado.

Nathan fue el primero en correr hacia ella, lanzando órdenes a los otros dos hombres mientras se ponía a su lado.

–Llamad al 333. Decidles que estamos en el quirófano de urgencias. Estirad del pulsador rojo de urgencias de la pared que hay detrás de mí y usad toda la ropa que podáis para cubrir el suelo. Greg, ven aquí y ayúdame.

Jakie Jackson llamó por teléfono y Greg, procurando no resbalar con la sangre, se acercó al doctor.

–Quítate la corbata y átasela con fuerza alrededor de la muñeca y luego levántale el brazo por encima de la cabeza.

Mientras Greg hacía lo que le había dicho, Nathan le colocó un tensiómetro alrededor de la otra muñeca y pulsó un interruptor en una máquina para que se inflara rápidamente y sirviera de torniquete. A continuación, agarró un torniquete normal y lo tensó alrededor de la corbata de Greg. Accionó un pedal de pie y la cabeza de la mesa de operaciones descendió. Acto seguido, se dirigió corriendo a un cajón y extrajo unas vías intravenosas naranjas.

–Levántale la cabeza y acerca tu oreja a su boca para comprobar si respira.

Nuevamente, Greg hizo lo que le decían mientras Nathan introducía dos grandes cánulas intravenosas en los brazos a Alex.

Agarró dos bolsas de fluidos y, en cuestión de segundos, las tenía acopladas a tubos de goteros y le introducía fluido en las venas.

–¿Respira?

Greg alzó los ojos, desesperado, y negó con la cabeza. Nathan se colocó en la cabecera de la mesa y, simultáneamente, le puso dos dedos en el cuello.

–Tiene pulso, pero no respira. Hazle el boca a boca, Greg, hasta que conecte el oxígeno y pueda ponérselo. Pellízcale la nariz, inclínale la cabeza y cubre su boca con la tuya.

Notó sus labios fríos en contacto con los de él y Greg se estremeció de pánico. «No puedes morir –rogó–. Eres demasiado joven. Lucha, Alex. Por favor, lucha».

Agradeció que Nathan lo sustituyera con una bolsa inflada y una máscara. Tomó aire e intentó serenarse y entonces vio que a Alex se le hinchaba el pecho.

–¿Respira?

–Por sí misma, todavía no. Está demasiado débil. Greg, quiero que la ventiles. Quiero que hagas exactamente lo que estoy haciendo yo. Necesito introducirle más suero lo antes posible. Y necesito conseguir sangre para hacerle una transfusión rápidamente.

En los pocos minutos que siguieron llegaron varias personas y veinte minutos después el lugar era un hervidero. Dos bolsas de sangre ya habían reemplazado parte de la que Alex había perdido y una tercera y una cuarta ya estaban colgadas, listas para fluir a través de un calentador sanguíneo.

Greg estaba apoyado en una pared para no entorpecer el trabajo de nadie. Jakie Jackson estaba apoyado en otra, visiblemente afligido. Había telefoneado a la comisaría y había dado el aviso de que detuvieran a Maggie Fielding en cuanto la vieran. A Greg no le preocupaba apresar a aquella mujer; lo único en lo que podía pensar en aquel momento era en Alex. Aún no estaba fuera de peligro. Los escuchaba hablar acerca de factores de coagulación, de cómo, por el hecho de haber perdido tanta sangre, la nueva no coagulaba. Imaginó que su sangre era demasiado ligera, menos densa, como salsa de tomate aguada. Tenía los ojos clavados en el rostro blancuzco de Alex y se descubrió rezando como nunca había rezado.

Le insertaron tres cánulas minúsculas en el cuello. Tenía vías intravenosas en ambas manos. Le colocaron otra vía en la arteria inguinal para poder supervisar con precisión su tensión sanguínea, y le introdujeron un catéter urinario en la vejiga para revisar sus fluidos. Varias piezas de equipo complejo la rodeaban. Estaba conectada a un ventilador y tenía el cuerpo cubierto con un plástico finísimo que daba la impresión de que podía rasgarse con suma facilidad. Aguardaron hasta que estuvo estable antes de trasladarla a cuidados intensivos. Escuchó a alguien mencionar que había perdido un setenta y cinco por ciento de la sangre y, por la tensión que transmitía el rostro de Nathan Bell, era evidente que Alex estaba en estado crítico.

Un par de veces, unas enfermeras miraron a Greg con mirada acusadora, indicando con claridad que consideraban que no debería estar en el quirófano, pero Greg no tenía ninguna intención de dejar ni a Alex ni a Nathan. Si el panorama era sombrío, quería estar allí para los dos.

Un cirujano le suturaba las arterias de las muñecas y un anestesista supervisaba sus vías respiratorias. Se palpaba la tensión en el ambiente. Era evidente que la crisis no había concluido.

Capítulo 55

El conductor de la ambulancia iba muy concentrado en la carretera que tenía por delante. Había silenciado la sirena cuando habían tomado la carretera que conducía hasta la entrada del hospital, pero había mantenido las luces azules de advertencia. Hizo sonar la sirena brevemente al ver un coche dando marcha atrás y se relajó al ver que se detenía.

Su compañero iba en la parte de atrás de la ambulancia con una mujer completamente dilatada y a punto de dar a luz a su bebé. Normalmente, habría aparcado y habría asistido con el parto, pero su compañeros le había dicho que el bebé venía de nalgas. Estaban a menos de dos minutos de la maternidad y pensó que lo más seguro tanto para la madre como para el pequeño sería trasladarlos allí sin detenerse.

Maggie vio las luces destellantes azules aproximarse a toda velocidad y pisó a fondo el freno. Estaba cubierta en sangre de Alex Taylor y sabía que, a aquella alturas, Alex ya estaría muerta, pero, en lugar de sentirse aliviada, la invadía un pavor inmenso por el futuro.

Todo había acabado y ya no tenía más cometido en la vida. Alex ya no estaba y aquellas otras mujeres estaban muertas. Al igual que su amado Oliver.

Los ojos quemados de Dylan, su piel manchada de rojo y sus alaridos desesperados la perseguían, y el recuerdo del rostro de Oliver al morir la acechaba constantemente en el recuerdo. No podía librarse de tanta fealdad. Le habían arrebatado a la persona que más había amado y se había quedado sola con sus recuerdos.

Las luces azules se aproximaban, la ambulancia seguía avanzando velozmente y Maggie recordó su última noche con Oliver. Después de cenar, habían regresado a casa de él y Oliver le había contado sus planes de mudarse a Los Ángeles. Quería empezar de nuevo. Estaba borracho y se sentía optimista y no dejaba de hablar sobre el magnífico papel que acababan de denegarle. Se preguntaba si algún productor de Hollywood tendría interés en hacer una versión estadounidense de la película. No parecía importarle que fuera un plagio; según él, siempre había una manera de sortearlo.

–Puede modificarse. Es una historia sensacional, Maggs. Cualquier productor se abalanzaría sobre esta oportunidad.

Ella había sonreído y él se había dejado caer a sus pies para decirle que aquello lo convertiría en una gran estrella.

–Empieza con un asesino en serie al que la policía le pisa los talones. Es un médico y la policía se dirige hacia su casa. Entonces se ve cómo se ahorca y la policía lo halla muerto. Pero, en realidad, no está muerto. Ha fingido que se suicidaba. Al ser médico, sabe cómo hacer que su corazón deje de latir y fingir que parezca que está muerto. Entonces los asesinatos empiezan de nuevo y la policía cree que se enfrenta a un imitador, hasta que el asesino empieza a enviarles mensajes.

Maggie solo tenía una cosa en la cabeza cuando le sugirió que le demostrara cómo podía hacerse, se burló de él y lo retó a demostrarle que podía funcionar, porque sonaba ridículo. No corría ningún peligro; al fin y al cabo, ella era médico. Maggie solo tenía una cosa en la cabeza: ¿quería Oliver que lo acompañara a Los Ángeles?

Subido a un taburete, borracho, con una soga alrededor del cuello, Oliver le indicó cómo manejar su cámara y cómo aproximar la imagen para tomar primeros planos.

–Cinco segundos con los pies colgando, Maggs, y luego me vuelves a poner debajo el taburete. No me gustaría tener un accidente…

–¿Quieres que vaya contigo? –le preguntó ella.

Él sonrió como si nada y le dijo que sí, claro, pero quizá no enseguida; le dijo que necesitaba un poco de tiempo para hacer contactos y ponerse en marcha. Pero luego sí le pediría que se reuniera con él... en cuanto se hubiera instalado.

Maggie esperó a que él atara la soga a la viga que tenía por encima de la cabeza y luego apartó el taburete. Oliver balanceó las piernas y dejó los pies colgando.

–Deprisa, Maggs –dijo jadeando–. ¡Peso mucho! ¡Vuelve a poner el taburete! ¡Ponlo en su sitio!

No se produjo una caída brusca al soltar la soga. La cuerda simplemente fue resbalando hasta que Oliver acabó forcejeando con el nudo del cuello. Ella cogió enseguida la cámara para filmarlo. Se le salieron los ojos de las órbitas después del primer medio minuto, se le reventaron las venas y tiñeron de rojo el blanco; se le hinchó la lengua y le quedó colgando, gorda y amoratada, entre los labios. Desesperado, se agarró del cuello durante más de tres minutos hasta que, finalmente, sus manos cayeron, con los dedos retorcidos y sus pies dieron unos últimos pasos de baile en el aire.

Antes de marcharse, Maggie derribó el taburete y metió en una bolsa todas sus pertenencias; borró su presencia de la vida de Oliver y borró las imágenes de su muerte de la cámara. Su último papel, el papel del que habría estado más orgulloso si hubiera vivido para verlo, era digno de Oscar.

Su amado Oliver estaba muerto. Lo había considerado incapaz de hacer nada mal hasta que sus ojos le dijeron a Maggie que todo había sido una mentira.

Maggie vio el autobús de una sola planta, vio claramente el rostro del conductor que se aproximaba por la izquierda. Tenía prácticamente encima la luz azul destellante a su derecha. Observó a ambos conductores acercándose a ella y, en el momento preciso, apretó el acelerador.

El conductor de la ambulancia logró frenar de milagro antes de colisionar. El conductor del autobús no tuvo tanta suerte. Impactó contra el Ford Explorer de Maggie por el lado con sus cerca de quince toneladas de acero. Más tarde, ambos conductores recordarían haber atisbado a una mujer morena tras el volante, y ambos tenían la sensación de que se había colocado en situación de peligro deliberadamente.

Capítulo 56

Fue Laura Best quien le dio la noticia a Greg. Maggie Fielding había sido declarada muerta a las puertas del hospital, después de colisionar con una ambulancia y un autobús. Ambos conductores estaban siendo tratados de lesiones en urgencias. El segundo técnico sanitario de la ambulancia también había sido ingresado con una sospecha de infarto. Y un bebé había nacido en la escena, mientras que su madre había fallecido.

Greg se deprimió al recibir aquella noticia. Maggie Fielding había arrebatado otra vida más y otras dos estaban en la cuerda floja. El estado de Alex todavía era crítico, motivo por el cual él seguía en el hospital.

Laura Best sostenía un portapapeles en las manos como si estuviera haciendo una ronda de inspección. Vestía un traje de color chocolate y una camisa de color crema de buena calidad. El cabello le brillaba y lucía una piel y un maquillaje perfectos. Un día llegaría a lo más alto, aunque solo fuera por su buen aspecto.

–¿Alex Taylor está lista para hablar? –preguntó.

Greg levantó las cejas.

–¿Tú qué crees?

Repiqueteó el bolígrafo en el portapapeles con impaciencia.

–Te lo estoy preguntando, Greg.

Greg le arrebató el bolígrafo de la mano y lo partió en dos.

–Diríjase a mí como «inspector», agente Best. ¿Por qué quiere hablar con la doctora Taylor?

Laura se sonrojó y los ojos le centellearon por la ira.

–Porque quiero aclarar de una vez por todas este embrollo y toda esa patraña que me ha llegado sobre su inocencia.

Antes de que Laura Best supiera qué estaba pasando o tuviera tiempo de pronunciar una palabra de protesta, Greg la arrastró hacia la mitad del pasillo de los quirófanos. La empujó a través de unas puertas dobles e hizo que contemplara el lugar donde Alex Taylor había estado a punto de morir. Las prendas de ropa y las toallas empapadas en sangre todavía cubrían el suelo y el equipo que habían utilizado para salvarla había quedado abandonado allí. Acababan de trasladarla a la UCI y nadie había tenido tiempo todavía de limpiar el quirófano.

—Esa sangre que ves es sangre de Alex Taylor. Está luchando por su vida, ¡pedazo de estúpida!

Laura se quedó blanca como el papel.

—Porque ha intentado suicidarse, ¿no? Jakie Jackson la dejó escapar. Era evidente que iba a intentar suicidarse.

Greg la agarró por los hombros y la arrastró hasta la sala de operaciones. Le señaló los reposabrazos ensangrentados.

—Alex Taylor estaba atada a esta mesa, con los brazos sujetos y las piernas sujetas, incapaz de defenderse, y Maggie Fielding le rajó las muñecas y la dejó aquí para que se muriera. Todo lo que Alex Taylor nos contó era verdad. Todo. Maggie Fielding la secuestró y la sometió a una tortura inimaginable. También asesinó a Amy Abbott, a Lillian Armstrong, a Fiona Woods y esta noche ha intentado matar a Alex Taylor. Se equivocó, detective Best, y yo también. Pero ¿sabe qué? Yo probablemente me lleve un ascenso por acorralar a Maggie Fielding, mientras que tú, Laura Best, durante todo el tiempo que trabajes para mí, seguirás siendo una mera detective. Así que tal vez quieras plantearte pedir un traslado, lejos de mí, donde puedas clavar tus espuelas en el lomo de algún otro idiota.

Se produjo un breve silencio entre la salida de Laura del quirófano y la llegada de Nathan.

—¿Entiendo que eso era algo personal?

Greg negó con la cabeza. Su voz sonó firme:

—No, ya no. Era profesional.

Nathan le sonrió tímidamente.

—Alex está estable. Lo va a conseguir.

Sin previo aviso, Nathan se dobló por la cintura y vomitó. Greg agarró la única toalla limpia que encontró, pedazos descartados de la bandeja de suturas, y se los entregó.

Notó que la pesadumbre que sentía por dentro se aliviaba y dejaba paso a la esperanza.

–¡Qué noticia tan estupenda, Nathan! ¡Eres un médico sensacional!

Nathan se encogió de hombros, escupiendo con fuerza antes de limpiarse la boca.

–He tenido un buen asistente.

Greg recordó los labios faltos de sangre de Alex bajo los suyos y supo que se había salvado de milagro. Miró hacia los dos relojes que había en la pared de enfrente, uno de los cuales contaba los minutos, mientras que el otro simplemente daba la hora, y le asombró descubrir que era medianoche pasada.

–¿A qué hora se acaba tu turno?

–Hace cuatro horas –respondió Nathan.

–¿Te apetece un trago para celebrar la Navidad?

Nathan asintió con la cabeza.

–Sí, y que sea largo. Que sea bien largo, joder.

Regresaron por el pasillo, en cuyo suelo todavía se veía la sangre de Alex. Para entonces ya se había secado y no tardarían en limpiarla. Greg recorrió el reguero con la mirada a todo lo largo del pasillo y, de repente, se dio cuenta de algo: Alex les había hecho saber adónde la llevaban. Les había dado una pista para encontrarla. No sabía cómo lo había hecho, pero estaba seguro de que se había dejado cortar para dejarles aquel rastro.

Sintió aún más admiración. Era la persona más valiente que conocía; pese a que nadie la había creído, había conseguido seguir adelante.

Alex abrió los ojos y supo que estaba a salvo. Oyó ventiladores, los pitidos de los monitores y el ruido de sus colegas trabajando. El rostro de Nathan era el primero que había visto al abrir los ojos y él se había apresurado a tranquilizarla diciéndole que todo el mundo sabía que era inocente y que la policía estaba buscando a Maggie Fielding. Nathan también había hablado con Patrick para hacerle saber que Alex estaba bien. Y Patrick, le dijo, había llorado. Se lo dijo de una manera que le permitiría perdonar a Patrick, que le permitiría alejarse definitivamente de él.

Alex había visto el tono grisáceo del rostro de Nathan y el agotamiento en sus ojos y, al margen de toda otra emoción, allí sola, también vislumbró su incertidumbre. ¿Se preguntaría acaso qué derecho tenía él a formar parte de su vida? Apenas habían dado un primer paso en aquel nuevo camino. Era un principio. Cuando le había puesto la mano en la mejilla, Alex se había fundido en su calidez.

Quizá algún día le explicaría que había intentado quitarse la vida, la decisión clara que había tomado cuando Maggie Fielding la había secuestrado en el pasillo. Lo único que había anhelado en aquel momento era morir, poner fin a su miedo. En el momento en el que se había rajado el cuello con la cuchilla no le había importado morir; lo único que le había importado era acabar con aquella pesadilla.

Quizá algún día le diría que volvía a ser valiente. Cuando aceptara que era Alex Taylor, una doctora que salvaba vidas y que había afrontado cosas que la mayoría de las personas ni siquiera podían llegar a imaginar…

Agradecimientos

Este libro no habría sido posible sin el apoyo y el ánimo de mi marido, Mike, de nuestros tres hijos, Lorcan, Katherine y Alexandra, y de nuestra nuera, Harriet. Sois para mí una inspiración diaria con vuestro altruismo y determinación de ser buenas personas. ¡Gracias por concederme tiempo para acabarlo por fin!

Gracias también a mis seis hermanos y a mis cinco hermanas, en especial a Sue, Bernie y mi cuñado Kevin por leer los borradores anteriores. Somos muy afortunados por haber compartido tantas cosas, sobre todo a nuestros maravillosos padres.

Un agradecimiento muy especial a la doctora Monica Baird, anestesista, y al doctor Peter Forster, cirujano y anestesista, por la generosidad de compartir conmigo su tiempo y conocimientos. Muchísimas gracias a los dos. Y, por descontado, quiero dejar claro que ¡cualquier error en estas páginas es solo culpa mía!

Gracias a Martyn Folkes por darme siempre su opinión sincera.

Y por último, pero no por ello menos importante, gracias a Joel Richardson por ser un corrector y un editor extraordinario. Gracias a ti y al increíble equipo de Twenty7 por convertir este libro en la mejor versión de sí mismo.

De no haber tenido una profesión médica, no habría podido inspirarme en experiencias pasadas (prometo que nunca ha pasado nada desagradable, más allá de comer alguna tostada fría que le haya sobrado a algún paciente) ni tampoco habría podido retratar de manera verídica a los profesionales médicos y policiales que se esfuerzan a diario por hacer nuestras vidas mejores. No existen mejores personas en el mundo.

Este libro es para mi madre, con quien extraño compartir libros.

Y para Darcie, por el placer que me da leerle.